宮沢賢治「風の又三郎」現幻二相ゆらぎの世界

西郷竹彦 著

黎明書房

はじめに
―言葉の魔術師・宮沢賢治―

宮沢賢治の研究は、すでに八十年の歴史を経て、著書・論文は、おびただしいものがあります。にもかかわらず、『風の又三郎』を含め、賢治の文芸作品のほぼすべてに共通する表現上のある奇妙な「特徴」は、これまで、ほとんど問題にさえなされたことがないのです。

研究者はもちろんのこと、一般の読者でも、その「謎」は、一目瞭然です。しかも至るところにあるのに、です。それは、賢治の文芸作品のはじめの一、二頁に眼を通されればただちに気づかれるようなものです。しかも、それは、賢治の世界観・人間観の根底にかかわる、極めて重大な問題であり、不問に付すわけにはゆかぬ問題であるのです。

本書は、その奇妙な「謎」を、『風の又三郎』の本文に即して一つひとつ取り上げ、それが、実は作者賢治の思想の根幹にかかわることについて、具体的に、かつ論理的に解明することを目指しています。

誠に興味深いことに、この賢治の文芸作品の二十あまりの謎が、すべて一つの「マスターキイ」で一挙に解くことができるのです。

どうぞご一緒に、この「奇妙な難問」にチャレンジしてみてください。

西郷竹彦

目次

目次

凡例

一、本文中の『風野又三郎』（第9巻）、『風〔の〕又三郎』（第11巻）、『水仙月の四日』『ざしき童子のはなし』（第12巻）などの宮沢賢治の作品の引用は、すべて『新校本　宮澤賢治全集』（筑摩書房）による。ただし、『風〔の〕又三郎』の「九月七日」の章の場面⑪を除き、振り仮名は省略した。

一、宮沢賢治作品よりの引用文中の〔…〕は、新校本編者の校訂した所である。〔〕は、新校本編者が不要と判断、削除したことを示す。

一、宮沢賢治作品の主たる引用箇所には、地の文と明確に区別するために引用文の上に横罫を引いた。

一、宮沢賢治作品の引用箇所にある傍線は、すべて筆者（西郷）の付したものである。

一、『風〔の〕又三郎』の①〜⑮の場面は、筆者が便宜的に分けたものである。

◎序論　「風の又三郎」前奏曲（あるいは主題歌）の謎

前奏曲（あるいは主題歌）の不可解な「謎」

この長編の物語冒頭には、一篇の「歌」が記載されています。物語のはじまる「九月一日」（といっても、前後の記述から『新校本　宮澤賢治全集』の編者が推定したもの）の章の欄外にすえられ、いわば、物語全編の「主題歌」あるいは、「前奏曲」とも見なされますが、さだかでありません。とりあえず、「主題歌、あるいは前奏曲」としておきましょう。

どっどどどどうど　どどうど　どどう、
青いくるみも吹きとばせ
すっぱいくゎりんもふきとばせ
どっどどどどうど　どどうど　どどう

九月一日と言えば、立春から数えて二百十日目にあたります。つまり、この歌は、東北地方の秋の台風を歌ったものと言えましょう。

ところで、よく見ると、表記上の常識に反するいくつかの疑問がうかんできます。

なぜ、〈青いくるみ〉のほうは〈吹きとばせ〉と漢字表記になっているのに、〈すっぱいくゎりん〉のほうは、〈ふきとばせ〉と平仮名表記になっているのでしょうか。

それだけではありません。句点はないのに、読点が、それも一行目だけにあることに気づかれたでしょうか。

さらに不可解なことは、この歌が物語の結末、「九月十二日」の章にふたたび出てくるのですが、冒頭の歌とくらべてみてください。さらなる不審な点がいくつか見られましょう。

（結末）
「どっどど　どどうど　どどう
青いくるみも、吹きとばせ
すっぱいくゎりんも吹きとばせ
どっどど　どどうど　どどうど　どどう
どっどど　どどうど　どどうど　どどう」

両者の異同に気づかれたでしょうか。
まず、一行目が違います。作者の「うっかりミス」でしょうか。

・どっどどどどうど　どどうど　どどう、……冒頭
・どっどど　どどうど　どどう……結末

表記や記号の不可解な「みだれ」
まとめてみましょう。
・冒頭の歌の一行目だけに「、」読点があります。他のすべての行に句読点はありません。
・常識的には、むしろ読点はなくとも句点は付けるのではないでしょうか。つまり、句点がないのに、なぜ読点だけが、それも一ヵ所だけにあるのか。

・さらに奇妙なのは、物語のさいごの場面（「九月十二日」の章）（結末）でふたたびこの歌が引用されますが、そこでは、冒頭の歌と表記や句読点が微妙に違います。再度、冒頭の歌と比較して見てください。

どうですか。異同に気づかれたでしょうか。

冒頭の歌と違って、結末の歌は引用符「」によってかこまれています。これは一郎が三郎から「聞いた」ことを思い出したということになっていますから、引用という形式を取ったものでしょう。「先頃又三郎から聞いたばかりのあの歌を一郎は夢の中で又きいた」のです（一文の中での「聞いた」と「きいた」の表記の違いに注意）。

さて、この前後の歌を比較して、以下に、その異同を見てみましょう。

1　両者は、いずれも読点があるにもかかわらず、句点がない。
2　両者は、読点の位置が違う。
3　両者は、いずれも「青」と「吹く」だけが漢字表記。
4　両者は、「ど」の短音（ど）と長音（どう）の組みあわせになっている。
5　前者（冒頭の歌詞）は、「どっどどどどうど　どどうど　どどう、」（句の終わりに読点がある）。
後者（結末の歌詞）は、「どっどど　どどうど　どどうど　どどう」（まったく読点がない）。
6　前者は、「青いくるみも吹きとばせ」（読点がない）。
後者は、「青いくるみも、吹きとばせ」（途中に読点がある）。

7　前者は、「すっぱいくゎりんもふきとばせ」（漢字表記がない）。
後者は、「すっぱいくゎりんも吹きとばせ」（漢字表記がある）。

8　前者は、「どっどどどどうど　どどうど　どどう」（末尾は一回だけ）。
後者は、「どっどど　どどうど　どどうど　どどう／どっどど　どどうど　どどうど　どどうど　どどう」（末尾は二回の反復）。

ここに並べてみると、一目で、その異同が見てとれます。
さらに、「吹き・ふき」という「表記のみだれ」、また読点「、」の位置の変化、また読点はあるのに句点がないこと……など、このような表記や記号の不統一、ふぞろい、みだれ、あるいは、でたらめさは、常識的には避けたいところです。

これらの、おびただしい表記や記号の「みだれ」は、たんなる作者や編集者の不用意な「うっかりミス」の類いでしょうか。それとも作者の何らかの意図的なものがあってのことなのでしょうか。読者自身、この「謎」にチャレンジしてみてください。おそらく「お手上げ」であろうと思います。実は、筆者は、これまで集中講義・特別講義に出かけた十数の国公立大学教育学部（北は北海道大学から、南は琉球大学まで）の学生・院生諸君、また小・中・高校の国語教師のサークルに文芸学の特別講義に出かけたおり、このことを質問してみましたが、結果はみな「？」でした。

この二つの主題歌は、作品の冒頭と結末と、たがいに遠くはなれているために、ほとんどの読者が表現の異同に気づいていないように思われます（あるいは気づいてはいても、無視しているのでしょうか。あるいは、理由不明でお手上げということでしょうか）。これまで、この種の異様な表現のありようが理論的に、かつ実証的に、解明されたことを筆者は寡聞にして知りません。

ある論文では、この歌詞の引用で、「吹き・ふき」の表記の違いを無視したものさえ見られます。また、読点「、」の有無、異同についての引用にも、無神経さが見られます（つまり、これらのことが不問に付されてきたことの証しと言えましょう）。中には、表記や呼称などの乱れを統一したものもありますが、たぶん、読者に無用な混乱を与えないための論者・編集者の配慮かもしれません。

主題歌に秘められたエピソード

この歌には、ある秘められたエピソードがあります。

賢治は、自分でも自作の歌（「星めぐりの歌」など）の作曲を試みていますが、この歌については、かつての農学校の教え子で、当時、遠野の近くで小学校の教師をしていた沢里武治を訪れ、その音楽的才能を見込んで、作曲を依頼しています（一九三二年八月）。実は、「八月の末から九月上旬へかけての学校やこどもらの空気にもふれたい」（沢里武治宛、賢治の封書）ため、つまりは『風野又三郎』執筆のための訪問と考えられます。その折、「稿本風野又三郎」に楽譜をのせたいから、と作曲を依頼したのです。

そのとき賢治は、自分でこの歌はこんな風な歌であると、独特のメロディーで口ずさんで見せたそうです。それは、私たちが、現在口ずさんでいる映画の主題歌となっている曲とはまったく違うリズム・メロディーのものでした。そのとき、賢治が紙に書いて見せた歌詞は、次のようなものであったそうです。

どっ
どどどどう

どどどう
どどどう

賢治が口ずさんで見せたリズムは、どうしても作曲不可能で、武治は、丁重にお断りしたということです。明らかにここには尋常のリズムにはのらない「風」というものの「吹き方のゆらぎ」があります（気象の専門家は「風が息をつく」と表現します）。
気象学にも通じていた賢治は、そのことをよく承知していて、「息をつく」ようなこの歌の「D音リズム」は、自分の手に負えぬと思ったのでしょうか、だからこそ、音楽の才能のあるかつての教え子の武治に、この歌の作曲を依頼したのであろうと思われます。

表記・呼称のみだれ

ところで、この表記や記号の有無・相違などの「みだれ」は、作者や、編集者の「うっかりミス」によるものでしょうか。つまり恣意的なものでしょうか。偶然的なものでしょうか、つまりランダム（無作為・でたらめ）なものでしょうか。
それとも、作者による、なんらかの意図的なものなのでしょうか。

既刊本におけるみだれの「処置」

このような表記や呼称のみだれについては、これまで刊行された「全集」や「作品集」の編者には、言うまでもなく、よく知られていたことであったはずです。だからこそでしょうか、編集、出版にあたり、たとえば次のような「処置」がなされてきたのです（引用文の傍線は、筆者）。

この作品「種山が原」のほかにも「みじかい木ペン」「さいかち淵」という草稿や「風野又三郎」という異稿がある上に、それらをまとめて新しく構想したメモもかなり残されているので、長い間だいじにあたためていた材料だったことがわかります。で、「北守将軍と三人兄弟の医者」「グスコーブドリの伝記」につづいて『児童文学』に発表するつもりで書き改めを行っているうちに自分は病気になる、季刊誌の方も廃刊になると悪いことがかさなり、とうとう未完成のままに終わってしまったのでした。

たとえばはじめのところでは「教室はたった一つでしたが生徒は三年生がないだけであとは一年から六年までみんなありました。」と原稿には書かれています。が、三年生はチャンといます。あるいは九月二日のところで孝一という六年生が出てきてあとはまったく消えてしまうとか、三郎と又三郎がむやみに入り交じって整理がついていないと見られるなど、部分的に問題がありますので、従来の全集では編集委員の配慮で訂正が行われていました。本巻の場合もそれに準じ、読者の混乱の起こらぬようにしましたが、もとのままの姿を見たい方は筑摩書房版校本全集第十巻を参照してください。（岩崎書店『風の又三郎』（宮沢賢治　新装　童話全集　9）宮沢清六・堀尾青史編、一九七九年初版一九九九年29刷）

未定稿のため、記述に矛盾する部分がある。九月一日の所では、三郎と嘉助は四年生であったが、九月二日では五年生となっている。また、九月四日、七日の日付は、それぞれ冒頭の「次の朝」の言葉と合致しない。しかし、これらは強いて改めなかった。ただ、地の文の「三郎」「又三郎」の不統一はすべて「三郎」に統一し、数カ所の「した」調は「しました」に統一。（『宮沢賢治名作集』編者横井博、笠間書房、一九八六年初版）

以上、二つの事例を挙げましたが、ご覧のとおり、「三年生が居るのか居ないのか」、「三郎と又三郎がむやみに入り交じって」いるという類いの混乱に対する指摘で、筆者（西郷）が本書で中心的に取り上げている「表記の混乱」、「記号の混乱」については、「無視」されています。ここで重要なことは、これらの「混乱」が、「未完成」の故と見られ、「整理が付いていない」ためと見られていることです。しかし、実は、そのことこそが、作者の意図に基づく、しかも作者の思想を照射するもっとも本質的な問題であることを、読者の貴方は、いずれ思い知ることになるはずです。

さて、読者としては、さっそく、主題歌の「謎」解きをしてもらいたいのでしょうが、いま、すぐ、ここでは、「無理」です。しかるべき順序をふんでの上でなければ、つまりこの「難問」を解くための前提となる法華経の「諸法実相」、また文芸学の基本的理論をふまえる以外にはないからです。つまり、いま、ここで謎解きすることは、不可能ではないにしても、解説も理解も、きわめて困難と思われます。まずは冒頭の「九月一日」の場面から、一歩一歩、表現に厳密によりそいながら、法華経の教義と文芸学の理論を逐次くり出しつつ、おいおい、この「謎」の解明にとりかかることにしましょう。

ところで、この問題の解明は、表記・表現にかかわる微妙な、また厳正を要するものであるため、表記の点でも、もっとも信頼できる筑摩書房刊『新校本・宮澤賢治全集』所収の作品を引用します。この全集のみが、生原稿において作者の記述した通りの姿を遵守しているからです。つまり、「表記のみだれ」なども、一切、編者の手を入れることなく、そのまま「再現」されているということです。

実は、筆者の、この研究が成立したことの基本的条件は、この『全集』の刊行ということにあるのです。これまでの『全集』や『作品集』と違い、一字一句、原稿のままを、忠実に、正確に再現したもので、だからこそ、結果として、筆者は、作者賢治の意図を正確にたどることが可能となったのです。もちろん、資料館に問い合わせていちいち生原稿を調べることも可能ではありますが、たいへんな手数です。また本書の読者が、さらに追試・調査研究されることを考えれば本全集の刊行は、きわめて有意義なものと言うべきで、出版界の「常識」に反する異例の、画期的な企画の実現に努力された編者の方々、また版元の筑摩書房に、心からなる感謝のことばを捧げたいと思います。

なお、本書で、作品本文の引用にあたって、(紙面の節約のため)要約、あるいは一部引用にとどめたいのですが、ほかならぬ表記や呼称や諸記号の些細な相違こそが問題となるため、長文をいとわず、そっくりそのまま、引用・紹介する以外にありません。大幅に紙面をとることを前もってご了承願います。

さて、以上のこと(呼称・表記の「みだれ」などの一部)を、筆者は、かつて、主要な童話二十数編、ならびに「無声慟哭」などの詩数編を具体的にとりあげ、論理的に、かつ実証的に解き明かすことを試みました。その考察をまとめたものが、さきに上梓した拙著『宮沢賢治「二相ゆらぎ」の世界』(黎明書房、二〇〇九年八月刊)というわけです。

前掲書での考察をふまえ、さらに、前掲書では触れ得なかったいくつかの重要な問題点をふくめ、賢治の代表的な少年小説『風野又三郎』（いわゆる童話『風の又三郎』）の数多くの「謎」について、このたび、広く、深く解明したものが本稿というわけです。

なお、天沢退二郎氏の好著『謎解き・風の又三郎』（丸善）の中に、

……賢治は自分の書いた童話の題名をいろいろに組み合せた、題名列挙メモというものをいく通りも残しているのですが、そのうちで最も晩年に近いと考えられる一つに

少年小説
ポラーノの広場
風野又三郎
銀河ステーション
グスコーブドリの伝記

というのがあります。

とあるように、賢治自身は、この作品を「少年小説」としています。筆者（西郷）も、そのことを是認するものですが、とりあえず、通説に従い、童話『風の又三郎』としておくことがあります。

何はともあれ、「主題歌」にひきつづく第一章の冒頭場面をごらんください。

◎本論　「風の又三郎」の謎の徹底解明

風〔の〕又三郎

〔九月一日〕

どっどどどどうど　どどうど　どどう、
青いくるみも吹きとばせ
すっぱいくゎりんもふきとばせ
どっどどどどうど　どどうど　どどう

谷川の岸に小さな学校がありました。

※続きは、本書20頁参照。

早速、冒頭の、「九月一日」の章を引用しておきます（と言いましたが、実は、この章には見出しがないのです。冒頭に「さわやかな九月一日の朝でした」とあり、また第二章の「九月二日」の章の冒頭の「次の日……」云々という文章から、逆に、作品冒頭の第一章が「九月一日」であることが類推されたというわけです。いったい、なぜ第一章の見出しがないのか、またこの後の各章の題名が不揃いであることじたいが、すでに一つの謎と言えましょう）。

しかし、何よりも大きな「謎」は、原稿用紙の右肩に、作者によって「風野又三郎」と題名が肩書きされていることです。それにしても「風野」という姓は、本文中には、ただの一度も出てきません。このことについては、天沢退二郎氏の『謎解き・風の又三郎』（丸善）において説得的に説明されていますので、そちらに譲ります（本書255頁参照）。全集の編者が「野」を「の」と訂正、その旨を明らかにするために亀甲カギ〔〕に入れているのは、良心的な適切な処置であったと思います。ただし、筆者（西郷）としては、後に詳しく理由を述べますが、作者宮沢賢治が題名を『風野又三郎』と「命名」した意図が「なるほど」と納得できますので、この作品（小説）の題名は『風野又三郎』として論を進めていきます。

第1章　みだれか、ゆらぎか

1　〔九月一日〕

まず冒頭の、「九月一日」の「章」を、場面①、場面②に分けて引用、順次、謎の解明を進めていきます。

○場面①

谷川の岸に小さな学校がありました。
教室はたった一つでしたが生徒は三年生がないだけであとは一年から六年までみんなありました。運動場もテニスコートのくらゐでしたがすぐうしろは栗の木のあるきれいな草の山でしたし運動場の隅にはごぼごぼつめたい水を噴く岩穴もあったのです。
さわやかな九月一日の朝でした。青ぞらで風がどうと鳴り　日光は運動場いっぱいでした。黒い雪袴をはいた二人の一年生の子がどてをまはって運動場にはいって来て、まだほかに誰も来てゐないのを見て
「ほう、おら一等だぞ。一等だぞ。」とかはるがはる叫びながら大悦びで門をはいって来たのでしたが、ちょっと教室の中を見ますと、二人ともまるでびっくりして棒立ちになり、それから顔を見合せてぶるぶるふるえました。がひとりはたうたう泣き出してしまひました。といふわけは　そのしんとした朝の教室のなかにどこから来たのか　まるで顔も知らないおかしな赤い髪の子供がひとり一番前の机にちゃんと座ってゐたのです。そしてその机といったらまったくこの泣いた子の自分の机だっ

たのです。もひとりの子ももう半分泣きかけてゐましたが、それでもむりやり眼をりんと張ってそっちの方をにらめてゐましたら、ちゃうどそのとき川上から
「ちやうはあかぐり　ちやうはあかぐり」と高く叫ぶ声がしてそれからまるで大きな鳥のやうに嘉助が　かばんをかゝへてわらって運動場へかけて来ました。と思ったらすぐそのあとから佐太郎だの耕助だのどやどややってきました。

「なして泣いでら、うなかもたのが。」嘉助が泣かないこどもの肩をつかまへて云ひました。するとその子もわあと泣いてしまひました。おかしいとおもってみんながあたりを見ると教室の中にあの赤毛のおかしな子がすましてしゃんとすはってゐるのが目につきました。みんなはしんとなってしまひました。だんだんみんな女の子たちも集って来ましたが誰も何とも云へませんでした。

赤毛の子どもは一向こわがる風もなくやっぱりちゃんと座ってじっと黒板を見てゐます。すると六年生の一郎が来ました。一郎はまるでおとなのやうにゆっくり大股にやってきてみんなを見て「何した」とききました。みんなははじめてがやがや声をたてゝその教室の中の変な子を指しました。一郎はしばらくそっちを見てゐましたがやがて鞄をしっかりかゝへてさっさと窓の下へ行きました。

みんなもすっかり元気になってついて行きました。

「誰だ、時間にならないに教室へはいってるのは。」一郎は窓へはいのぼって教室の中へ顔をつき出して云ひました。

「お天気のいゝ時教室さ入ってるづど先生にうんと叱らへるぞ。」窓の下の耕助が云ひました。

「叱らへでもおら知らないよ。」嘉助が云ひました。

「早ぐ出はって来　出はって来」一郎が云ひました。けれどもそのこどもはきょろきょろ室の中やみんなの方を見るばかりでやっぱりちゃんとひざに手をおいて腰掛に座ってゐました。

ぜんたいその形からが実におかしいのでした。変てこな鼠いろのだぶ〔だ〕ぶの上着を着て白い半ずぼんをはいてそれに赤い革の半靴をはいてゐたのです。それに顔と云ったらまるで熟した苹果のやう殊に眼はまん円でまっくろなのでした。一向語が通じないやうなので一郎も全く困ってしまひました。

「あいつは外国人だな」「学校さ入るのだな。」みんなはがやがやがやがや云ひました。ところが五年生の嘉助がいきなり

「あゝ　三年生さ入るのだ。」と叫びましたので「あゝさうだ。」と小さいこどもらは思ひましたが一郎はだまってくびをまげました。

変なこどもはやはりきょろきょろこっちを見るだけきちんと腰掛けてゐます。

そのとき風がどうと吹いて来て教室のガラス戸はみんながたがた鳴り、学校のうしろの山の萱や栗の木はみんな変に青じろくなってゆれ、教室のなかのこどもは何だかにやっとわらってすこしうごいたやうでした。すると嘉助がすぐ叫びました。「あゝ　わかった　あいつは風の又三郎だぞ。」さうだっとみんなもおもったとき俄かにうしろの方で五郎が「あわ、痛ぃぢゃあ。」と叫びました。みんなそっちへ振り向きますと五郎が耕助に足のゆびをふまれてまるで怒って耕助をなぐりつけてゐたのです。すると耕助も怒って「わあ、われ悪くてでひと撲ぃだなあ。」と云ってまた〔五〕郎をなぐらうとしました。〔五〕郎はまるで顔中涙だらけにして耕助に組み付かうとしました。そこで一郎が間へはいって嘉助が耕助を押へてしまひました。「わあい、喧嘩するなったら、先生ぁちゃんと職員室に来てら

ぞ。」と一郎が云ひながらまた教室の方を見ましたら一郎は俄かにまるでぽかんとしてしまひました。たったいままで教室にゐたあの変な子が影もかたちもないのです。みんなもまるでせっかく友達になった子うまが遠くへやられたやう、せっかく捕った山雀に遁げられたやうに思ひました。

風がまたどうと吹いて来て窓ガラスをがたがた云はせうしろの山の萱をだんだん上流の方へ青じろく波だてゝ行きました。

「わあうなだ喧嘩したんだがら又三郎居なぐなったな。」嘉助が怒って云ひました。みんなもほんたうにさう思ひました。〔五〕郎は〔〕じつに申し訳けないと思って足の痛いのも忘れてしょんぼり肩をすぼめて立ったのです。

「やっぱりあいつは風の又三郎だったな。」

「二百十日で来たのだな。」「靴はいでだたぞ。」

「服も着でだたぞ。」「髪赤くておがしやづだったな。」

「ありやありや、又三郎おれの机の上さ石かげ乗せでったぞ。」二年生の子が云ひました。見るとその子の机の上には汚ない石かけが乗ってゐたのです。

「さうだ。ありや。あそごのガラスもぶっかしたぞ。」

「そ〔だ〕なぃでぁ。あいづぁ休み前に嘉一石ぶっつけだのだな。」「わあい。そだなぃでぁ。」と云ってゐたときこれはまた何といふ訳でせう。先生が玄関から出て来たのです。先生はぴかぴか光る呼子を右手にもってもう集れの支度をしてゐるのでしたが、そのすぐうしろから、さっきの赤い髪の子が、まるで権現さまの尾っぱ持ちのやうにすまし込んで白いシャッ〔ポ〕をかぶって先生についてすぱすぱとあるいて来たのです。

みんなはしいんとなってしまひました。やっと一郎が「先生お早うございます。」と云ひましたので
みんなもついて「先生お早うございます」と云っただけでした。「みなさん。お早う。どなたも元気
ですね。では並んで。」先生は呼子をビルルと〔吹〕きました。それはすぐ谷の向ふの山へひゞいて
またピルルルと低く戻ってきました。

ごらんのとおり、非常識と思える「表記のみだれ」や「呼称のみだれ」が、至るところに数多く見られます。注意深い読者なら、すぐにも気づく「みだれ」と言えましょう。

先に紹介した主題歌の、表記の乱れ、読点の不審な打ち方などに疑問をもたれた読者なら、この冒頭場面の中に、いくつかの不審な表記法や呼称のあることに、すぐさま気づかれたはずです。いくつか次にとり出してみましょう。

表記のみだれ

引用文（場面①）に、筆者がわざわざ傍線を引いておきましたが、同一の言葉が、「漢字と平仮名の二相」で出てくるところです。その中のほぼすべてを順不同に引用しておきます。

・子供・子ども・こども
・来た・きた
・思ふ・おもふ
・持つ・もつ
・座る・すはる

・居る・ゐる
・眼・目（異なる漢字表記）
・鞄・かばん
・時・とき
・中・なか
・入る・はいる
・訳・訳け・わけ　　※その他（省略）

○場面②

さらに、場面①だけでなく、「九月一日」の章全体に目配りすると、「表記のみだれ」「呼称のみだれ」などが、数多く見うけられます。

すっかりやすみの前の通りだとみんなが思ひながら六年生は一人　五年生は七人　四年生は六人　三年生は十二人　組ごとに一列に縦にならびました。
二年生は八人一年生は四人前へならへをしてならんだのです。するとその間あのおかしな子は何かおかしいのかおもしろいのか奥歯で横っちょに舌を嚙むやうにしてじろじろみんなを見ながら先生のうしろに立ってゐたのです。すると先生は高田さんこっちへおはいりなさいと云ひながら四年生の列のところへ連れて行って丈を嘉助とくらべてから嘉助とそのうしろのきよの間へ立たせました。みんなはふりかへってじっとそれを見てゐました。

先生はまた玄関の前に戻って
　前へならへと号令をかけました。

みんなはもう一ぺん前へならへをしてすっかり列をつくりましたがじつはあの変な子がどういう風にしてゐるのか見たくてかはるがはるそっちをふりむいたり横眼でにらんだりしたのでした。するとその子はちゃんと前へならへでもなんでも知ってるらしく平気で両腕を前へ出して指さきを嘉助のせなかへやっと届くくらゐにしてゐたものですから嘉助は何だかせなかがかゆいかくすぐったいかといふ風にもぢもぢしてゐました。「直れ」先生がまた号令をかけました。

「一年から順に前へおい。」そこで一年生はあるき出しまもなく二年も三年もあるき〔出し〕てみんなの前をぐるっと通って右手の下駄箱のある入口に入って行きました。四年生があるき出すとさっきの子も嘉助のあとへついて大威張りであるいて行きました。前へ行った子もときどきふりかへって見あとのものもぢっと見てゐたのです。

まもなくみんなはきものを下駄凾に入れて教室へ入って、ちゃうど外へならんだときのやうに組ごとに一列に机に座りました。さっきの子もすまし込んで嘉助のうしろに座りました。ところがもう大さわぎです。

「わあ、おらの机代ってるぞ。」

「わあ、おらの机さ石かけ入ってるぞ。」

「キッコ、キッコ、うな通信簿持って来たが。おら忘れで来たぢゃあ。」

「わあい、さの、木ぺん借せ、木ぺん借せったら。」

「わぁがない。ひとの雑〔記〕帳とってって。」

そのとき先生が入って来ましたので　みんなもさわぎながらとにかく立ちあがり一郎がいちばんうしろで「礼」と云ひました。

みんなはおぢぎをする間はちょっとしんとなりましたがそれから又がやがやがやがや云ひました。

「しづかに、みなさん。しづかにするのです。」先生が云ひました。

「叱っ、悦治、やがましったら。嘉助ぇ、喜っこぅ。わあい。」と一郎が一番うしろからあまりさわぐものを一人づつ叱りました。〔　〕

みんなはしんとなりました。先生が云ひました。「みなさん長い夏のお休みは面白かったですね。みなさんは朝から水泳ぎもできたし林の中で鷹にも負けないくらゐ高く叫んだりまた兄さんの草刈りについて上の野原へ行ったりしたでせう。けれどももう昨日で休みは終りました。これからは第二学期で秋です。むかしから秋は一番からだもこゝろもひきしまって勉強のできる時だといってあるのです。ですから、みなさんも今日から又いっしょにしっかり勉強しませう。それからこのお休みの間にみなさんのお友達が一人ふえました。それはそこに居る高田さんです。その方のお父さんはこんど会社のご用で上の野原の入り口へおいでになってゐられるのです。高田さんはいままでは北海道の学校に居られたのですが今日からみなさんのお友達になるのですから、みなさんは学校で勉強のときも、また栗拾ひや魚とりに行くときも高田さんをさそふやうにしなければなりません。わかりましたか。わかった人は手をあげてごらんなさい。」

すぐみんなは手をあげました。その高田とよばれた子も勢よく手をあげましたので、ちょっと先生はわらひましたがすぐ、

「わかりましたね、ではよし。」と云ひましたのでみんなは火の消えたやうに一ぺんに手をおろしま

した。

ところが嘉助がすぐ、「先生。」といってまた手をあげました。

「はい、」先生は嘉助を指さしました。

「高田さん名は何て云ふべな。」「高田三郎さんです。」

「わあ、うまい、そりや、やっぱり又三郎だな。」嘉助はまるで手を叩いて机の中で踊るやうにしましたので、大きな方の子どもらはどっと笑ひましたが三年生から下の子どもらは何か怖いといふ風にしいんとして三郎の方を見てゐたのです。先生はまた云ひました。

「今日はみなさんは通信簿と宿題をもってくるのでしたね。持って来た人は机の上へ出してく〔だ〕さい。私がいま集めに行きますから。」

みんなはばたばた鞄をあけたり風呂敷をといたりして通信簿と宿題帖を机の上に出しました。

そして先生が一年生の方から順にそれを集めはじめました。そのときみんなはぎょっとしました。というふ訳はみんなのうしろのところにいつか一人の大人が立ってゐたのです。その人は白いだぶだぶの麻服を着て黒いてかてかした半巾をネクタイの代りに首に巻いて手には白い扇をもって軽くじぶんの顔を扇ぎながら少し笑ってみんなを見おろしてゐたのです。さあみんなはだんだんしぃんとなってまるで堅くなってしまひました。ところが先生は別にその人を気にかける風もなく順々に通信簿を集めて三郎の席まで行きますと三〔郎〕は通信簿も宿題帖もない代りに両手をにぎりこぶしにして二つ机の上にのせてゐたのです。先生はだまってそこを通りすぎ、みんなのを集めてしまふとそれを両手でそろへながらまた教壇に戻りました。

「では宿題帖はこの次の土曜日に直して渡しますから、今日持って来なかった人は、あしたきっと忘れないで持って来てください。それは悦治さんとコージさんとリョウサクさんとですね。では今日はこゝまでです。あしたからちゃんといつもの通りの仕度をしてお出でなさい。それから五年生と六年生の人は、先生といっしょに教室のお掃除をしませう。ではこゝまで。」

一郎が気を付けと云ひみんなは一ぺんに立ちました。うしろの大人も扇を下〔に〕さげて立ちました。

「礼。」先生もみんなも礼をしました。うしろの大人も軽く頭を下げました。それからずうっと下の組の子どもらは〔〕一目散に教室を飛び出しましたが四年生の子どもらはまだもぢもぢしてゐました。

すると三郎はさっきのだぶだぶの白い服の人のところへ行きました。先生も教壇を下りてその人のところへ行きました。

「いやどうもご苦労さまでございます。」その大人はていねいに先生に礼をしました。

「ぢきみんなとお友達になりますから、」先生も礼を返しながら云ひました。

「何分どうかよろしくおねがひいたします。それでは。」その人はまたていねいに礼をして眼で三郎に合図すると自分は玄関の方へまはって外へ出て〔待〕ってゐますと三郎はみんなの見てゐる中を眼をりんとはってだまって昇降口から出て行って追ひつき二人は運動場を通って川下の方へ歩いて行きました。

運動場を出るときその子はこっちをふりむいてぢっと学校やみんなの方をにらむやうにするとまたすたすた白服の大人について歩いて行きました。

「先生、あの人は高田さんのお父さんすか。」一郎が箒をもちながら先生にききました。

「さうです。」

「何の用で来たべ。」

「上の野原の入口にモリブデンといふ鉱石ができるので、それをだんだん堀るやうにする為ださうです。」

「どごらあだりだべな。」

「私もまだよくわかりませんが、いつもみなさんが馬をつれて行くみちから少し川下へ寄った方なやうです。」

「モリブデン何にするべな。」

「それは鉄とまぜたり、薬をつくったりするのださうです。」

「そだら又三郎も堀るべが。」嘉助が云ひました。

「又三郎だなぃ。高田三郎だぢゃ。」佐太郎が云ひました。

「嘉助、うなも残ってらば掃除してすけろ。」一郎が云ひました。

「わぁい。やんたぢゃ。今日五年生ど六年生だな。」

嘉助は大急ぎで教室をはねだして遁げてしまひました。

風がまた吹いて来て窓ガラスはまたがたがた鳴り雑巾を入れたバケツにも小さな黒い波をたてました。


不審な表記のありように気づかれたと思います、その一端を次に引用しておきましょう。

・云ふ・いふ
・入る・はいる

・歩く・あるく
・下駄箱・下駄函
・入口・入り口
・一番・いちばん
・居られる・ゐられる
・笑ふ・わらふ
・持って来る・もってくる
・時・とき
・持つ・もつ

そして、『風の又三郎』全編で言えば、

・並ぶ・ならぶ（①と②で）　＊丸中数字は場面。
・風呂敷・ふろしき（②と③で）
・運動場中・運動場じゅう（③）
・取り返す・とり返す（③）
・唱ふ・うたふ・歌ふ（③）
・丸太の棒・丸太棒・丸太（⑥）
・現はれる・あらはれる（⑥）
・土手・どて（⑥）
・疋・匹・ひき（⑥）

・道・路・みち（⑥）
・空・そら（⑦）
・葡萄・ぶだう（⑨）
・濁す・にごす（⑪）
・さいかちの樹・さいかちの木（⑬と⑭で）
・窓がらす・窓ガラス（①と⑮で）　※その他（省略）

など、実に、おびただしい数におよぶ表記・呼称の不統一・みだれが見られます。これらを、どうお考えですか（実は、生原稿以外の、新聞、雑誌、単行本で公刊された作品にも、つまり作者や編集者の校閲をへたはずのものにも、同様の不統一が見られるのです）。これらは、作者や編集者の「うっかりミス」でしょうか。まさか、そんなはずはないと考えられます。ともかく一応、恣意的、偶然的、つまりランダムなものと考えられます。まさに「呼称・表記のみだれ」と言うべきところでしょう。とすれば、賢治という作家は、これほど表記に無神経な人であるのでしょうか。実は、賢治という作家は、創作にあたって、「厳密」というほど、小説作法を遵守している作家なのです。決して、ずさんな性格の作家ではありません。

創作の常道をふまえた小説作法

具体的に、冒頭場面を文芸学的に分析するならば、実は、賢治という作家は、周到綿密な態度で「創作における定石」をきちんとふまえて叙述展開していることに、おどろかれるはずです。表記、呼称の乱れを問題にする前に、まずは、そのことを具体的に明らかにしておきたいと思います。

なおその際、あわせて、西郷文芸学の基本的理論に基づく概念・用語についても必要最小限ふれておきたいと思います（回り道のようではありますが）。本書がとりあげる問題の理論的解決のための必須の要件と考え、簡略にふれておきたいと思います。まずは文芸学の「イロハ」をふまえながら。

文芸学の基礎理論をふまえて、冒頭場面を分析する

〈語り手（話者）の語り方・語り（話法・話体）〉

すべて、物語・小説というものは、まず、話者（語り手）が、想定される聴者（聴き手）に語るところを、作者（虚構世界の作り手）が、想定された読者（読み手）にむけて文章化（虚構化）するという、プロセス（手順）をとります。

話者（語り手）は、話者により想定された聴者（聴き手＝話者と同時代人）にむけて、いわば聴き手の常識を前提として、物語を語りはじめます（その語り方を「話法」、語られたものを「話体」と言います）。その話者の話体をふまえ、作者（虚構世界の作り手）は、想定された読者に対して、表記（平仮名にするか漢字にするか）、また、記号（句読点や鍵など）を使い分けて叙述します。

まず作家（生身の人間）が、作品にふさわしい虚構の人物・作り手（作者）に変身。さらに、作者はふさわしい話者を選び、その話者に変身します。なお逆方向（たとえば、話者が作者に）の変身もあります。

このように変身することを「相変移」と言い、「変身」した結果を「相変位」と名づけますが、これは、西欧諸国の文学理論（また、それに準拠する日本の文学理論）には見られない西郷文芸学独自の考え方です。

西欧の二元論的世界観（56頁参照）では、相変移あるいは相変位ということは原理的に考えられぬことなのです。しかし、日本古来の多元論的世界観のもとでは、自在に相変移・相変位ということは特異なことではありません。普遍的なことであるのです。

〈文芸（虚構）の自在に相変移する入子型重層構造（西郷模式図・モデルⅢ―5）〉

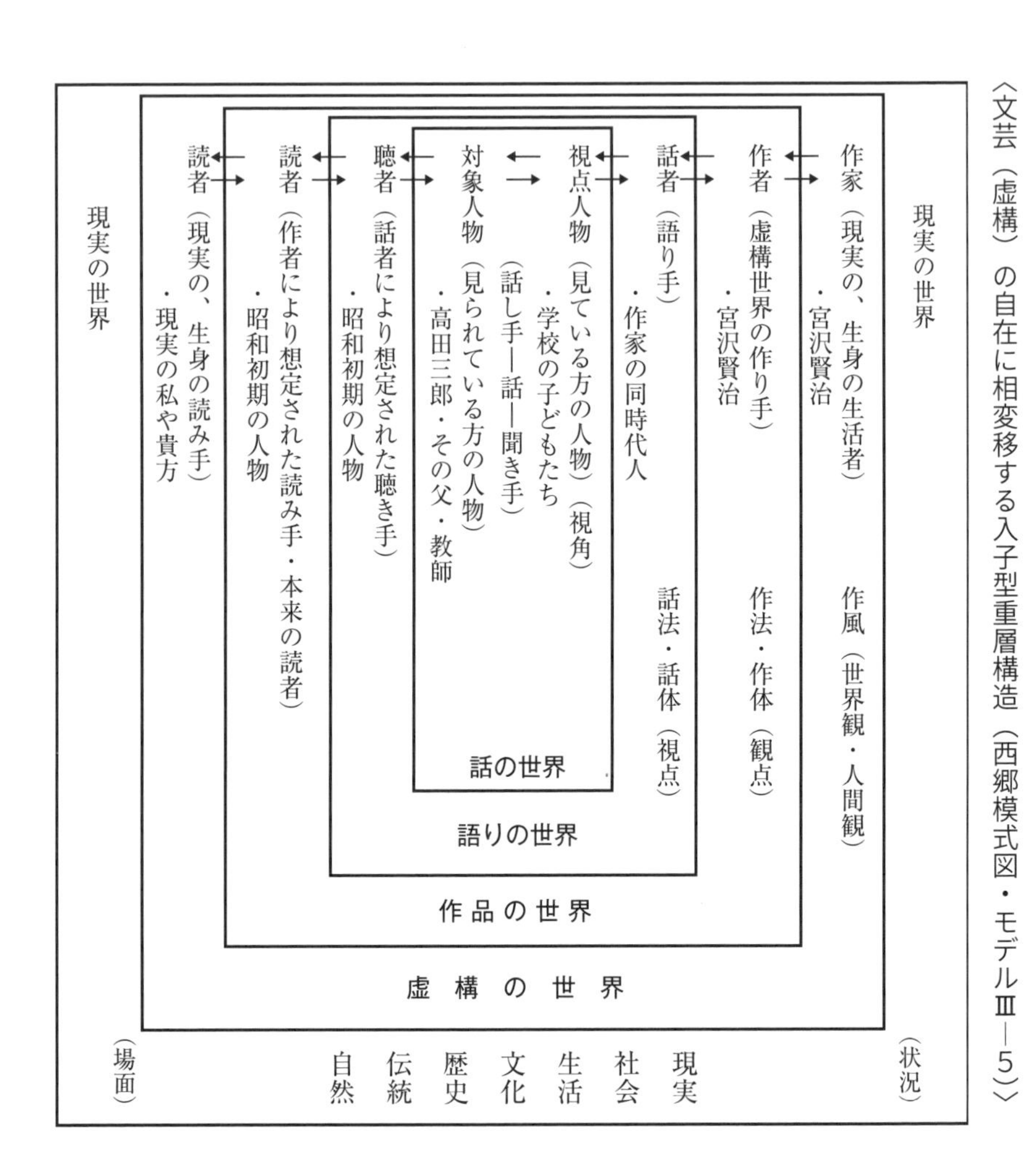

西郷模式図を『風の又三郎』を例にして、簡略に紹介しておきます。これは、『風の又三郎』の構造分析でもあります。

《前頁の模式図の注》

(1)「視点と対象」の「対象」には、「対象人物」と「対象事物」とがあります。
　模式図には「対象人物」のみが記入されています。

(2) 話者（語り手）の語り方を「話体」と言います。話し手の話し方も同じように「話体」と言います。話し手の「話」も、すべて話者が語ることになるからです。
　人物の科白にかぎ括弧「　」をつけなくても間違いでないというのは、科白を話すのは話し手でも、それを聞き手に語るのは、話者（語り手）だからです。

(3) 相変移すると複合体になります。

(4) 作体＝短歌（歌体）、詩（詩体）、俳句（俳体）、小説・物語（文体）

(5) 相変移は一瞬のうちに作家、読者の意識の中で自在になされます。

(6) 二元論的世界観に立つ西欧諸国の文芸理論では相変移という発想はありえません。
　（左右の矢印はありません）

(7) しかも、左右に対応する動的関係構造はあり得ません。

〈作家と読者の相変移〉
作家は、自由自在に、作者、話者、視点人物、対象人物、聴者、想定された読者、現実の読者に変身（化身）します。読者もまた同様です（そのことを、位相の変移、相変移と言います。相変移した結果を相変位といいます）。現実の作家と読者以外はすべて虚構の人物です。

〈西郷模式図で、すべての文芸の構造を解明〉

西郷模式図は、文芸のジャンルのすべて（世界最小の俳句のようなジャンルより、長編小説のようなものまで、すべての文芸のジャンルの構造）を完全に説明できる模式図です。

〈二元論的世界観による西欧の文学理論と西郷文芸学〉

一神教世界（ユダヤ教・キリスト教・イスラム教などの西欧諸国、アメリカ、ロシアなどの、ほとんどの国の宗教）に特有の二元論的世界観を基盤とする西欧の文学理論（たとえば代表的な文学理論とされるロシアのフォルマリズムや、その流れをくむフランスのナラトロジー）などには、当然のことながら、「自在に相変移・相変位」という発想はあり得ないし、実際皆無です。

作者は作者、話者は話者です。作家が作者に、また作者が話者に自在に変身、さらに視点人物やその他の人物にも自在に変身（相変移・相変位）するということは原理的にあり得ないことなのです。作者は作者、話者は話者、すべて独自な概念・機能をもつ存在です。西欧の理論に依拠する日本のほとんどの文学理論も、また然り（具体的な説明は省略）。

なお、これら西欧の文学理論では（また、それに追随する我が国の文学理論においても）作家と作者の混同が見られます。多くの理論において、作者と作家が同一視されています。

たとえば、「作家の作風、作者の文体」と区別すべきを、作家の場合も作者の場合もひとしく文体と言う、などです。また、対象人物があるのに何故か視点人物がない、といったたぐいの整合性のない奇妙な「理論体系」（たとえばフランスのナラトロジー。実は視点人物と言うべきところを、逆に対象人物としているなどの混乱）です。これらの概念はすべてペアになっているはずのもの（対概念）なのに、です。

視点人物（見ている方の人物）があれば当然、対象人物（見られている方の人物）があってしかるべきです。ところがナラトロジーでは視点人物と称すべきところを対象人物と言い、しかもその対概念に相等する（つまり見られている人物）の概念・用語がないのです。まったく整合性のない何とも奇っ怪な理論と言わざるを得ません。

西郷文芸学の虚構論体系においては当然、すべて、作者に対しては読者、話者に対しては聴者、視点人物に対しては対象人物というペアの形（対の概念・用語）としてあります。

さらに本質的な両者の違いとして、西郷文芸学においては、これらすべての概念・用語は独自に自立しながら、しかも自在に相変移・相変位（うつりかわり・変身）することです。西欧の二元論的理論においては、原理的に、作者は作者、話者は話者です。互いに自立していて相変移（変身）することはあり得ません。西郷文芸学では、ここにあげたすべての概念・用語はそれぞれ独自に概念規定され、その性格や働き（機能）はそれぞれ、独自なものとしてあります。

しかし、それらは、一瞬のうちに互いに相変移・相変位します。つまり、作者が話者に、話者が視点人物に、あるいは逆に、視点人物が話者に、話者が作者に、という具合に、すべての位相の人物が瞬時に相変移（うつりかわり）します。そのことを「自在に相変移・相変位」すると言います（以後、煩を避け「相変位」とします）。

賢治はもちろん、日本の作家たちの作品は（たとえ意図的ではないにしても、結果として）、ほとんどすべての作品において、「相変位」が見られます（具体的な説明は省略）。

このような相変位という自在な考え方は、西欧諸国の二元論的世界観からは絶対に発想しえないあり方と言えましょう。

（ここは世界の文学理論について紹介する場ではありませんので、これ以上は触れません。なお、西郷文芸学については、随所でふれておりますので、ご参照ください。）

さて一応、文芸学の基本的概念用語の説明が終わったところで、作品冒頭における作者の創作上の工夫について概観しておきましょう。

〈作品の冒頭（書き出し）の仕組と仕掛〉

語りはじめの場面を「冒頭」と言いますが、語り手・話者は、想定された聴き手・聴者を物語の世界に誘い、引き入れるための工夫（仕掛という）をこらします。日常の世界の俗事にかまけている聴者（聴き手）・読者（読み手）の関心をさりげなく誘い引き込む手もあれば、いきなり非日常の異常な世界に読者をたたき込むという手もありましょう。この作品のばあいは、あのリズミカルな、「どっどどどどうど　どどうど　どどう……」という「歌」の調べにのせて、聴き手（聴者・読者）を自然に物語の世界に引きいれ、さて、おもむろに「物語」を語りはじめます。

どうやら賢治のふるさと東北の寒村とおぼしき、谷川の岸にある小さな小学校を舞台にくり広げられる事件（出来事）を、語り手・話者は、いわば「目撃者」の立場で、「目の前に見るごとく」「その場に居あわせるもののごとく」、そこでの出来事を語りはじめます。

当然、聴者・聴き手（つまりは読者）も、話者・語り手の語るところを、「その場に居あわせる者」のごとく、「事の成り行き」を興味をもって「目で追う」ことになるでしょう。いわば「目撃者体験」をすることになりましょう。

〈冒頭（とき・ところ・ひと）の条件設定〉

冒頭は、多くの物語、小説の常道にそって、まずは、「とき・ところ・ひと」の紹介から始まります。

とき　九月一日・さわやかな朝（二学期の始まりの日・春分の日から二百十日目に当たる日・つまり
　　　台風襲来が想定される日）
ところ　東北の寒村。谷川の岸の小さな小学校・一年生から六年生までの複式学級。
ひと　主人公・高田三郎と、その父。
　　　一年生から六年生まで・一郎・嘉助・耕助・佐太郎、その他と、先生。
　　　主要人物が、それぞれに性格づけされる。

　ところで、一般的に言って、読者が文芸作品を読むということは、日常的現実から、いわば地つづきで自然に作品世界へさそわれ、気づいたときは虚構世界に身を置いている、という形ではじまる場合がおおいようです。

　一方、いきなり非日常的な異常な事態に読者を引き込み、直面させ、有無を言わせず、物語の渦中に巻きこんでしまうという手もあります。両者はそれぞれ一長一短あります。要は、題材・主題・想定される読者、などを考慮し、その長短をわきまえた展開ということになりましょう。

　この作品は、例の〈どっどどどどうど　どどうど　どどう……〉という「風の歌」の出だしで、リズミカルな口調にのせて、読者が気づいたときは、いつのまにか、この日常的な、それでいて、何とも不可解な世界に足を踏み入れてしまっている、つまり、いきなり、いつもの教室とは違う奇妙な事態に、子どもたちを、そして聴き手・読者を、直面させることになります。

　まさに創作方法の常道・定石をみごとにふまえた、しかも独自な冒頭の設定であると言えましょう。というのは、この物語の冒頭は、実は「九月一日・二百十日」という設定でなければならないのです。また六年生から一年生までの、さまざまな性格の生徒がいるところが、魔術にたとえれば「タネ」と言えましょう。つまり、「とき」は、二百十日に当たり、かつ二学期の始まりという、ほかならぬ「九月一日」でなければ、ただの転校生「三郎」が、風の神の子「又三郎」に変身するという「奇跡」は生まれなかった、と言えましょう。

また、六年生から、五年生以下、一年生の子どもまで、さまざまな年齢の、さまざまな性格の子どもをそろえたところに、この「魔術」の巧妙なもう一つの「シクミ」「シカケ」があると言えましょう。ことに、頭っから、奇跡を信じ込んでしまう年頃の嘉助や年少の子どもたちをそろえることは、もしかするとこの「魔術」になくてはならぬ「シクミ」「シカケ」と言えましょう。あるいは、奇跡など信じないかもしれぬ六年生の一郎や、佐太郎（五年生？）も、この「魔術」になくてはならぬ「役者」でもあり、かつ「観客」の一人としても設定されています。このような一年生から六年生までが同じ一つの複式学級にいる中に主人公を「投入」する設定なしには、この現実的で、かつ幻想的という独自な世界は成立しなかったでしょう。たとえば、低学年の学級とか高学年の学級とか、固定した年齢集団であってはならないのです（そのことの理由は後述）。

また、一郎から嘉助、そして耕助や佐太郎、その他、それぞれ独自の性格や、ものの見方考え方をもったさまざまな人物が、冒頭の場面で、さりげない形で「紹介」され、彼らが物語の織物の「図柄」を織りなしていく色とりどりの「錦の糸」となっています。何よりも、さまざまな年齢・性格・考え方の視点人物（主人公を見ている、さまざまな年齢・性格・考え方の子どもたち）を設定したことで、現実の三郎を、非現実の「風の又三郎」として、さまざまな年齢・性格・思想の読者にもひとしく受け入れさせる可能性がより強まったと言えましょう。登場人物の、それぞれの独自な性格・考え方については、しかるべきところにおいて具体的に説明しましょう。
実は、この物語の主要人物のほとんどが（このすぐ後に登場する先生と、主人公の父親をふくめ）、冒頭の場面に、勢揃いします。このあと物語は、「おかしな赤毛の子供」を中軸に、劇的な展開をすることになります。
語り手・話者は、冒頭の場面において、物語の基本要素「とき・ところ・ひと」をさりげなく紹介しながら、それぞれに個性的な人物に対し、かつ彼らのあいだにひき起こされるであろう事件に対して、読者の興味・関心をさそっているのです。物語・小説というものの、いわば定石をふまえた見事な創作作法と言えましょう。

〈主人公の紹介〉

主人公の紹介ということで、とくに一言ふれておきたいことがあります。物語・小説において、「とき・ところ・ひと」など主要な事柄について「説明・紹介」の役を受け持たされているのは、通常、話者・語り手です。しかも話者の語ることは、額面通り受け取ることが要請されます。話者の語るところをいちいち疑っていては語りは一歩もはかどりません。たとえば、ある人物を話者が「これこれこういう人物」と紹介すれば、聴き手・読者は、そのとおり承知する以外にありません。いちいち疑っていては、物語は一歩もはかどりません。ところが、肝心な主人公を「北海道から転校してきた高田三郎」と、紹介するのは話者・語り手ではなく、実は作中の対象人物「先生」なのです。したがって読者は、そのことを信じていいか否か、迷うことにもなりかねません。げんに、嘉助をはじめ、子どもたちの多くが、そのことを「疑って」います。しかし、六年生の一郎はどうでしょうか。また、〈又三郎だない〉と言った佐太郎はどうでしょうか。さりげない「設定」ではありますが、実はきわめて計算された作者の企み・戦術の一つと言えましょう。つまり、さまざまな年齢層の読者の中にも見られる多様な見方・考え方をそれぞれに「代表」するであろうような多様な人物を「配置」した（と言っても、なるほど、と納得されるのは、本書を最後まで読み終えたときであるかもしれませんが……）ことも、まことに巧妙な設定と言わざるを得ません。

〈多様な人物の、それぞれの視角から〉

主人公を、さまざまな年齢（一年から六年まで）・性格・思想の子どもたちの視角（目と心によりそい）から、とらえ表現します。しかも、ほとんどの子どもが主人公を「風の又三郎」と思いこんでいるのですから、子どもたちのがわから主人公を見ることになる読者（作者により想定された読み手）には、主人公が、現実のものとも非現実のものとも思える存在として受けとられることになりましょう。

ところで、一年から六年までの、さまざまな性格・思想の子どもの視角から主人公と主人公を取り巻く現実が見られ、語られているという設定は、後ほど詳しく解明することになりますが、この作品が現実とも、非現実ともとれるという独自な虚構世界が成立するための不可欠の必要条件と言えましょう。大人の目（視点）からでは、この不可思議な世界は成立しなかったでしょう（大人である先生の視角からでは、三郎はただの転校生であり、先生の視角からでは、このファンタスチックな世界は成立しなかったでしょう）。

そもそも、話者自身が、一般の語り手の語り方と違って、子どもたちの視角に引きずられ、結果、語り手の語り（＝地の文）において、主人公を、あるときは三郎、あるときは又三郎と、呼称がたえずゆらぎます。実は、このことが聴き手・読者の、主人公に対する認識・態度の「ゆらぎ」を引き起こす一つの重要な要因ともなっているのです。

〈語りの展開〉

・冒頭の場面は、まず話者が校庭にいて、やってきた一年生の子どもたちを迎え、そのあと一年生によりそい(話者・語り手の立ち位置という。「いま・ここ」)、教室にいる見なれぬ少年(三郎)におどろく…。
・三郎は子どもたち（視点人物）から見られている対象人物です。
つづいて嘉助が出てくる。話者は嘉助によりそい、嘉助のがわから三郎を認識表現します。
・三郎の人物像（相）は、一年生から六年生の一郎までの、さまざまな性格・思想の子どもたちの視角との相関的な像です。
・ほとんどの場面において、読者は、視点人物（嘉助）の目と心（内の目）によりそい（同化）し、かつ、読者の（外の目）で対象（三郎）を異化（対象化）します。つまり、読者は、同化と異化をあわせ(共体験）することになります。
・物語は最後まで話者が、主として嘉助たちによりそい語っていきます。
・嘉助は最後まで三郎を「風の又三郎」と思いこんでいます。「風」と三郎の行為とをたえず関連させて見ています。偶然も、嘉助の視角・主観によって必然化されます。
・一郎は、三郎をふつうの転校生と見ている節もあるが、三郎を「又三郎」ではないかと見ているようでもあります。
・次の「九月二日」の章に登場しますが、たぶん五年生（？）であろう孝一は、三郎を「風の又三郎」ということにいささか懐疑的のようです。
以上、さまざまな年齢・性格・思想の子どもたちの主人公にたいする微妙な認識の差違・ゆれが話者の語りに反映されます。
・物語は、主として嘉助と一郎が、三郎に対する微妙な認識の違いを見せながらも、結末に至ります。そのため読者の中にも、認識・体験のゆらぎとドラマ（劇的体験）が生じます。

〈教師像〉

終始、戦前の教師らしく標準語で語ります。話者のかわりに、北海道からの転校生としての三郎の「紹介者」「説明役」を演じています。

〈伏線を張る〉

すでに見たとおり、冒頭の主題歌に、奇妙な表記法（句読点や「吹き」と「ふき」など）がありましたが、本文にも、冒頭の文章の一節を見ただけでも、いくつも見られる不審な表記法が気になります。したがって、主題歌は、いわば、この物語全編の伏線的役割をあたえられている、と言えましょう。

「青ぞら」とありますが、常識的には「青空」と表記されます。「青ぞら」というのは漢字と平仮名の「交ぜ書き」で、通常は避けたい表記法です。このあと出てくる「青じろい」という表記も同様です。一方で作者は「空」も「白」も漢字表記しているにもかかわらず、です。なお「青」という色彩語には、賢治独自の思い入れがありますが、それについては後ほど（「九月四日」の章で）詳しく説明します。

この異常ともとれる「表記のみだれ」は？

作者賢治の創作作法をふまえたあり方について、かいつまんで具体的に紹介しましたが、ごらんの通り、小説作法の常道をふまえ、見事な物語展開をしています。しかるに何故か、呼称や表記を見ると、みだれにみだれた様相に、改めて驚かされます。

「表記のみだれ」というのは、同じ一つの言葉、たとえば「ドテ」という言葉を表記するときに、一方では漢字で「土手」と表記し、他方では平仮名で「どて」と表記するというように「二つの表記」をランダムにとることを、世間では「表記のみだれ」と呼んでいます。

また、一方で〈運動場〉や〈雪袴〉などの難しい漢字を使っていながら、他方では〈土手〉が平仮名表記で〈どて〉とあります。間違いとは言わないまでも、常識的ではない表記法です。これは、この後「九月四日」の章で、〈どて〉と〈土手〉の両者が入り乱れて出てきますが、ここ「九月一日」での〈どて〉は、いわばその前触れ、「伏線」と言えましょう。

後の場面になって深い意味をもって浮かび上がってくるはずの言葉として、さりげなく、今ここに出しているのです。つまり「九月四日」の章を読む段階で、そう言えば、先の「九月一日」の章で〈どて〉と平仮名表記があったなあ、と気づかされるというわけです。このような戦術的な「布石」を世間では「伏線を張る」というのです。

「おや?」と気づく人は気づけばいい、でも、ここで気づかなくとも、先へ行って「ああ、そうだったのか!」と気づいてもいいのです。ただし、あまり後まで引きのばすと、「伏線」が「伏線」として機能しなくなりますから、読者の意識の片隅にあるうちに「伏線」を表に浮かび上がらせるタイミングが肝要となります。「伏線を張る」ということは、物語、小説でよく使われる「手」と言えましょう。

賢治は、創作の常道でもある伏線を至るところに張り巡らせています。ただし、一般の伏線のばあいは、事件の経過にかかわる伏線ですが、賢治のばあい、それだけではなく、一般の小説などには見られない別な意味の伏線もあるところが、きわめて独自な「戦略」で、この「どて」のような類いの伏線は、賢治独自の、いわば、もう一つの「物語」を紐解くおもしろさをもたらしてくれるはずのものなのです。

さて、本題にもどりましょう。冒頭場面で創作の常道をきちんと踏まえるほどの賢治が、なぜ、このあと「九月一日」の章はもちろん、全編にわたって、しかも、おびただしく、主題歌に見られたような表記のみだれや、さらには呼称のみだれ、また句読点などの記号の使用法のみだれ、また「です・ます体」と「である体」の混交などのみだれ、つまり、文章表現の常道に反する表現をこれほどまでに見せているのか、このあと、これらの「奇妙な表現」のことを具体的に一つひとつ取りあげ、その「謎解き」にかかろうと思います。

まずは、とりあえず冒頭の場面に見られる〈来た〉と〈きた〉の表記のみだれから、考察を進めてみましょう。

表記のみだれ「来た・きた」

〈来た〉の語の出てくる最初の文章を引用します（そのあと〈きた〉との関係について考察を進めることにします）。

……黒い雪袴をはいた二人の一年生の子がどてをまはって運動場にはいって来て（1）、まだほかに誰も来て（2）ゐないのを見て

「ほう、おら一等だぞ。一等だぞ。」とかはるがはる叫びながら大悦びで門をはいって来た（3）のでしたが、……

……そのしんとした朝の教室のなかにどこから来た（4）のか

……嘉助が……わらって運動場へかけて来ました（5）。

……佐太郎だの耕助だのどやどややってきました（6）。

〈はいって来て〉（1）
〈来てゐない〉（2）
〈来たのでしたが〉（3）
〈来たのか〉（4）
〈かけて来ました〉（5）
〈どやどややってきました〉（6）

（1）から（5）のところまでは、すべて文章表現の常識どおり、〈来た〉と表記が一定です。ところが、（6）のところで、突然〈きました〉と平仮名表記になります。これは作者のうっかりミスでしょうか。それとも何らかの意図があってのことでしょうか。ここで、これらの〈来た・きた〉について、読者が、小中学の国語の時間で悩まされてきた「読解指導」を思い出しながら、この後の話の展開にお付きあいください。

〈はいって来て〉と〈来てゐない〉の〈来て〉の違いとは

まず（1）と（2）の違いについて考えてみましょう。筆者が特別講義・集中講義に出かけた、いくつかの国公立大学教育学部の学生・院生に、この問題について聞いてみますと、ほとんどの者が、（1）は〈二人の一年生〉が〈来て〉ということで、（2）は二人以外の者が〈来て〉はいない、という違いであると指摘します。つまり話題・題材・書いてある事柄の違いを指摘します。彼らは、両者が、事柄の違いを表わしている、ということを指摘しています。たしかにその通りです。ところが、この後、読者は（3）（4）（5）に引き続く（6）のところで、〈きました〉という平仮名表記に出くわして、「おや？」と首を傾げ、そこで、〈来た〉〈きた〉という「表記のみだれ」に気づくはずです。

まず読者は、先ほどから問題になっていた（1）（2）の「キタ」の違いよりも、この突然の「表記のみだれ」（6）に躓くのではないでしょうか。何しろ冒頭から「歌」の中の〈吹き〉と〈ふき〉の「表記のみだれ」に出あったばかりのところですから。

なぜ、あちらは〈来た〉で、こちらは〈きた〉か

さきほどの嘉助が〈来ました〉（5）につづき、佐太郎だの耕助だの〈どやどややってきました〉（6）とあり、さらに、〈六年生の一郎が来ました。〉（7）とあり、さらに、〈一郎はまるでおとなのやうにゆっくり大股にやってきて（8）みんなを見て「何した」とききました〉と続きます。

先に（1）から（6）までの表記のみだれについて、とりあげましたが、さらに、〈来ました〉（7）も〈きて〉（8）も、いずれも話者（わたし）が、視点人物（見ている方の人物・話者のわたし）の〈外の目〉で、対象人物（見られている方の人物）の一郎がこちらへ（つまり話者・視点人物の方へ）近づいて「キタ」ということを語っているのです。つまり両者は同じ位相の「キタ」です。

ところで、ここで筆者（西郷）が「キタ」と片仮名書きしたのは、話者の語り方は「来た」の場合も「きた」の場合も、いずれも同じように「キタ」と発音しているはずで、そのことを表わすために筆者がわざと表記を片仮名にしたのです。話者の話法・話体（語り方・語られたもの）の発音記号とでも思ってください。

しかし作者は、話者の語る「キタ」を文字表現するにあたって、表記はランダム（無作為・恣意的）に、〈来ました〉と〈きて〉というかたちで一方を漢字表記、他方を平仮名表記というように、書き換えているのです。

では、なぜ話者がひとしく「キタ」と語っているのに、作者は、一方を〈来た〉と漢字、他方を〈きた〉と平仮名で表記を違えているのでしょうか。つまり、何故、あちらが漢字（7）で、こちらは平仮名（8）なのか、という問題です。つまり、言い換えれば、「話者（語り手）の話体（語り方）と、作者（作り手）の作体（作り方＝文体）の違いと関係」という問題です。

先にとりあげた（1）と（2）と、この（7）と（8）を、一つに並べて考えて見ましょう。どんなところが漢字表記になっているか、また、どんなところが平仮名表記になっているか、と考えるのは、これまでの、研究の常道でした。つまり認識方法（比較法）での「類比」と「対比」という方法による考察ということとです。おそらくこの「表記のみだれ」に気づいた研究者や読者の方々は、この類比・対比という比較法による問題解決を、まずはなされたに違いありません。かく言う筆者も、早速この方法をとりました。どんなところが漢字で、どんなところが平仮名か？　そして、その違いは何か？　という研究方法です。

読者も試みてみてください。

まず（1）（2）（3）（4）（5）（6）（7）（8）、すべてを語る者は、この話者一人（一般的に一つの作品の話者は、冒頭から結末まで一人）です。したがって、この「表記のみだれ」は、話者が誰であるかには関係ない、と言えましょう。

とすると、話者が語る対象としている人物によって表記が変わるのでしょうか？（1）は対象が一年生の子どもであり、（2）は対象が一年生の子どもではない。にもかかわらず「表記」はいずれも「来た」

と同一漢字です。つまり対象人物が変わっても表記は同じ漢字の「来た」である、ということになります。つまり、対象の如何によって表記を変えたというわけではないということです。

にもかかわらず、(5)と(6)は、対象が嘉助から佐太郎たちへと変わることにより表記も漢字から平仮名に変わっています。ということは、対象が変われば表記も変わるということになり、さきの(1)(2)のばあいの考察と相容れないことになります。したがって、この比較は整合性がない、と言えます。つまり、結論すれば、この表記の違いは、対象人物との相関関係がない、ということになりましょう。

以上をまとめると、(1)から(8)まで、すべてを検討した結果、「表記のみだれ」について、いかなるところが漢字でいかなるところが平仮名かという、表記の規則性・法則性はまったくない、という結論に到るのです。ということは、まさに恣意的「でたらめ」と言う以外にありません。無作為、ランダムと言うことになりましょう(実は煩瑣になることを避けて、他の例については割愛しますが、他の表記の乱れのばあいも事情は同じです)。


筆者が、本書において、はじめから、「表記のみだれ」と言い、「ランダム」と表現してきたのは、実は、このような検討を、これまでに数十編の童話について実施(比較検討)した結果、確信した結論であるのです。研究者であれば当然、この「みだれ」に気づかれていたであろうし、そのことの原因・理由、あるいは作者の意図を探求された方々も、同じような結論に達し、したがって、恣意的・偶然的・無作為なものを、これ以上、追求する愚を犯すことを放棄されたのでしょう。

つまり、これ以上の考察は無意味と判断されたのではないでしょうか。あるいは、どこから、どう切り込んでいいものやら、見当つきがたく、放棄されたのであろうと思われます。

事の真相は憶測する以外にないのですが、現状から判断するかぎり、この問題の追求は放棄されてきたということになりましょう（研究者である以上、これらの表記や呼称のみだれに、まったく気づかないということは、あり得ないと思われます）。

念のため、〈思って〉と〈おもって〉という、「表記のみだれ」についても、考えてみましょう。

〈思って〉と〈おもって〉

嘉助が……運動場へかけて来ました。と思ったら（9）すぐそのあとから佐太郎だの耕助だのどやどややってきました。

先に引用した文章に〈思ったら〉（9）とありましたが、その文章に続いて、ここには〈おもって〉（10）という平仮名表記があることに目をとめてください。

「なして泣いでら、うなかもたのが。」嘉助が泣かないこどもの肩をつかまへて云ひました。するとその子もわあと泣いてしまひました。おかしいとおもって（10）みんながあたりを見ると教室の中にあの赤毛のおかしな子がすましてしゃんとすはってゐるのが目につきました。

前の〈思ったら〉（9）は、話者が「思った」ということです。後の〈おもって〉（10）は「みんな」（視点人物）が「おもふ」ということです。つまり、話者が同じように「オモウ」と語るところを、作者は、漢字「思ふ」と平仮名「おもふ」との、「表記の二相」として書き分けているのです。先ほども言いましたが、ここで話者の語り方を「話法」・「話体」、作者の虚構世界の作り方を「作法」・「作体（詩の場合は詩体、歌の場合は歌体、俳句の場合は俳体、物語・小説の場合は文体という）」と言います（この考え方は、西郷文芸学独自のもので、この「仮説」なしには、賢治の「表記の二相」の「謎」の解明はほとんど不可能なのです。このあと詳しく説明することになります）。

ここで一つ重要な注意事項を述べておきます。それは前の引用文では〈思ったら〉（9）と漢字表記でしたが、ここでは〈おもって〉（10）と平仮名表記になっています。この問題をとりあげるとき、なぜあちらが漢字でこちらが平仮名であるのか、と考えるのは、研究というものの常道と言えましょう。しかし、賢治の文芸作品においては、この研究の常道に陥らないでいただきたいのです。

実は、後に詳しく論じることになりますが、ここでの「表記の二相」というのは、ランダム（無作為・恣意的・無意味）であることに実は意味がある、という、まことに矛盾した、逆説的な結論にいたることになるのです。世間の常識に反して無作為・恣意的ということにふかい意味があるというのは、解せぬことでありましょうが、いずれ「なるほど、そういうことだったのか」とうなずかれることと思います。

なぜ、ほかならぬ「クル」と「オモウ」なのか

ところで、作者賢治は、なぜ、数ある語彙の中から、冒頭場面において、「コドモ」につづいて、他ならぬ「クル」と「オモウ」を選んだのでしょうか。実はこのあと、「ワケ」という語も、実は結論から言えば、作者によって選ばれているのです。では、なぜ、冒頭において、他ならぬこれらの語が「選ばれて」いるのでしょうか？

「コドモ」は、作品の重要人物です。「クル」は、その人物の様子を表わす言葉です。「オモウ」は、その人物の気持ちを表わす言葉です。ところで、それとならべて、なぜ「ワケ」という言葉を作者は選んだのでしょうか。

ここで読者のみなさんに小学校から中学・高校で国語の時間に物語・小説の勉強（「読解」と言う）をしたときのことを思い出していただきたいのです。

まず、教材（作品）は、「ダレ」「ナニ」の物語か、主要な材題を押さえたでしょう。そして「ダレ」「ナニ」がどう「スル」か、そしてどう「ナル」か、また、その「ワケ」は、という形で筋の展開を押さえたはずです（これが読解指導の常道です）。

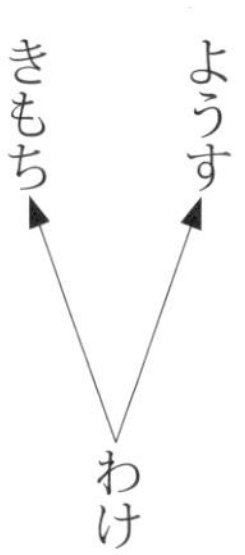

ようす
きもち
わけ

を、押さえることを、くり返し指導されたのではありませんか。つまり「ダレ」「ナニ」が、どう「スル」か、そして、どう「ナル」か、をふまえながら、「ようす」と「きもち」と、その「わけ」の三本立てで授業がなされたと思うのです。高校・大学へ行けば、用語が難しくなるだけで（たとえば情景とか心情とか）、しかし読解の原理は変わりません。

賢治は、この『風の又三郎』を物語るにあたって「だれ」を「三郎と子供達、先生」、「ようす」を「クル」「スワル」など、「きもち」は「オモウ」などに代表させたのだと考えられます。もちろん「わけ」、「ワケ」は、これらの人物の言動の「わけ」ということになります。「ダレ」は、三郎と村の子どもたちです。「ナニ」は、台風をはじめ、授業や水遊びなど、もろもろの出来事です。

肝心なことは、賢治は、読解の基本的要素をとりあげ、その中から、ある特定の「ことば」をえらび、それを「表記の二相」として表現したのです。では一体、これらを表記の違いすなわち「表記の二相ゆらぎ」として表現することで、作者は読者になにを「示唆」「暗示」しようというのでしょうか。それこそが、究極の「謎」ということになりましょう。

「表記の二相」が読者に示唆するもの

ところで、作者が、特定の言葉「子ども・こども」、「来た・きた」、あるいは「思ふ・おもふ」、「訳・わけ」を、「表記の二相」によって、ランダムに書き分けることで、読者に何を問いかけているのでしょうか。結論からお話しして、何故そうなるかを後から説明することにしましょう。

この童話（15頁でも触れましたが、作者によれば「少年小説」）は、実は、先生の三郎観にたいして一郎や孝一に代表される人物が「見・聞き」し、「思ふ」ことと、さらに嘉助や下の学年の子どもたちが「見・聞き」し、「思ふ」こと、つまり子どもたちの三郎観が対置されているという、いわば二重性をもった「二相の世界」であるということです。主人公の人物像は、子どもたちの視角と、先生というまったく異なる人物の視角という、たがいに性格・思想の異なる人物の視角からの、二重性をもっているということです。つまり見られている存在（対象人物）である主人公が、「三郎」（北海道からの転校生）という現実的な人物像と、「又三郎」（異界からのまれ人）という幻想的な人物像との、相反する二重性をもって、しかも相互の間をたえずゆれ動いている、ということです。

したがってこの両者について語る話者の認識も、表現（語り）も、あるときは「又三郎」、あるときは「三郎」とたえずゆれ動くこととなるのです。したがって、結果として、読者もまた、主人公に対する認識が、「二相」の間を、これまたゆるがざるを得ないこととなるのです。

また、事件の背景も、賢治の用語を用いるならば「二重の風景」（108頁参照）としてあるということです（「二種の風景」ではありません。「一種の風景」が相反する異なる「二重の風景」に見えるということです）。この後（たとえば「九月四日」の章の）ごくふつうの自然の情景（たとえば「風」の様子）でありながら、それが瞬時に超自然的な異様な風景に転化する、ということに気づいて欲しいために、作者は、まず冒頭の場面においても、そのことを「表記の二相」によって示唆している、と考えられます。

また、すべての人物（ダレ）と物事（ナニ）が、現実と非現実の相反する二相としてあることを示唆しているのです。「先生」の視角からは現実の転校生「高田三郎」であり、子どもたちの視角からは異界からの来訪者「風の又三郎」として見られ、また、世間の見方では現実の「風」が、子どもたちの視角からは、「風の又三郎」を伴ってくる非現実の「風」として見られるのです。

結果、話者は、この両者の間をゆれ動き、あるときは「三郎」、あるときは「又三郎」と、語り方が二相の間を「ゆらぎ」ます。もちろん、それと相まって、読者の主人公に対する（また、自然に対する）認識も互いに相反する現実と幻想の「二相」の間をゆれ動くことになるのは、言うまでもありません。

このことを理解していただくために、「二元論的世界観」とは、ということについてかいつまんで説明しておきます。

二元論的世界観とは

ここで「二相」ということを、平易な形で説明しておきましょう。つまり、「風の又三郎」において、一人の人物が、ただの転校生三郎の「相」を見せると同時に、幻想的な又三郎の「相」をも見せる、ということです。ここで肝心なことは、どちらが真実の「相」か、と問うてはならない、ということです。「どちらが真実の相か」という二者択一的な見方・考え方は、二元論的世界観に特徴的な認識方法です。このことの理解のために、ここで、「二元論」ということについて、おおまかに説明しておきたいと思います。

五千年前のエジプトでは、ナイル河畔はゆたかな農耕地がひらけ、また、チグリス・ユーフラテスの二大河川の肥沃な農耕地帯の民は、「黄金の三日月地帯」と称されるゆたかな自然の恵みを、さまざまな神の恩恵と受け取り、そこからおのずから多神教が生まれた、と考えられます。ヨーロッパ諸国（北欧も南欧も）の民衆も、古代の農耕世界の人間が誰しもそうであるように多神教の信奉者でした。たとえばギリシャ・ローマ神話にも、北欧神話にも、さまざまな神が登場します（ちなみに、古代日本も「八百万の神」を信じる多神教でした）。

しかし、なぜ、大半が砂漠の地である中東の地に、ユダヤ教やキリスト教やイスラム教のような一神教が生まれたのでしょうか。

さまざまな説がありますが、筆者は次のように考えるのです。何一つ目印となるものの無い広漠たるアラビアの砂漠をラクダとともに通商の旅をするベドウィンの民にとって、北極星をはじめ、天体の運行は、唯一頼りとなる方角の基準です。砂漠の民にとって、それは「絶対の神の存在」を示すものであったのでしょう。砂漠の民ベドウィンの一神教世界は、まさしく、この世界を創造し、すべてのものの命運を司る最高の神と、その支配を受ける人間をはじめ世界の万物との二元論的世界であったのです。そこでは、すべてが二元的に認識・表現されることになるのも当然と言えましょう。また同じ神を信じるユダヤ教、またキリスト教も、一神教独自の二元論的世界観となるのも、これまた当然の帰結と言えましょう。

しかし、当時、ヨーロッパの、たとえばローマ帝国は、これら一神教（キリスト教）を弾圧しました。しかし、その後、これらの国々の皇帝や王侯・貴族は自己の権力を権威付け保持するため、全能の神に帰依する一神教・キリスト教を信奉するよう「政治的圧力」によって民衆にキリスト教を「強要」しました。しかし多神教の民衆は、なかなかキリスト教を受け入れませんでしたが、支配層は一神教（キリスト教）を国教とし、各地に教会を建立、民衆にキリスト教を信奉させます。支配層、また知識層（学問の世界）のあいだには、一神教の世界観（二元論的世界観＝神という創造者と被造物に二分する）が支配的となり、哲学も、科学も、また文芸研究の学界も、すべての問題を二元論的に、二者択一的に考えるようになったのです。

つまり、今、問題にしている、表記の問題でも、いずれの「相」が正しく、いずれの「相」が誤っているか、と「二分法の論理」により「二者択一的」に考えがちなのです。いわば白・黒をはっきりつけようというわけです（二元論的世界観は当然のことながら対象、たとえば自然を、厳密に分析することの結果、自然科学を今日見るごとき高みに引き上げたと言えましょう）。しかし最近は、科学の世界でも、二元論的世界観に対するアンチテーゼが出されています。

法華経の信奉者である作者賢治の相依的世界観（注・仏教では「そうえ」と読む。くわしくは「補説」）は、いずれの「相」も正しいと考えます。賢治の信奉する法華経の神髄とされる「諸法実相」の教義（注・「補説」参照）は、いずれの「相」も真実である、と教えます。しかも、この二つの相反する認識は、現実がそうであるように、その「相」は、たえず「ゆらぐ」のです。ここで「ゆらぎ」というのは、二つの相の間に、さらにさまざまな相があることを意味します。

相が二つだけということではありません（誤解のないように）。たとえば、黒と白を例にとれば、この二相の間には、さまざまな灰色の相があるようなものです。そのことを筆者は「二相ゆらぎ」と名づけているのです（このことは、後にくわしく解説する予定です）。なお、賢治が信奉する華厳経においても「一水四見」と言います。同じ一つの水でも、四人の者が見れば四通りの見方があり、その中のいずれか一つが正しく他は誤りである、という考え方を否定します。いずれもそれぞれ真実であるというのです。西欧的な近代教育を受けた人間にとっては、ただちには受け入れがたい、いわば「非論理的な考え方」と言えましょう。

今日の日本の学界（哲学も科学も）は、明治の文明開化政策のもと西欧諸国に学ぶことで、二元論的世界観に未だに大きく「支配」され、いずれが正しく、いずれが誤りであるか、と、すべてを二分法的・二者択一的に考察を進めます。もちろん、この世界観がもたらした功績も少なからぬものがあります。科学に今日見るごとき高みをもたらしたものこそ、この二元論的世界観でありました。しかし、この二元論的世界観にとらわれているかぎり、賢治の世界（二元論的世界観ではなく、相依的世界観）における「表記・呼称の乱れ」を理解することは不可能と言わざるを得ません。

結論を先回りして述べるならば、「表記・呼称の二相」（みだれ）は、読者に、この世界の実相（相依的世界における相反する二相と、そのゆらぎ）をありのままに理解して欲しいと考えての、言葉の魔術の「謎」を解かせるための作者賢治の「仕掛けた躓きの石」なのです。

賢治は、そこで、読者がこの「シカケ」に気づくようにと、わざとある場面で、たとえば〈来る〉と〈くる〉を、また〈思ふ〉と〈おもふ〉を、わざわざ近くに並べることで、「表記の二相みだれ（実は、ゆらぎ）」に気づかせようとしているのです。それが、つまり作者の仕掛けた「躓きの石」ということなのです（そもそも「躓きの石」というものは、わざと躓きやすいところに、躓くようにおかれているものです。たとえば〈おもふ〉と〈思ふ〉を、すぐ近くに気づかれやすいように並記するなど、です）。

私は、先に、これらの「表記のみだれは意図的なもの」と考えると言いました。つまり「みだれ」ではなく「ゆらぎ」ではないのか、とすれば、いかなる意図によるものか、その問いに具体的に答える責任があります。

まずは、みだれか、ゆらぎか、そのことの具体的、理論的考察に移りましょう。

「みだれ」か、「ゆらぎ」か

結論を先に述べますと、筆者は、これらの「表記のみだれ」を、現代哲学・科学（相補的世界観）がキー・ワードとしている「ゆらぎ」として考察することに思い至ったのです。それは賢治が信奉する法華経の「相依的世界観」にも共通する世界観でもあるのです。つまり、「みだれ」としてではなく、一見、無意味に思えるが、実は、そこに哲学的・科学的、ひいては文芸学的にも深い意味をはらむ「ゆらぎ」として、そのことの意味を追求することこそが、問題解決の糸口になるのでは、と思い至ったのです。

言葉を換えて言えば、「無意味の意味」の追求とでも言いましょうか。もちろん、この追求を意図した理由の最たるものは、（このあと具体的に論証することになりますが）この語りの場面全体の中で、ある特定の言葉のみが、ランダムに表記が「二相ゆらぎ」になっているという、その事実にこそ、実は深い意味があるのでは、と考えたからです。しかし、くり返し申しあげますが、くれぐれも一つひとつのセンテンスにおいて、何故そこが他ならぬ漢字で、ここは平仮名か、と考えないでいただきたい。そこから貴方は迷路にふみこんでしまうことになるのですから。むしろ、なぜ特定のある「ことば」だけ、表記がランダムに「ゆらぐ」のか、そのことの思想的意味（哲学的・科学的かつ文芸学的）こそが追求さるべき問題であるのです。結論を先に出してしまいましたが、何故筆者がこの結論に至ったかを、この後、具体的に説明することになります。

「表記のみだれ」は、恣意的なものか、意図的、作意的なものか

先に引用したような「表記のみだれ」は、常識的には、まずい、あるいは、間違った表現とされています。一般的には同一の物事の表記、呼称は統一されているべきです。したがって、賢治のこれらの表記・呼称の「みだれ」は、常識的には、不用意、不注意な、まずい表現と言えましょう。そのような「まずい表現」をあえてとる以上、相当の、しかるべき意図・策略なしにはあり得ないことです（そもそも、かりに、作者が、不用意に、不統一な表記法をとったとしても、校正において、作者自身、また編集者が見逃すはずがありません）。

　これらのまずい「表記のみだれ」は、やはり、作者のうっかりミスでしょうか。恣意的なものでしょうか。偶然の結果でしょうか。もし、それらが、恣意的、偶然的なものであるとすれば、このことについて、読者のわれわれが、腰を入れて考察をおし進める意味はありません。しかし、もし作者の何らかの意図があってのことであるとすれば、つまり「表記のみだれではなく、ゆらぎである」とすれば、当然、このことの追及・解明には大きな意味があると言えましょう。

では、いったい、どうやって、偶然的な「みだれ」ではなく、作者による意図的な「ゆらぎ」であるということを検証・確認できるでしょうか。

筆者自身、十数年前『宮沢賢治「やまなし」の世界』(黎明書房刊)を上梓した時点では、賢治の世界が「二相ゆらぎ」の世界であることには気づいていましたが、〈やまなし・山なし〉の「表記のみだれ」が何を意味するか皆目見当がつきませんでした。その後、「迷路」を模索する苦闘の果て、やっと活路を見いだしたというわけです。その「活路」をこれから読者の皆さんにお見せしようということです。そもそも、迷路というものは、その内にいると「出口」が見えないものですが、上から、外から俯瞰すれば「出口」は一目瞭然です。

筆者は、これらの「表記・呼称のみだれ」は、結論として、作者賢治による意図的なものではないか、と考えました。

しかし、ここで読者は「え?」と首を傾げるに違いありません。なぜなら、「表記や呼称のみだれ」というものは、普通は、意図的になされるものではないはずだからです。しかし、ここでの「表記や呼称のみだれ」が、実は、作者賢治によって深遠な思想的意図に基づくものであることを、いずれ納得されることとなりましょう。

矛盾することを主張していると思われましょうが、実は、作者が意図的に「わざと」、表記と呼称を「でたらめに」、「みだれ」させているのです。

と、ここで読者の貴方は、そのような「矛盾する、でたらめな主張」の根拠を示せ、と反論されるに違いありません。

しかし、実際のところ、この「呼称・表記のみだれ」が、作者による意図的なものであるか否かは、残念ながら、直接、証明（実証）する術・決め手はありません。作者自身が、この問題について、口頭で、あるいは文書で述べているところは、管見のかぎりどこにも無いように思います（もしお気づきの方があれば、ご教示くだされればありがたく存じます）。

されど、この問題について、まったく論証の方法がないというわけではありません。直接的にはできなくとも、間接的に、いわば裏返しに、あるいは、まわりから、と言いますか、それらの呼称・表記の「みだれ」が、作者による意図的な「ゆらぎ」であることを論証する方法はあるのです。つまり直接「実証」はできなくとも、脇から固めていく「傍証」、あるいは裏返しに突き詰める「反証」という方法があるのです

まずは、これら「呼称・表記のみだれ」が何らかの作者の意図によるものであるということを確認する必要があります。作者の意図ではないとなれば、この問題にこだわることは、無意味だからです。では、いかにして、これらが作者の意図から出たものであるかを立証するか。確認するか。そこが、まず、問題となるところです。

間接的な証明（傍証・反証）とは

直接的な立証ができないとすれば、間接的に証明する以外にありません。では、間接的な証明とは、この場合、どのようなものとなるでしょうか。

⑴　まず、賢治の代表的な他の多くの童話をとりあげて比較検討してみましょう。筆者が、ほとんどの賢治作品を検証した結果、それぞれの作品において、特定の語彙（たとえば、太陽とか、空とか、また道とか、木とかなど）にかぎって、「表記のみだれ」が見られるという事実を発見しました。逆に言うならば、

これらを除く、ある種の言葉は、表記にも呼称にも、まったくみだれが見られないということでもあります。

⑵　そこで、これらの「表記のみだれ」をひき起こしている言葉を見ますと、⑴の場合に反して、同じ言葉が他の作品では「表記のみだれ」が、まったく見られないということも、いくらでもあるのです。もちろん、逆に、こちらの作品で「表記のみだれ」のない語でも、あちらの作品では、みだれが見られるということもあるのです。このことは、裏返しに言えば、特定の作品において、特定の語彙にかぎって「表記のみだれ」を引き起こす性癖がある、とは考えられない、と言えましょう。むしろ、「表記のみだれ」が、特定の作品で、特定の言葉にかぎって、というところに、作者の何らかの意図を見ないわけにはいきません。さらに、ほとんどの作品において、表記のみだれが見られるのは、「クル」とか「オモウ」などの特定の言葉にかぎられているということは、意図的と断定はできないまでも「多分」意図的ではないか、と考えられそうです（このことは拙著『宮沢賢治「二相ゆらぎ」の世界』に詳しく解明）。つまり特定の言葉が、特定の作品において、特定の意味をもって使われている、というふうに考えられるのです。

たとえば、この後、一つの短い作品を丸ごと引用して、くわしく具体的に論証しますが、たとえば、童話『水仙月の四日』の中で、〈雪童子〉と〈鞭〉、〈子供〉と〈毛布〉など、特定のことばにかぎって、「表記の二相」が見られるということです。ここに、作者の何らかの意図を見ないわけにいかないのです（ここで説明は省略しますが、明らかに作者の意図があってのことであることが、検証できます。90頁参照）。

また、次のような事例があります。『風の又三郎』の「九月七日」、「九月八日」の章は、先行する小品『種山が原』『さいかち淵』の原稿を、登場する人物名などを変えたのみでほとんどその内容は、そっくりそのまま、この作品『風の又三郎』に生かされていますが、その中で、たとえば、どちらも「ねむの木」は〈木〉であるのに、「さいかち」はどちらも、〈さいかちの木〉と〈さいかちの樹〉と、表記が「二相」になっています。また、〈子供〉〈こども〉という「表記の二相」は、どちらの作品でも共通です。と言うことは、「表記の二相」が、どうやら特定の語彙にかぎって意図的になされていることを裏付けるものと言えそうです。

(3) 詩や童話（虚構の文章）以外の、賢治の手紙や論稿などの文章（私は文芸の「虚構の文章」に対して「伝達の文章」と言う）を検証してみましょう。面白いことに、作品に見られるような「表記のみだれ」や「呼称のみだれ」は、ほとんど見られません。家族の者や、親しい友人にあてた手紙文を調べてみますと、表記の「みだれ」というものはほとんど見られません。むしろ、ある言葉は常に漢字表記というように一定しています。いわゆる「書き癖」ということをふくめて、表記のみだれがほとんど見られません。これは何を意味するでしょうか。常識的に考えて、親しい友人に当てた手紙類で、推敲ということをするとはほとんど考えられません。つまり推敲しない文章に表記のみだれがないのです。

ところが、一方、作者はもちろん、校正の専門家である編集者の厳しい目で校閲されたはずの新聞・雑誌・単行本に発表された作品においてさえ、先ほどのような「表記のみだれ」が、しかもおびただしく見られるということは、それらが、作者の何らかの意図によるものと考えざるを得ないではありませんか。たびたびの推敲を経たはずの作品において、「呼称・表記のみだれ」が見られるということは、裏返しに言うならば、作品におけるこれらの「呼称・表記のみだれ」が、作者の何らかの創作意図によるものであることを反証していると言えないでしょうか。

しかも、賢治は再三推敲することで知られていますが、初期稿と最終稿を較べて、これらの「表記のみだれ」が、「訂正されぬまま」である例が多いということは、何を物語っているでしょうか。まさしく作者が特定の語を選んで意図的に「みだれ」をつくりだしているから、と言わざるを得ません。

(4) 生前、出版されたただ一冊の童話集『注文の多い料理店』の冒頭にある童話『どんぐりと山猫』に、たとえば、〈山猫〉、〈山ねこ〉、〈やまねこ〉と表記が、いりみだれて使われています（一方、山猫の御者については、「表記のみだれ」は、まったく見られません）。他の童話でも事情は同じです。作者は、童話集の出版にあたり、当然、二度、三度の校正はされたであろうと思われます。したがって、ふつうなら、これらの表記のみだれは、おそらく校正されたはずです。にもかかわらず、たとえば任意に開いた見開き二頁にわたっておびただしく頻出する、これらの表記のみだれがあることは、意図的と考えざるを得ません。この童話集所収の、他の童話においても事情はおなじです。

賢治は、新聞・雑誌にも何編かの童話を発表していますが、それらの作品に於いても事情は同じであるということは、どう考えても、これはうっかりミスとは考えられません。

(5)　ある種の作品（たとえば『毒蛾』など）には、まったく「表記のみだれ」も「呼称のみだれ」も見られません（そのことにも実は、たしかな理由があるのですが、今はふれません）。また、ある作品群は、「太陽」や「空」、「樹」、「道」などの特定の語彙以外ほとんど「表記のみだれ」が見られません。ということは、裏返しに言うならば、「表記のみだれ」などの問題は、特定の語彙にかぎって、と考えられることです。つまりは、意図的になされていることを、裏返しに「反証」することになりましょう。

以上のことから一応、「表記のみだれ」などが意図的ではないか、と思えてきたところで、先ほど解明しかけて中断したままの「表記のみだれ」の問題に、もう一度、もどることにしましょう。

〈来た〉と〈きた〉（表記のゆらぎ）

すると六年生の一郎が来ました（7）。一郎はまるでおとなのやうにゆっくり大股にやってきて（8）
みんなを見て「何した」とききました。

このばあい、〈来ました〉（7）も〈きて〉（8）も、いずれも話者（わたし）が、視点人物（見ている方の人物・わたし）の〈外の目〉で、対象人物（見られている方の人物）の一郎がこちらへ（つまり話者・視点人物の方へ）近づいて「キタ」ということを語っているのです。つまり両者は同じ位相の「キタ」です（ここで筆者が「キタ」と片仮名書きしたのは、話者（語り手）の語り方は〈来た〉のばあいも〈きた〉のばあいも、いずれも同じように「キタ」と発音しているはずで、そのことを表わすためにわざと表記を片仮名にしたのです。話者の話法・話体（語り方）の発音記号とでも思ってください）。

しかし作者は、話者の語る「キタ」を文字表現するにあたって、表記はランダム（無作為・恣意的）に、〈来ました〉と〈きて〉というかたちで一方を漢字表記、他方を平仮名表記というように、書きわけているのです。

では、なぜ話者がひとしく「キタ」と語っているのに、作者は、一方を〈来た〉と漢字、他方を〈きた〉と、平仮名で表記を違えているのでしょうか。つまり、何故、あちらが漢字（7）で、こちらは平仮名（8）なのか、という問題です。つまり、言い換えれば、「話体と文体の関係」の問題です。

先に私は、これらの「表記のみだれは意図的なもの」と考えると言いました。

とすれば、いかなる意図による「みだれ」なのか。ここで読者は筆者（西郷）が矛盾したことを述べていると気づかれたはずです。先ほど、筆者は、「表記のみだれ」は、恣意的・偶然的・無作為と結論しました。だとすれば、なぜ、「表記のみだれがいかなる意図によるものか」という矛盾したことを、ここで筆者は主張しているのでしょうか。

実は、ここにこそ、この問題が、賢治没後一世紀近い今日まで、棚上げされてきた真因がある、と考えられます。

改めて、主張しますが、表記のみだれは、作者の意図に基づくものである、ということです。作者がある意図のもとにわざと表記、呼称のみだれを生み出しているのです。

もちろん、この奇妙な結論に対する読者の疑惑に、筆者は、具体的に、説得的に、答える責任がありますす（おいおい、その解明を進めていくつもりです）。

この問題について具体的に考察するため、まず、筆者は、「九月一日」の章だけでなく、続く「九月二日」の章までふくめて、手始めに、対義語（反対語）に着目してみました。でも、なぜ、ほかならぬ「対義語」（反対語）か？（「九月二日」（場面③）の全文は、148～153頁を参照してください。）

対義語（反対語）について

私たちがある事物・ある現象を特定するときに、つまり、この世界・この対象を、かりに言語で認識・表現しようと思えば、まずは、だれもが、対義語（反対語）で、挟み撃ちにして、とらえ表わそうとするでしょう。たとえばごく簡単な、その辺にある「もの」で考えてみましょう。

それは、おおきいものか、それともちいさいものか。

それは、うつくしいものか、みにくいものか。

それは、やくにたつものか、たたないものか。

その他。

つまり、この世界、また、あらゆる〈もの・こと〉を、二分法の論理・二者択一の方法で問いつめていくことで、対象が何であるかをつきつめ特定していくでしょう。このことを一般化すれば、次のように「二項対立」でとらえていく、ということになりましょう。

明と暗、善と悪、表と裏、生と死、強と弱、表と裏、美と醜、静と動、聖と俗、黒と白……はては、男と女、老と幼、聖人と凡夫……、すべてのものが、これらの二項・二相により「挟み撃ち」してとらえ、特定することができます。


ここで、いま問題にしている『風の又三郎』の文章の「二項対立」について、「対義語」（反対語）による考察を、こころみてみましょう。先ほどから筆者が提起している問題の解決にとって、極めて興味ある事実が判明するはずです。

対義語（反対語）の一方のみが「みだれ」


筆者が賢治作品における、特定の「表記のみだれ」と「呼称のみだれ」が、作者の意図にもとづくものではあるまいか、と判断した理由の、しかも極めて重要な根拠の一つは、前述した(1)から(5)までにとりあげたことの他に、次のような「事実」が多々あることをふまえています。

それは、ある特定の「語」については、「呼称のみだれ」、「表記のみだれ」が見られないのに、他方、ある特定の「語」についてのみ、「呼称と表記のみだれ」が見られるという厳然たる事実です。その一端をこのあとお見せしましょう。この作品『風の又三郎』全編に目配りして得られたことの、ほんの一端に過ぎませんが、それだけでも、これらの「表記と呼称のみだれ」が、いわゆる「みだれ」ではなく、作者の明確な意図のもとに、しかるべき語彙がえらばれ、表記や呼称の「ゆらぎ」が意図されていることを納得されるであろうと信じます。

さっそく、わかりやすい例を六つばかりとりあげてみましょう。

(1)　先にもとりあげましたが、「キタ」は、「来た」（漢字表記）と「きた」（平仮名表記）と、「表記の二相みだれ・ゆらぎ」が見られます。ところが、「キタ」の対義語（反対語）である「ユク」は、「行く」という漢字表記のみです。つまり、みだれ・ゆらぎが見られないということです。

(2)　「キク」は、漢字表記「聞く」「聴く」と、平仮名表記「きく」と、表記の二相ゆらぎがあるのに、その対義語「イウ」は、「云ふ」という漢字表記のみです。「言ふ」、「いふ」という表記はありません。つまり、みだれ・ゆらぎはないということです。

(3)　「ワラウ」は、漢字表記「笑ふ」と平仮名表記「わらふ」と、表記のみだれがありますが、対義語の「ナク」は、「泣く」という漢字表記のみです。

(4)　「デル」は、漢字表記「出る」のみで、平仮名表記「でる」は、ありません。しかし、対義語の「イル」は、「入る」の漢字表記と「いる」、「はいる」の平仮名表記があります。つまり、「表記のみだれ・ゆらぎ」が見られるということです。

(5)　「マエ」は、漢字表記「前」のみで、平仮名表記「まへ」は見られません。しかし対義語の「ウシロ」は、「後」と「うしろ」、「あと」の表記・呼称の二相が見られます。

(6)「ウエ」は漢字表記「上」のみで、対義語の「シタ」は「下」「おろす」「さがる」などの漢字表記と平仮名表記、および呼称の変化が見られます。

以上、あれこれの対義語について検証してみますと、以上のような事例が数多く見られます（これ以上の引用は煩雑になるので省略します。読者自身で探究されるのも一興）。これらの事情は、作者の何らかの意図を考えないわけにいきますまい。

さらに、作者の意図をうかがわせるものとして、ある作品において、その作品の主題・思想と密接に関わるであろう意味をもつと考えられる語彙に表記の「みだれ」が見られるということです。〈みだれ〉の見られる語彙が作者により選ばれているということです。この事実は、そこに作者の何らかの意図を見ないわけにはいきますまい（このことは、この後引用し、綿密に分析する童話『水仙月の四日』で具体的に実証します）。

重要な語彙に見られる表記の「みだれ」

ところで、「表記のゆらぎ」には、「歌ふ」「唱ふ」「うたふ」というようなケースもあります。

「道・路・みち」、「逃げる・遁げる・にげる」、「食べる・喰べる・たべる」、なども「二相ゆらぎ」と、考えていいでしょう。

「笛・呼子」の音。「ビルル」「ピルルル」「プルルッ」など声喩のゆらぎ。

これは、一般的に、その「もの」の所有者の「二相ゆらぎ」をも意味するものと考えられます。なお、「笛」と「呼子」は「呼称の二相」といいます。

太陽・陽・日・お日さま・お日さん。

これらも「二相ゆらぎ」というケースの最たるものです。つまり、「二相ゆらぎ」というのは、二つの相の間を「ゆらぐ」という意味で、「あいだ」にいくつあってもいいのです。賢治の世界そのものを象徴する太陽だからこそ、これだけの「ゆらぎ」が見られるということです。

しかも、作品によっては、他の言葉に「表記のゆらぎ」は見られない場合でも、この「太陽」のケースは、すべての作品において、常に表記と呼称がゆらいでいるということです（そのことについては、後に詳しくふれます）。

この作品（『風の又三郎』）には出てきませんが、同じような意味で、「世界」を表す国名は、「岩手県」からはじまり、数個あります。

童話集『注文の多い料理店』の「新刊案内」に「イーハトヴは一つの地名である」「ドリームランドとしての日本岩手県である」と、明記しています。ところが、作品によって、その表記がゆらぐのです。イーハトブ、イエハトブ、イーハトヴ、イーハトーボ、イーハトーヴオ、とさまざまです。

ことに特異な事例としては、一つの作品の中で（たとえば『グスコーブドリの伝記』）、おなじ国（先にあげた複数の国）の名が、数個出てくるという特殊な「呼称のゆらぎ」さえあります。

逆に、賢治作品の多くに見られる「風」はどうでしょうか。

「風」とは、いわば「ゆらぎの世界」と表現できる賢治ワールドを象徴するものと言えましょう。この作品にも多くの場面で「風」が吹きます。あるときは、激しく、あるときはかすかに、と、さまざまな吹きかたを見せます。一陣の風・烈風・突風・強風・微風・そよ風……実にさまざまな風のイメージがあります。つまり風とは、空気のさまざまな状態・ゆらぎを表した言葉であり、したがって、賢治は、ゆらぎそのものを意味する「カゼ」は、「風」という漢字一字をもって表現したと考えられます。この『風の又三郎』にも、おびただしい数の「カゼ」が出てきますが、どんな場面であれ、「カゼ」は例外なく、すべて「風」という漢字表記のみです。なぜ表記のみだれ・ゆらぎがないのでしょうか。筆者は、こう考えます。つまり、前述のとおり「風」そのものが空気の「ゆらぎ」を意味しているのですから、当然のありようと考えられますが、どうでしょうか。

ここで、ちょっと面白いのは、〈あのへんな子がどういふ風にしてゐるのか〉、〈……という風にもぢもぢしてゐました〉、〈こわがる風もなく〉という文章における「ふう」にまで、すべて「風」という漢字を当てていることです。このような「こだわりの表記法」は、ここだけではありません。他の作品にも共通に見られる表記法と言えましょう。

ところで、じつは、「ふう」という平仮名表記が、作品中ただ一ヵ所だけに、ぽつんとあるのです。これは、いったい、どう考えればよいのでしょうか。この謎は、あと（233頁）で明らかにします。

そして、仏教哲学的に重要な意味をもつものとして、「無常迅速」を意味する「俄に」は、「にはかに」と、漢字、平仮名の「表記の二相」があります。それに類義語として「いきなり」「とつぜん」「ぱっと」など、があります。この作品にかぎらず、ほとんどの作品で、いたるところで頻出します。面白いことに、「俄に」の対義語である「ゆるやかに」「穏やかに」「ゆるゆる」などを表わす言葉が、まったく見られない、ということは象徴的です。

ところで、「俄に」は「風」とならんで、賢治世界を特徴付けるものと言えましょう。いわば仏教的に象徴的な「無常迅速」を意味するもの、と考えられます。

引用は、きりがないので、ここで一応止めますが、実は、その他にも、数多くのこのような例が見られるのです。ということは、結論すれば、「呼称や表記のみだれ」は、偶然的なものではなく、作者によるなんらかの意図的なものではないか、と、一応、疑ってかかって、よいのではないでしょうか。

このあと、それぞれの場面で、具体的にとりあげますが、「呼称と表記のみだれ・ゆらぎ」が見られるのは、特定の「ことば」にかぎられるということです。そのことだけでも、そこに、作者のなんらかの意図を感じないわけにはいきますまい。

筆者が、これらの「呼称のみだれ」、「表記のみだれ」を、作者の意図的なものであると、確信したのは、先に記述したとおり、二十数編の賢治童話と詩を、以上のような観点で綿密に調査・分析したことの結果として、確信したことであるのです（『宮沢賢治「二相ゆらぎ」の世界』参照）。

すべての「呼称と表記のみだれ」を、ここに引用してもいいのですが、多分、以上に引用しただけでも、読者としては筆者の主張するところを納得していただけるものと信じます。それに、残余のケースは、読者ご自身が探される「お楽しみ」として残しておきましょう。

さて、これらの「表記のみだれ」が、あきらかに作者の意図による「表記のゆらぎ」であるらしい、とすれば、問題は、そのことの確認と相まって、では、いったい、いかなる作者の意図がそこにこめられているのか、という問題になりましょう。このことの究明こそが、実は、賢治がこれらの作品に託したものが何であるか、その基本的な「謎」を明らかにすることにつながると考えられます。これこそが、賢治文芸の世界のもっとも根源的な「謎」に迫るものとなるのではないかと結論したのです。

「これだ、これだと指摘」

いま、私は「これこそが根本問題」と言いましたが、このことで思い出すことがあります。それは、農学校の、かつての賢治の教え子の一人（晴山亮一）が、教師（賢治）の授業について書いている次の一文です（傍線は筆者）。

　大きな本を教室にもってきても、それを見るでもない、ただ滔々と水の流れるように話されるので筆記することもできませんでした。でも教科書の中の重要なところは、これだ、これだと指摘して教えられました。

賢治は、それぞれの「物語」を〈滔々と水の流れるように〉物語りながら、これこそが〈重要なところ〉というところを、〈これだ、これだと指摘して教え〉るように、自分の書いた作品の勘所を、「表記や、また呼称のみだれ」として、「これだ、これだ」と読者に指し示しているのではないでしょうか。私は、作者が、具体的に指し示しているところ（作者の意図）にしたがって、ということは「表記や呼称のみだれ」と言うことが、教師としての賢治が「これだ、これだ」と指さしているものに見えて仕方がないのです。

教師であった賢治であればこその「配慮」「工夫」とも考えられます。実は賢治が教師になった当初は、「授業が難しい」といわれたそうです。きっと賢治は、その後いろいろ授業に工夫を凝らしたのであろうと思います。

さらに教師であり、作家である賢治が、「配慮」「工夫」したことがあります。それは、次のようなことです。

つまり「躓きの石」をさりげなく置いて読者をわざと躓かせ、「はて？」と、そこにこだわらせる、そんな教師でもあった作者の配慮を感じざるを得ません。

まずは、この「躓きの石」にこだわって分析・解釈を進めていくことにしましょう。賢治の作品（童話にも詩にも）に、ふんだんに見られる、にもかかわらずこれまで誰一人言及したことのない、興味深い謎（魔術のタネ・シカケ）の解明にとりかかろうと思います。

さっそく、先ほど、問題の解明を先送りにしてきた「表記のみだれ」が、いかなる「シカケ」なのか、その謎解きにかかりましょう。

「二相ゆらぎ」仮説により、分析を試みる

と言っても、本書の読者がすべて『宮沢賢治「二相ゆらぎ」の世界』を読んでおられるわけではないでしょうから、ここで、ちょっと回り道になりますが、短い童話をとりあげ、具体的に、つぶさに検証してみましょう。さすれば、なるほど、「呼称や表記のみだれ」は、作者の意図に基づくものであり、しかも、作者の深い世界観・人間観に基づくものであるらしいことを、納得されるであろうと信じます。

さっそく、その具体例を一つ、とりあげましょう。できるだけ短い童話の中から賢治の自然観・人間観（つまり世界観）を見事に形象化した童話『水仙月の四日』を選び、もっとも劇的な場面を引用、解明してみましょう。

第2章　自然界のゆらぎ・人間世界のゆらぎ

いま問題になっている表記のゆらぎが、実は、自然界のゆらぎ・人間世界のゆらぎを賢治独特の方法で表現しているものであることを、とりあえず、賢治の代表的な短編童話『水仙月の四日』で、説明しておきましょう。

1 『水仙月の四日』（『注文の多い料理店』所収。一九二三（大正十二）年一月十九日）

賢治文学の最高傑作の一つとされ、長いこと中学国語の定番教材の一つとして知られた作品です。気象学にも通じていた農芸化学者賢治の一面を見事に見せてくれる作品の一つと言えましょう。「我が国の雪嵐をえがいた文学作品として当然最高のもの」（寺田透）と評価されています。もちろん、法華経の「諸法実相」を具現したものであることは言うまでもありませんが、そのような評価は、いまのところ筆者以外、皆無と思われます。

科学と芸術の統合

『水仙月の四日』は盛岡地方の晩冬・初春の特殊な気象条件を実にリアルにふまえ、その気象条件をそっくりそのまま生かしながら、実に劇的な物語を立ち上げている作者の手腕に驚異さえ感じさせられます。

西から日本海をわたって、シベリア寒気団が張り出し、その一部が奥羽山脈の切れ目をぬけ、盛岡盆地の局地気象を急変させる状況がまざまざと肌に感じ取れるように活写されています。作品の冒頭は、早朝の、明るく晴れて穏やかな、とてもこの後、天候が急変するなど予想もつかぬ状態が活写されています。だからこそ父親は、町まで連れてきた子どもを一人で家へ帰らせたのでしょう。しかし、山の天候は思いもかけぬときに急変します。今日でも冬場になると、天候の急変で遭難事故を起こすことはまれではありません。

この後、気象の変化と、それにともなう人物たちの動きを追ってみましょう。もちろんこの作品のばあい、気象が、人物として造形されています（これらの人物は、気象と人間の複合形象という）から、人物の動きそのものが、気象の動きそのものでもあるという面が多々あります。逆に言えば、気象の動きがそのまま人物の動きでもあるということです。したがって登場する人物は「子供」をのぞいてすべて人間と気象の複合形象であることを念頭において読み進めることです。

筆者は、岩手大学教育学部で文芸学についての特別講義の折、元盛岡気象台の技師で、当時教育学部の非常勤講師をされていた方（元宮古測候所長工藤敏雄氏）に、『風の又三郎』と『水仙月の四日』の中の気象に関わるところについて、いろいろとおたずねしたことがあります。氏は、盛岡地方の気象についての賢治の知識が、実に詳しくかつ正確であることに驚いておられました。賢治が、盛岡高等農林の優秀な卒業生であり、また農学校で教師として気象についても教えていたことを考えれば、当然のことかもしれません。賢治は、しばしば測候所（現在気象台）を訪れ、盛岡地方の気象について研究していたということが、当時の測候所関係者の思い出話に出てきます。

伊藤七雄あての賢治の手紙の下書き（一九二八年七月はじめ）に、〈水沢へは十五日までには一ぺん伺ひます。失礼ながら測候所への序でにお寄りいたしまして、（後略）〉という文面があります。賢治が、たびたび測候所（気象観測所）を訪れていたことがうかがわれます。

話が横にそれましたが、作品に戻りましょう。

以下、全文を引用いたします。

＊振り仮名は省略しました。

水仙月の四日

雪婆んごは、遠くへ出かけて居りました。

猫のやうな耳をもち、ぼやぼやした灰いろの髪をした雪婆んごは、西の山脈の、ちぢれたぎらぎらの雲を越えて、遠くへでかけてゐたのです。

ひとりの子供が、赤い毛布にくるまつて、しきりにカリメラのことを考へながら、大きな象の頭のかたちをした、雪丘の裾を、せかせかうちの方へ急いで居りました。

（そら、新聞紙を尖つたかたちに巻いて、ふうふうと吹くと、炭からまるで青火が燃える。ぼくはカリメラ鍋に赤砂糖を一つまみ入れて、それからザラメを一つまみ入れる。水をたして、あとはくつくつくつと煮るんだ。）ほんたうにもう一生けん命、こどもはカリメラのことを考へながらうちの方へ急いでゐました。

お日さまは、空のずうつと遠くのすきとほつたつめたいとこで、まばゆい白い火を、どしどしお焚きなさいます。

その光はまつすぐに四方に発射し、下の方に落ちて来ては、ひつそりした台地の雪を、いちめんまばゆい雪花石膏の板にしました。

二疋の雪狼が、べろべろまつ赤な舌を吐きながら、象の頭のかたちをした、雪丘の上の方をあるいてゐました。こいつらは人の眼には見えないのですが、一ぺん風に狂ひ出すと、台地のはづれの雪の上から、すぐぼやぼやの雪雲をふんで、空をかけまはりもするのです。

「しゆ、あんまり行つていけないつたら。」雪狼のうしろから白熊の毛皮の三角帽子をあみだにかぶり、顔を苹果のやうにかがやかしながら、雪童子がゆつくり歩いて来ました。

雪狼どもは頭をふつてくるりとまはり、またまつ赤な舌を吐いて走りました〔。〕

「カシオピイア、

もう水仙が咲き出すぞ

おまへのガラスの水車

きつきとまはせ。」雪童子はまつ青なそらを見あげて見えない星に叫びました。その空からは青びかりが波になつて〔わ〕くわくと降り、雪狼どもは、ずうつと遠くで焰のやうに赤い舌をべろべろ吐いてゐます。

「しゆ、戻れつたら、しゆ、」雪童子がはねあがるやうにして叱りましたら、いままで雪にくつきり落ちてゐた雪童子の影法師は、ぎらつと白いひかりに変り、狼どもは耳をたてゝ一さんに戻つてきました。

「アンドロメダ、

あぜみの花がもう咲くぞ、

おまへのラムプのアルコホル、

しゆうしゆと噴かせ。」

雪童子は、風のやうに象の形の丘にのぼりました。雪には風で介殻のやうなかたがつき、その頂には、一本の大きな栗の木が、美しい黄金いろのやどりぎのまりをつけて立つてゐました。

「とつといで。」雪童子が丘をのぼりながら云ひますと、一疋の雪狼は、主人の小さな歯のちらつと光るのを見るや、ごむまりのやうにいきなり木にはねあがつて、その赤い実のついた小さな枝を、がちがち噛ぢりました。木の上でしきりに頸をまげてゐる雪狼の影法師は、大きく長く丘の雪に落ち、枝はたうたう青い皮と、黄いろの心とをちぎられて、いまのぼつてきたばかりの雪童子の足もとに落ちました。

「ありがたう。」雪童子はそれをひろひながら、白と藍いろの野はらにたつてゐる、美しい町をはるかにながめました。川がきらきら光つて、停車場からは白い煙もあがつてゐました。雪童子は眼を丘のふもとに落しました。その山裾の細い雪みちを、さつきの赤毛布を着た子供が、一しんに山のうちの方へ急いでゐるのでした。

「あいつは昨日、木炭のそりを押して行つた。砂糖を買つて、じぶんだけ帰つてきたな。」雪童子はわらひながら、手にもつてゐたやどりぎの枝を、ぷいつとこどもになげつけまし〔た〕。枝はまるで弾丸のやうにまつすぐに飛んで行つて、たしかに子供の目の前に落ちました。

子供はびつくりして枝をひろつて、きよろきよろあちこちを見まはしてゐます。雪童子はわらつて革むちを一つひゆうと鳴らしました。

すると、雲もなく研きあげられたやうな群青の空から、まつ白な雪が、さぎの毛のやうに、いちめんに落ちてきました。それは下の平原の雪や、ビール色の日光、茶いろのひのきでできあがつた、しづかな奇麗な日曜日を、一そう美しくしたのです。

子どもは、やどりぎの枝をもつて、　　一生けん命にあるきだしました。

けれども、その立派な雪が落ち切つてしまつたころから、お日さまはなんだか空の遠くの方へお移りになつて、そこのお旅屋で、あのまばゆい白い火を、あたらしくお焚きなされてゐるやうでした。

そして西北の方からは、少し風が吹いてきました。

もうよほど、そらも冷たくなつてきたのです。東の遠くの海の方では、空の仕掛けを外したやうな、ちひさなカタツといふ音が聞え、いつかまつしろな鏡に変つてしまつたお日さまの面を、な〔にか〕ちひさなものがどんどんよこ切つて行くやうです。

雪童子は革むちをわきの下にはさみ、堅く腕を組み、唇を結んで、その風の吹いて来る方をぢつと見てゐました。狼どもも、まつすぐに首をのばして、しきりにそつちを望みました。

風はだんだん強くなり、足もとの雪は、さらさらさらさらうしろへ流れ、間もなく向ふの山脈の頂に、ぱつと白いけむりのやうなものが立つたとおもふと、もう西の方は、すつかり灰いろに暗くなりました。

雪童子の眼は、鋭く燃えるやうに光りました。そらはすつかり白くなり、風はまるで引き裂くやう、早くも乾いたこまかな雪がやつて来ました。そこらはまるで灰いろの雪でいつぱいです。雪だか雲だかもわからないのです。

丘の稜は、もうあつちもこつちも、みんな一度に、軋るやうに切るやうに鳴り出しました。地平線も町も、みんな暗い烟の向ふになつてしまひ、雪童子の白い影ばかり、ぼんやりまつすぐに立つてゐます。

その裂くやうな吼えるやうな風の音の中から、

「ひゆう、なにをぐづぐづしてゐるの。さあ降らすんだよ。降らすんだよ。ひゆうひゆうひゆう、ひゆひゆう、降らすんだよ、飛ばすんだよ、なにをぐづぐづしてゐるの。こんなに急がしいのにさ。ひゆう、ひゆう、向ふからさへわざと三人連れてきたぢやないか。さあ、降らすんだよ。ひゆう。」あやしい声がきこえてきました。

雪童子はまるで電気にかかつたやうに飛びたちました。雪婆んごがやつてきたのです。

ぱちつ、雪童子の革むちが鳴りました。狼どもは一ぺんにはねあがりました。雪わらすは顔いろも青ざめ、唇も結ばれ、帽子も飛んでしまひました。

「ひゆう、ひゆう、さあしつかりやるんだよ。なまけちやいけないよ。ひゆう、ひゆう。さあしつかりやつてお呉れ。今日はここらは水仙月の四日だよ。さあしつかりさ。ひゆう。」

雪婆んごの、ぼやぼやつめたい白髪は、雪と風とのなかで渦になりました。どんどんかける黒雲の間から、その尖つた耳と、ぎらぎら光る黄金の眼も見えます。

西の方の野原から連れて来られた三人の雪童子も、みんな顔いろに血の気もなく、きちつと唇を噛んで、お互挨拶さへも交はさずに、もうつづけざませはしく革むちを鳴らし行つたり来たりしました。もうどこが丘だか雪けむりだか空だかさへもわからなかつたのです。聞えるものは雪婆んごのあちこち行つたり来たりして叫ぶ声、お互の革鞭の音、それからいまは雪の中をかけあるく九疋の雪狼どもの息の音ばかり、そのなかから雪童子はふと、風にけされて泣いてゐるさつきの子供の声をききました。

雪童子の瞳はちよつとおかしく燃えました。しばらくたちどまつて考へてゐましたがいきなり烈しく鞭をふつてそつちへ走つたのです。

けれどもそれは方角がちがつてゐたらしく雪童子はずうつと南の方の黒い松山にぶつつかりました。雪童子は革むちをわきにはさんで耳をすましました。

「ひゆう、ひゆう、なまけちや承知しないよ。降らすんだよ、降らすんだよ。さあ、ひゆう。今日は水仙月の四日だよ。ひゆう、ひゆう、ひゆう、ひゆうひゆう。」

　そんなはげしい風や雪の声の間からすきとほるやうな泣声がちらつとまた〔聞〕えてきました。雪童子はまつすぐにそつちへかけて行きました。雪婆んごのふりみだした髪が、その顔に気みわるくさわりました。峠の雪の中に、赤い毛布をかぶつたさつきの子が、風にかこまれて、もう足を雪から抜けなくなつてよろよろ倒れ、雪に手をついて、起きあがらうとして泣いてゐたのです。

「毛布をかぶつて、うつ向けになつておいで。毛布をかぶつて、うつむけになつておいで。ひゆう。」

雪童子は走りながら叫びました。けれどもそれは子どもにはただ風の声ときこえ、そのかたちは眼に見えなかつたのです。

「うつむけに倒れておいで。ひゆう。動いちやいけない。ぢきやむからけつとをかぶつて倒れておいで。」雪わらすはかけ戻りながら又叫びました。子どもはやつぱり起きあがらうとしてもがいてゐました。

「倒れておいで、ひゆう、だまつてうつむけに倒れておいで、今日はそんなに寒くないんだから凍やしない。」

　雪童子は、も一ど走り抜けながら叫びました。子どもは口をびくびくまげて泣きながらまた起きあがらうとしました。

「倒れてゐるんだよ。だめだねえ。」雪童子は向ふからわざとひどくつきあたつて子どもを倒しました。

「ひゆう、もつとしつかりやつておくれ、なまけちやいけない。さあ、ひゆう」

　雪婆んごがやつてきました。その裂けたやうに紫な口も尖つた歯もぼんやり見えました。

「おや、をかしな子がゐるね、さうさう、こつちへとつておしまひ。水仙月の四日だもの、一人や二人とつたつていゝんだよ。」

「えゝ、さうです。さあ、死んでしまへ。」雪童子はわざとひどくぶつつかりながらまたそつと云ひました。

「倒れてゐるんだよ。動いちやいけない。動いちやいけないつたら。」

狼どもが気ちがひのやうにかけめぐり、黒い足は雪雲の間からちらちらしました。

「さうさう、それでいゝよ。さあ、降らしておくれ。なまけちや承知しないよ〔。〕ひゆうひゆうひゆう、ひゆひゆう。」雪婆んごは、また向ふへ飛んで行きました。

子供はまた起きあがらうとしました。雪童子は笑ひながら、も一度ひどくつきあたりました。もうそのころは、ぼんやり暗くなつて、まだ三時にもならないに、日が暮れるやうに思はれたのです。こどもは力もつきて、もう起きあがらうとしませんでした。雪童子は笑ひながら、手をのばして、その赤い毛布を上からすつかりかけてやりました。

「さうして睡つておいで。布団をたくさんかけてあげるから。さうすれば凍えないんだよ。あしたの朝までカリメラの夢を見ておいで。」

雪わらすは同じとこを何べんもかけて、雪をたくさんこどもの上にかぶせました。まもなく赤い毛布も見えなくなり、あたりとの高さも同じになつてしまひました。

「あのこどもは、ぼくのやつたやどりぎをもつてゐた。」雪童子はつぶやいて、ちよつと泣くやうにしました。

「さあ、しつかり、今日は夜の二時までやすみなしだよ。ここらは水仙月の四日なんだから、やすんぢやいけない。さあ、降らしておくれ。ひゆう、ひゆうひゆう、ひゆひゆう。」

雪婆ん〔ご〕はまた遠くの風の中で叫びました。

そして、風と雪と、ぼさぼさの灰のやうな雲のなかで、ほんたうに日〔は〕暮れ雪は夜ぢう降つて降つて降つたのです。やつと夜明けに近いころ、雪婆んごはも一度、南から北へまつすぐに馳せながら云ひました。

「さあ、もうそろそろやすんでいゝよ。あたしはこれからまた海の方へ行くからね、だれもついて来ないでいいよ。ゆつくりやすんでこの次の仕度をして置いておくれ。ああまあいいあんばいだつた。水仙月の四日がうまく済んで。」

その眼は闇のなかでをかしく青く光り、ばさばさの髪を渦巻かせ口をびくびくしながら、東の方へかけて行きました。

野はらも丘もほつとしたやうになつて、雪は青じろくひかりました。空もいつかすつかり霽れて、桔梗いろの天球には、いちめんの星座がまたたきました〔。〕

雪童子らは、めいめい自分の狼をつれて、はじめてお互挨拶しました。

「ずゐぶんひどかつたね。」

「ああ、」

「こんどはいつ会ふだらう。」

「いつだらうねえ、しかし今年中に、もう二へんぐらゐのもんだらう。」

「早くいつしよに北へ帰りたいね。」

「ああ。」

「さつきこどもがひとり死んだな。」

「大丈夫だよ。眠つてるんだ。あしたあすこへぼくしるしをつけておくから。」

「ああ、もう帰らう。夜明けまでに向ふへ行かなくちや。」

「まあいゝだらう。ぼくね、どうしてもわからない。あいつはカシオペーアの三つ星だらう。みんな青い火なんだらう。それなのに、どうして火がよく燃えれば、雪をよこすんだらう。」

「それはね、電気菓子とおなじだよ。そら、ぐるぐるぐるまはつてゐるだらう〔。〕ザラメがみんな、ふわふわのお菓子になるねえ、だから火がよく燃えればいゝんだよ。」

「ああ。」

「ぢや、さよなら。」

「さよなら。」

三人の雪童子は、九疋の雪狼をつれて、西の方へ帰つて行きました。

まもなく東のそらが黄ばらのやうに光り、琥珀いろにかゞやき、黄金に燃えだしました。丘も野原もあたらしい雪でいつぱいです。

雪狼どもはつかれてぐつたり座つてゐます。雪童子も雪に座つてわらひました。その頬は林檎のやう、その息は百合のやうにかほりました。

ギラギラのお日さまがお登りになりました。今朝は青味がかつて一そう立派です。日光は桃いろにいつぱいに流れました。雪狼は起きあがつて大きく口をあき、その口からは青い焔がゆらゆらと燃えました。

「さあ、おまへたちはぼくについておいで。夜があけたから、あの子どもを起さなけあいけない。」

雪童子は走つて、あの昨日の子供の埋まつてゐるとこへ行きました。

「さあ、ここらの雪をちらしておくれ。」

雪狼どもは、たちまち後足で、そこらの雪をけたてました。風がそれをけむりのやうに飛ばしました。

かんぢきをはき毛皮を着た人が、村の方から急いでやつてきました。

「もうい丶よ。」雪童子は子供の赤い毛布のはじが、ちらつと雪から出たのをみて叫びました。

「お父さんが来たよ。もう眼をおさまし。」雪わらすはうしろの丘にかけあがつて一本の雪けむりをたてながら叫びました。子どもはちらつとうごいたやうでした。そして毛皮の人は一生けん命走つてきました。

シベリア寒気団が、西から日本海を東へ、そして奥羽山脈の切れ目から張り出してくると、盛岡地方の局地気象がそれに支配影響され、突然、天候が急変、大雪嵐になることがあります。この作品の雪婆んごはシベリア寒気団を、雪童子は局地気象を人物化したもので、雪狼は吹雪の人物化と考えられます（これらは、すべて自然と人間の複合形象であり、人物です）。

「雪童子」と「子供」（対応する人物）

主要人物は、雪婆んごと雪童子、雪狼、それに子供（男の子）です。

これらの人物の特異な風貌を作者は、その登場にあたって次のように表現しています。

・猫のやうな耳をもち、ぼやぼやした灰いろの髪をした雪婆んご

・白熊の毛皮の三角帽子をあみだにかぶり、顔を苹果のやうにかがやかしながら、雪童子がゆつくり歩

いて来ました。
・ひとりの子供が、赤い毛布にくるまつて、しきりにカルメラのことを考えながら、
・二疋の雪狼が、べろべろまつ赤な舌を吐きながら、

これらの人物のうち、雪童子と雪狼、それに子供だけに表記の二相が見られます（「雪童子」「雪わらす」、「雪狼」「狼」、「子供」「子ども」「こども」）。しかし「雪婆んご」の呼称と表記は一定しています（つまり、雪童子、雪狼と子供だけが、劇的な矛盾をはらんでいるからこそ、ゆらぎにゆらぐ「二相系の人物」ということです）。このことは、あきらかに作者の意図的なものであることを示しています。作者は、特に、この二者（雪童子と子供）にスポットをあてていると言えます。いわば、この両者が対応する人物（対の人物）であり、かつ中心的人物である（もちろん、話者・視点人物から見られている対象人物でもある）ということです。作者が懇切にも、「表記の二相ゆらぎ」をとることで、この両者を矛盾をはらみ劇的に変転する存在として特に目を向けるよう読者に示唆・要請しているのです。

なお、この二人が二相系の人物であることは次のことから推察できます。雪童子の持つ「ムチ」に、〈革鞭〉〈革むち〉〈鞭〉と呼称と表記の「ゆらぎ」が見られます。また子供の「ケット」も〈赤い毛布〉〈赤毛布〉〈毛布〉〈けつと〉と表記と呼称が「ゆらぎ」ます。それは、この両者が、このあと詳しく分析するように、矛盾をはらんで劇的に「ゆらぐ」存在であることを意味しています（このような例は他のすべての童話において特徴的に見られます）。

しかし、一方、雪婆んごは、ただひたすら、「水仙月の四日だから子供の命の一つや二つ、かまわぬから、こっちへとってしまえ」と、雪童子や雪狼を叱咤激励するだけです。矛盾をはらんだ「二相ゆらぎ」のす

がたは見られぬ存在なのです。と言っても、この世界に何らの矛盾もない存在というものはあり得ません。ただ、ある特定の局面で、矛盾が表面にあらわれていないだけのことです。雪婆んごと言えども、この作品の局面では、その矛盾を露呈していないだけのことです。作者は、このあとの引用場面で、雪婆ごの振る鞭の音の声喩に「ゆらぎ」を与えることで（引用場面にも、その片鱗がうかがえます）、その微妙な目立たぬ「ゆらぎ」を表現していると言えましょう（多くの童話において、ある人物は、衣装や持ち物の表現、また声喩において呼称や表記の二相をとることで、その人物も二相系の人物であることを示唆しています）。

早速、その劇的場面を一部引用しましょう。雪童子と子供の「矛盾」を、「表記のゆらぎ」「呼称のゆらぎ」で表現していることがはっきりと確認できましょう。

「ひゆう、ひゆう、なまけちや承知しないよ。降らすんだよ、降らすんだよ。さあ、ひゆう。今日は水仙月の四日だよ。ひゆう、ひゆう、ひゆう、ひゆうひゆう。」

そんなはげしい風や雪の声の間からすきとほるやうな泣声がちらつとまた〔聞〕えてきました。雪童子はまつすぐにそちらへかけて行きました。雪婆んごのふりみだした髪が、その顔に気みわるくさわりました。峠の雪の中に、赤い毛布をかぶったさつきの子が、風にかこまれて、もう足を雪から抜けなくなつてよろよろ倒れ、雪に手をついて、起きあがらうとして泣いてゐたのです。

「毛布をかぶって、うつ向けになっておいで。毛布をかぶって、うつむけになっておいで。ひゆう。」雪童子は走りながら叫びました。けれどもそれは子どもにはただ風の声ときこえ、そのかたちは眼に見えなかつたのです。

「うつむけに倒れておいで。ひゆう。動いちやいけない。ぢきやむからけつとをかぶつて倒れておいで。」雪わらすはかけ戻りながら又叫びました。子どもはやつぱり起きあがらうとしてもがいてゐました。

「倒れておいで、ひゆう、だまつてうつむけに倒れておいで、今日はそんなに寒くないんだから凍やしない。」

雪童子は、も一ど走り抜けながら叫びました。子どもは口をびくびくまげて泣きながらまた起きあがらうとしました。

「倒れてゐるんだよ。だめだねえ。」雪童子は向ふからわざとひどくつきあたつて子どもを倒しました。

「ひゆう、もつとしつかりやつておくれ、なまけちやいけない。さあ、ひゆう」

雪婆んごがやってきました。その裂けたやうに紫な口も尖つた歯もぼんやり見えました。

「おや、おかしな子がゐるね、さうさう、こつちへとつておしまひ。水仙月の四日だもの、一人や二人とつたつていゝんだよ。」

「えゝ、さうです。さあ、死んでしまへ。」雪童子はわざとひどくぶつつかりながらまたそつと云ひました。

「倒れてゐるんだよ。動いちやいけない。動ちやいけないつたら。」

狼どもが気ちがひのやうにかけめぐり、黒い足は雪雲の間からちらちらしました。

「さうさう、それでいゝよ。さあ、降らしておくれ。なまけちや承知しないよ〔。〕ひゆうひゆうひゆう、ひゆひゆう。」雪婆んごは、また向ふへ飛んで行きました。

子供はまた起きあがらうとしました。雪童子は笑ひながら、も一度ひどくつきあたりました。もうそのころは、ぼんやり暗くなつて、まだ三時にもならないに、日が暮れるやうに思はれたのです。こどもは力もつきて、もう起きあがらうとしませんでした。雪童子は笑ひながら、手をのばして、その赤い毛布を上からすつかりかけてやりました。

「そうして睡つておいで。布団をたくさんかけてあげるから。さうすれば凍えないんだよ。あしたの朝までカリメラの夢を見ておいで。」

雪わらすは同じとこを何べんもかけて、雪をたくさんこどもの上にかぶせました。まもなく赤い毛布も見えなくなり、あたりの高さも同じになつてしまひました。

ごらんのとおり、〈子供〉と〈こども〉〈子ども〉、〈雪童子〉と〈雪わらす〉が、「表記の二相ゆらぎ」となっています。つまり、この両者が「二相系の人物」として設定されていることは明らかです（他の人物、たとえば雪婆んごは呼称の表記が一定している。しかし雪婆んごの振るう鞭の音に「声喩のゆらぎ」が見られます）。

ここで、改めて、読者に注意を喚起しておきたいことがあります。それは、いかなるばあいが「雪童子」あるいは「子供」という漢字表記で、いかなるばあいが「雪わらす」あるいは「こども」という平仮名表記になるのか、と考えないことです。ある特定の語彙にかぎって表記が「でたらめ」に「ランダム」にゆらいでいる、というそのことにこそ、意味があるのですから。「二相」ということは、そのように理解していただきたいのです。

言葉を換えて表現すれば、特定の人物（あるいは事物）にかぎり、「でたらめに表記」することこそ、作者が意図したことであるのです。

問題は、作者が何故この二人（雪童子と子供）を「二相系の人物」として、設定したか、したがって、この二人の人物の呼称にかぎって「表記のゆらぎ」で、表現したか、ということです。

「雪・氷」の「表記の二相」の意味するもの

雪というものは、激しく吹き付けると人体の体温を奪い、はては人を凍死に追いやります。しかし、雪や氷というものは、熱の伝導をはばむ、いわばすぐれた「断熱材」とも考えられています。たとえば、北極圏のイヌイットを例にとれば、彼らは氷の家に住んでいます。断熱材としての氷が人間の体温を外に逃がさないのです。氷の家の中にいると、汗ばむほどであると言われます。わが国でも東北地方では子どもたちが、正月の行事として、雪の家「かまくら」をつくって遊ぶ習わしがあります。雪をかためてこしらえた「かまくら」の中は、熱を外に逃がさないために温かいのです。

冬山の遭難で、いたずらに吹雪の中をさまようことは、凍死を招くとかたく戒められています。雪の洞をつくり、赤い布などを棒にさして目印とし、そこに籠もって救助の手を待つのが賢明とされています。

矛盾する行為・劇的行為

雪童子が子供を激しく吹き倒します。それは雪婆んごの厳命にしたがう行為ではあります。しかし、その意地悪い仕打ちに見える激しさ、厳しさ、残酷さは、実は、子供の命を守ってやるための優しさ・慈悲のなせる行為であるのです。雪童子の厳しさという姿（相）は、そのまま裏返せば、思いやり・やさしさということの現れ（相）なのです。雪童子の一つの行為の、厳しさとやさしさという相反する二つの相ということになります（たとえば不動明王という仏の、火焔に包まれ、破邪の剣をかざした憤怒の相は、実は、衆生済度の慈悲の相であるのです。また賢治にとっては、修羅も、矛盾をはらむ二相の存在といえましょう)。

子供の、必死に立ち上がって歩きだそうとする行為は、助かりたいための姿・行為（相）でもありますが、裏がえすと、自らを死に追いやる姿・行為（相）でもあると言えましょう。これも一つのものの相反する、あえて言えば、矛盾をはらむ二つの相ということです。同様、雪童子の行為も矛盾する行為と言えましょう。

これらの両者の相反する行為は、ことばを換えて表現すれば「矛盾する行為」、さらに言うならば、この場合「劇的行為」と言ってもいいでしょう。両者の、この劇的葛藤を「二相ゆらぎ」と言うのです。

相補的認識・表現

ところで、このように、「○○でもあり、××でもある」という相反するとらえ方が両立する見方・考え方のことを、「相補性原理」、「相補的認識・表現」と言います。仏教では「相依」（そうえ）と言います。

「相補性原理」というのは、一九二〇年代、コペンハーゲン学派のニールス・ボーアにより提唱され、現代の量子論の原点となった思想です。二〇世紀初頭、物理学の世界で光は波動であるのか、粒子であるのかをめぐり、激しく対立論争がつづきました（ちなみに、アインシュタインは、光電子の実験から、光の粒子説を唱え、そのことでノーベル賞を受賞しました（受賞の知らせを受けたのは日本へ招かれてくる船中のことでした)。

ボーアは、光は、観察者が波動であることを証明する装置によって実験・観察すると波動であることを裏付ける結果を示し、逆に粒子であることを証明する実験・観測をおこなえば粒子であることを裏付ける結果をきたすことにより、「光は波動でもあり、粒子でもある」という解釈を示しました。このコペンハーゲン解釈は「相補性原理」と呼ばれています。

しかし相補性原理は、既に二千年も前から、仏教において「相依（そうえ）」と呼んできている考え方です。たとえば、「○でもあり、×でもある」という考え方です。しかし、「白か黒か」二者択一的に物事を考えてきた一神教的世界観の二元論的立場に立つ西欧諸国の人間にとっては、すんなりと受け入れられる考え方ではありませんでした。しかし「生死一如」と考える仏教的死生観に立つ東洋人には、無理なく受け入れられる思想であると言えましょう。

実は、ニールス・ボーアは東洋の思想に学んだと言われます。彼の墓には古代中国の「易」のシンボルマーク・太極図（下図）が印されているそうです。

まさに賢治の世界は、相補性原理を具現した文芸世界と言えましょう。つまり、相補的世界観とは、現代の量子論をささえる先進的な世界観であり、しかも、実は、もっとも古い大乗仏教の世界観（依正不二）でもあるのです。しかし、いまだに二元論的世界観からぬけだせぬ論者たちは、二分法の論理に拠って二者択一的にしか考えないため、雪童子と子供を前述のように、二相系の人物として見ようとしないのです（なお、雪童子と子供は、対応する形象・

太極図：白と黒は通底している

対応する人物と言います。対の人物・ペアの人物ということです）。

雪童子は、子供に向かって、地面に伏しているように叫びますが、〈子どもにはただ風の声ときこえ、そのかたちは眼に見えなかつたのです〉とあります。つまり子供は、自然の声を聞き分ける「耳」を持たないのです。そのために、まかり間違えば、自らを死に追いやることになりかねない行動を、それと知らずにとっているのです。いくら吹き倒されても、立ち上がって歩きだそうともがきます。この必死に生きようとする行為は、実は、逆に、自分自身を凍死に追いやる矛盾した行為でもあるのです。にもかかわらず、子供はそのことの認識がまったくないのです。このような子供の行為は、まさに矛盾をはらんだ「二相ゆらぎ」の行為と言えましょう。

子供の姿は、自然の声に耳傾けぬ人間の姿を象徴するものと言えましょう。

すべてのものは（自然も人間も）ゆらぐ

この世界のすべてが、例外なく、実は「ゆらぐ」存在なのです。雪童子と子供だけを、矛盾を孕み「ゆらぐ存在」として扱ってきましたが、実は、雪婆んごも雪狼も、実は、ゆらぐ存在であるのです。ただそれが、この作品設定においては、雪童子や子供に比してゆらぎがきわめて小さいということだけです。そのことを作者は、それらの人物、たとえば雪婆んごを例にとれば、鞭をならす擬音の変化（ゆらぎ）のみで、表現するという工夫をしています。

・ひゅうひゅうひゅう、ひゅひゅう

・ひゅう、ひゅう、ひゅう、ひゅうひゅう

・ひゅう、ひゅうひゅう、ひゅひゅう

このような方法は他の多くの童話においても見られる共通な表現法と言えましょう。たとえば童話「雪渡り」の中での主人公の雪を踏みしめる声喩が「二相ゆらぎ」となっています。また、童話『十力の金剛石』の中にも声喩の「二相ゆらぎ」が見られます。

ところで、雪狼のばあいはどうでしょうか。読者ご自身の考察におまかせしましょう。

（実は、作品によっては、片仮名表記や、句読点、あるいは、疑問符や、傍点など、さまざまな記号、たとえば「?」などの使用に、常識的ではない扱いをしているのですが、ここでは、省略します。）

「やどりぎ」「カリメラ」「電気菓子」の意味するもの

作中に、「やどりぎ」のことが出てきますが、宿り木というものは、その蔓はなかなかちぎれないものです。それを吹きちぎるほどの突風が一瞬、吹くということは、実は、大雪嵐を知らせる前兆ではないでしょうか。いわば、自然自身が、自分自身を「語って」いるのです。ただ経験の浅い子供には、それ（自然の言葉）がわからないだけです。遭難というものは、冬山というものに対する認識不足、自然を甘く見ることから惹き起こされるものであると言われます。

なお、ここで、「突風が一瞬」と書きましたが、自然にも社会にも、人間自身にも「いきなり・突然・俄に」という事態が絶えずあることを記憶にとどめておいていただきたいのです。仏教では、そのことを「無常迅速」と言います。『風の又三郎』のすべての場面で、自然と人事において「二相ゆらぎ」のさまざまの様相を見ることができるはずです。結論を先回りして言うならば、少年小説『風野又三郎』は、まさに、そのことを主題としたリアリズムの「小説」であると結論できるでしょう。
ところで、「カリメラ」とか「電気菓子」というものが出てきますが、これらはいずれも二相系（液相と固相、あるいは液相と気相）のものです。実は、さりげない形で、作者は、この作品が二相系の世界であることを、ほのめかして（暗示して）いるのです。ちなみに、詩「永訣の朝」の中で、「霙」を作者は「雨と雪の二相系」（液相と固相）と表現しています。また同様、「アイスクリーム」も二相系のものとして扱っています。

星座の名前も揺らいでいる

賢治の世界はすべてゆらぎの世界です。そのことを象徴するものが宇宙規模の星座名です。たとえば、カシオピイアとカシオペーアです。

『水仙月の四日』以外の童話でも、スポットを当てた対象の表記が「二相ゆらぎ」となっていますが、話者（語り手）は、いずれの場合も、それらを区別することなく語っているのです。しかし作者（虚構の作り手）は、わざと表記を漢字と平仮名とに振り分けて書くことで、独自の虚構世界を作り出しているのです。そこには紛れもなく作者の隠された意図があると言えましょう。つまり作者は、そんな形（表記の二相、呼称の二相）で、読者に対して注意を促しているのです。これらの人物を二相系の存在としてとらえよと「示唆」しているのです。そのことを、筆者は、「躓きの石」と喩えたのです。
しかし、多くの読者は呼称・表記の二相に気づかずに読み飛ばしたり、たとえ気づいても、その意味するところをとらえようとせず、あるいはとらえきれずにいるだけなのです。まるでそれは、雪童子（自然）が語りかけることばを理解しようとしない子供と変わりません。

もちろん、賢治の信奉する法華経の世界観（諸法実相）を知る読者なら「二相ゆらぎ」の意味するところはよくわかるはずです（「諸法実相」については「補説」に解説）。

以上、童話『水仙月の四日』をテキストとして、「表記・呼称の二相」が、作者の意図（世界観・人間観）によるものであることを具体的に立証しました。もちろん、筆者は主要な童話二十数編を具体的に取り上げ、そのことを検証しました（拙著『宮沢賢治「二相ゆらぎ」の世界』参照）。

ところで、先ほどから頻出する「ゆらぎ」ということについて、賢治の思想との関連で若干ふれておきたいと思います。

2 「二相ゆらぎ」と賢治

「ゆらぎ」＝哲学的・科学的キー・ワード

結論を先に述べますと、筆者は、この賢治における「呼称・表記のみだれ」を、現代哲学・科学がキー・ワードとしている「ゆらぎ」として考察することに思い至ったのです。つまり、「みだれ」としてではなく、一見、無意味に思えるが、実は、そこに哲学的・科学的、ひいては文芸学的にも深い意味をはらむ「ゆらぎ」として、そのことの意味を追求することこそが、問題解決の糸口になるのでは、と思い至ったのです。ことばを換えて言えば、「無意味の意味」の追求とでも言いましょうか。もちろん、この追求を意図した理由の最たるものは、この語りの場面全体の中で、ある特定の言葉のみが、ランダムに呼称と表記が「二相ゆらぎ」になっているという、そのことにこそ、実は深い意味があるのでは、と考えたからです（後述）。

しかし、くり返し申しあげますが、くれぐれも一つひとつのセンテンスにおいて、何故そこが他ならぬ漢字で、ここは平仮名か、と考えないでいただきたい。そこから貴方は迷路にふみこんでしまうことになるのですから。むしろ、何故特定のある「ことば」だけが、呼称と表記がランダムに「ゆらぐ」のか、そのことの思想的意味（哲学的・科学的かつ文芸学的）こそが追求さるべき問題であるのです。

帰納法から、演繹法へ

私たちが物事を論理的・実証的に追求するとき、二つの方法があります。一つはこれまで本書で私たちが試みてきた帰納法です。（1）から（8）までの文例（46頁）をあげて、類比・対比という比較法を使って、前述のような結論、つまり、これらはすべて無作為・ランダムになされている、という結論に達しました。しかし、にもかかわらず、そこに、実は、作者の何らかの意図があるに違いない、ということをも洞察しました。

では、その「作者の意図」とは、何でしょうか？

ここで筆者は、しかるべく「作者の意図」を仮説し、そこから演繹的に推理を進めていくことを選んだのです。つまり、作者賢治は、そもそも「なんのために」あれだけの膨大な数の童話を書いたのであろうか、ということから始めようというわけです。つまり、童話創作の作者の意図・目的は何か。作者賢治がいかなる人物で、その思想とは、というところから、逆に、懸案の、この問題の核心に迫ろうというわけです。つまり帰納法的にではなく、このたびは、演繹法的に問題の核心に迫ろうというわけです。

法華経の信奉者・宮沢賢治

賢治研究者の誰もがひとしく言及することは、賢治があれだけの膨大な童話、詩作品を書いた目的は、法華経の思想を童話という形で、弘めることにあった、ということです（法華経そのものが、「火宅の喩え」のような何編かの、いわば「童話」の集成、と言えましょう）。

よく知られたことですが、真宗の敬虔な信者であった賢治の父は仏教の講習会の中心人物でありました。賢治も小学生のときよりこの講習会を手伝い、講師の暁烏敏の世話などをしています。盛岡中学三年生の夏には、夏期講習会で浄土真宗の著名な宗教学者島地大等の講話に感銘を受けたと言います。そのような家庭環境に育ち、中学時代の仏教的求道も当然の成りゆきと言えましょう。中学卒業、十九歳の秋、たまたま父の持っていた新刊の島地大等の著になる『漢和対照妙法蓮華経』を読んだ賢治は、魂をゆすぶられるほどの深い感動を受けました。浄土信仰からすれば百八十度の急転換といえましょう。

盛岡高等農林を主席の成績で卒業した賢治は、ひとかどの化学者でありました。そのような賢治にとって法華経が説く「諸法実相」の特に「十如是」の、きわめて論理的かつ実証的な教義にいたく共感させられたのであろうと思います。賢治は、詩「小岩井農場」（パート九）の中で、〈明確に物理学の法則にしたがふこれら実在の現象から〉と述べていますが、このことは、うらがえせば法華経の「諸法実相」、その「十如是」こそは、〈明確に物理学の法則にしたがふ〉ものであるとの認識があったのではないかと考えられます。

その後、大正九年には、田中智学著『本化妙宗式目講義録』全五巻を読破し、智学の創設した日蓮主義の国柱会に入会します、この後、亡くなるまでの二十年間、法華経の信仰の深化と実践に一途に生きたと言えましょう。

有名な「雨ニモマケズ」が記されている通称「雨ニモマケズ手帳」という賢治が晩年に使っていた手帳に、賢治は、大正十（一九二一）年、二十四歳のとき、上京、法華信仰団体・国柱会に参加、「法華文学ノ創作」を目指して執筆活動を始めた、ということを記しています。

高知尾智耀は「末法における法華修行について」次のように語っています。「農家は鍬鋤をもつて、商人はソロバンをもつて、文学者はペンをもつて、各々その人に最も適した道において法華経を身に読み、世に弘むるというのが末法に於ける法華経の正しい修行の在り方である。」

賢治の場合、法華経の世界観を童話の形で多くの読者に納得してもらいたいという願いに基づくものであることを雄弁に物語っています。そもそも法華経そのものが「火宅」の喩えのように、七編の「たとえばなし」で構成されています。賢治の童話は、いわば「現代版法華経」であると言えましょう。

〈これからの宗教は芸術です。これからの芸術は宗教です〉とは、賢治が当時、故郷の友人に書いた手紙の一節です。

賢治は妹の看病のため東京にいた間、児童文学の創作に精力的に取り組み、その間、近くの上野図書館にたびたび通いましたが、大正十（一九二一）年七月十三日、関徳弥あての封書に次のような記述があります。

図書館へ行って見ると毎日百人位の人が「小説の作り方」或は「創作への道」といふやうな本を借りやうとしてゐます。なるほど書くだけなら小説ぐらゐ雑作ないものはありませんからな。

おそらく賢治自身が日夜童話の創作に励んでいたときのことであり、だからこそ「小説の作り方」や「創作への道」と言ったたぐいの本を賢治自身、借り出してもいたのでしょう。だからこそ、この種の創作論に関心のある読者の多いのに気づいたということなのでしょう。
　もしかすると、当時、すでに漱石の小説がいくつか刊行されていましたから、漱石のものにも目配りしていたかもしれません。実は、さらに想像を広げれば、漱石独自の創作理論にも少なからぬ影響を受けたものと思われます。漱石は、人物の呼称をはじめ、「鍵括弧」や「――」（ダッシュ）などの記号の使用法など独特の考え方を提示しています。おそらく賢治も、漱石の弟子であった芥川同様、これらの独自な表記法に大きな関心を示したであろうと推測されます。
　ところで、賢治は、自分の童話創作に関する「理論」については、どこにも記しておりません。実は、作者の創作に関わる理論を披露してほしいという出版社の要請に対して、賢治は、次のように断りのはがきを出しています（昭和八年六月二十三日、高橋忠弥あて葉書）。

　童話の理論はとのお葉書ですが、何分いまだ病中で力を入れた仕事六ヶしく、それに理論はどうもその時きりのもので、強いて、書けばしばらくそれに縛られなければならないやうな気がしますので、今の所はなはだ自信ありません。そのうち何かできっとご一所する事もありませうから、今回は何卒悪しからず。まづは。

　本書簡は、高橋が発行している雑誌『木曜文学歴』に寄稿を求めたのに対する返事であるという。賢治は、作家として、もちろん、自分なりの「創作理論」によって、童話や詩を書いていたに違いないのです。理論家でもある賢治の場合、まったく、ただ書きたいことを書きたいように書いている、とは考えられません。しかし、賢治がはしなくも書いているとおり、自分の創作理論を公表してしまえば、逆に、それに拘束されるということは、当然、考えられることとです。したがって、あえて公表を差し控えたのであろうと思います。私自身若いとき、文芸学の理論と方法の確立を目指して、そのためもあり、テレビドラマや児童劇の脚本、童話などの創作をこころみ、数々の賞をいただいた経験から、賢治の作家としての心情がいたいほどよくわかります。このはがきの文面から、実は、逆に、賢治が何らかの創作方法を彼なりに駆使していたであろうことが読み取れます。読者である我々がなすべきことは、逆に、作品から、作者の虚構の方法を「推理・特定」することであろうと思います。

本書で冒頭から筆者がこころみていることは、まさにそのことを、意図しているということなのです。ところで、「法華文学」を目指すという賢治は、法華経のいかなる世界観・人間観を童話の形で形象化しようと考えたのでしょうか。実は、このところで、おおかたの研究者の方々と筆者の考え方との間に微妙な、しかし決定的な違いが生じているように思われます。

おおかたの研究者の方々は、法華経の「常不軽菩薩」こそが、賢治が、「デクノボウ」という人物像によって、童話において形象化をこころみたものである、と主張されます。たしかに、常不軽菩薩は、法華経のなかで観音菩薩とならび、重要な菩薩であり、賢治自身、「デクノボウ」として生きることを切望し、また、実際そのように生きようと努めてきました。

童話『虔十公園林』などの主人公は、研究者によって、そのような人物像とされています。たしかに、そのような主人公と考えることも可能ではあります。しかし筆者は、主人公の「虔十」という名前からも推理できるとおり、「十力を虔い慎む」、という意味ととります。後半に登場する博士が「十力」のことに言及していることも、押さえるべきです。筆者は、多くの童話、また詩において、むしろ法華経の神髄とされる「方便品」の中に述べられている「諸法実相」の世界観・人間観こそが、そのバックボーンではないかと考えています。なぜなら、賢治自身の書き記している文章に、そのことが明記されているからです。

実は、そのことを裏付ける書簡があります。高等農林学校時代の親友保坂嘉内に宛てた書簡に再三法華経を奨めていますが、中でも「方便品」について特記しています。


保坂さん。諸共に深心に至心に立ち上がり、敬心を以て歓喜を以てかの赤い経巻（法華経のこと＝引用者）を手にとり静にその方便品、寿量品を読み奉らうではありませんか。


親友に宛てた他の手紙でも賢治は「方便品」を特記しています。

しかも、いわゆる「桜」の時代、朝夕読経していたところは、ほかならぬ法華経の方便品の中の核心とも言える「諸法実相」についての経文であったのです。（諸法実相については、このあと「補説」のところで詳しく説明します。）

にもかかわらず、賢治と「諸法実相」の関係について論じた論考は、大室幹雄著『宮沢賢治「風の又三郎」の精読』（岩波書店）以外には無いように思われます。

しかし、著者は、せっかく「諸法実相」に触れていながら、残念ながら、賢治とその著作との深い本質的な関係について具体的に論証してはいません。

ところで、筆者が、なぜ多くの研究者とまったく違った主張をするのか、まさに、そのことの具体的・理論的検証が本書一巻をあげてなされることとなるはずのものです。

ここで、賢治が、もっとも重要視する「諸法実相」とは、いかなる教義か、そのことについて、おおよそのところを、まずは、かいつまんで説明しておこうと考えます。「補説」で、正確に、かつ詳しく説明するはずですが、とりあえずここで、おおまかに説明しておきましょう。

「諸法」とは、この世の森羅万象、すべてということです。自然についても、人間についても、すべて、見えたとおり、聞こえたとおりが、そのまま、真実である、という教義です。えてして、私たちは、それらの現象の内のいずれかが「真」である、と断定したいのですが、それは、迷いに過ぎない、というのです。にわかに信じがたい教義です。私たちは、それらの内のいずれかが真実であるはずという「思いこみ」があります（それこそが、二元論的世界観より帰結するもの、と言えましょう）。

論証を抜きに、結論だけを言うならば、この作品の主人公は、「三郎」でもあり、「又三郎」でもある。いずれもが「真実」である、ということになります。一方のみを「真」とする二者択一的な二元論的考察を否定します。私たちの認識が、「三郎」と「又三郎」という「二相」のあいだを「ゆれうごく」ことを、筆者は、このあと紹介する賢治独自の用語法をもふまえて、「二相ゆらぎ」と定義しています。

法華経の「諸法実相」の世界観（自然観・人間観）を、賢治は彼独特な言葉で次のように表現しています。これらの言葉は、ほとんど、詩作品の中にあるもので、童話の中には、これらの言葉がそのままの形で出てくることはありませんが、前述の通り、具体的な主人公の姿をとってあらわれているのです。

賢治のことば（引用）

賢治の作品（主として詩作品）から、筆者の主張する「二相」という観点に沿う賢治独自のことばを、引用しておきます。。

・「二重の風景」（『春と修羅』）

まず、詩集『春と修羅』の「序」に、「二重の風景」とあります。賢治の描く自然の風景は、まさに二重の風景、つまり、一つの自然が、相反する「二相の風景」としてあるということです。たとえば、「鳥をとるやなぎ」の情景描写は、現実の風景であるともとれ、同時に非現実の風景ともとれる、ということです。このように「現実ともとれ、非現実ともとれる」、あるいは「現実でもあり、非現実でもある」という矛盾の止揚されるところに相補的世界観の特徴があります。これは、間違っても「二種の風景」ととらえないでください。二つの風景が並列してあるのではなく、オーバーラップしているのです。

いや、むしろ、一つの風景が相反する二つの風景として見えるということです。しかもそのいずれもが、ともに真実のものであるという思想です。

大乗仏教は二千年も前から、「相補」ということを「相依」（そうえ）という概念・用語を用いて相補的世界観を提唱してきました。法華経に深く学んだ賢治にも相補的世界観・人間観が色濃く見られます。

「相補」「相依」というのは、仏教哲学に言うところの「生死一如」ということです。「二而不二」（二にして二にあらず）ということです。生と死は別のものでありながら、かつ一つのものでもあるというのです。

・「二重感覚」（『春と修羅』）

同じ一つのものに相反する二重の感覚、たとえば快と不快という相反する感覚が生ずるばあいです。このこと自体が矛盾していますが、人間の感情には、そのようなことは、少なからずあり得ることです。たとえば、愛する娘を嫁に出すときの父親の気持ちなど、「うれしさと悲しさ」という「二重感覚」の一つの卑近な実例と言えましょう。

・「両方の空間が二重」（「宗教風の恋」）

もうそんな宗教風の恋をしてはいけない
そこはちやうど両方の空間が二重になつてゐるとこで
おれたちのやうな初心のものに
居られる場処では決してない

・「二相系」（「永訣の朝」）

もともとは、物理学・化学の用語です。物質はすべて、固体（固相）、液体（液相）、気体（気相）と相転移します。二相とは、たとえば「永訣の朝」の中の「霙」のように、雨（液相）と雪（固相）の「二相系」のものとしてあります。

・「愛と憎との二相系」（「楊林　先駆形Ａ」）

物理・化学の用語を転用して、矛盾する感情を「二相系」として表現しています。「二重感覚」と言ってもいいでしょう。

・「氷と火との交互流」（「楊林　先駆形Ａ」）

「二相」というだけでなく、それが「交互」に交代する、つまり「ゆらぎ」ということを意味するものです。

・「わたくしのふたつのこころ」（「無声慟哭」）

信と迷いの二つの心の葛藤。賢治が「おれはひとりの修羅なのだ」と言うときの「修羅」とは、まさに信と迷の葛藤に引き裂かれる己の姿を表現したものと思われます。

・「かげとひかりのひとくさりずつ　そのとおりの心象スケッチです」（『春と修羅』第一集「序」）

・「せはしい心象の明滅」（「小岩井農場」）

・「明暗交錯のむかふにひそむものは」（「真空溶媒」）

以上の引用は、すべて詩のみで、具体的な事象を叙述する童話の文章の中には（当然のことながら）見られません。賢治は、詩も童話も「心象スケッチ」と称していますが、その世界は「かげとひかりのひとくさり」であるというのです。まさに私の言い方で言えば、賢治の世界は「虚実二相・明暗二相ゆらぎの世界」ということです。ちなみに、これらの賢治の詩の中に、「浪」のうねりのような詩形のものがありますが、これは、まさに「二相ゆらぎ」ということを視覚的に見せているものと考えられます。

「二相」ということを、具体的に眼に見える形で比喩的に説明しておきましょう。賢治の詩の独特の形式はまさに二相ゆらぎの形です。

「円錐」の比喩

「二相」というのは「二つのもの・こと（世界・自然・人物・事物など、森羅万象）の相反する、あるいは相異なる二つの相（現象）」ということです。

わかりやすい例を引きましょう。たとえば「円錐」という立体があるとします。その円錐を仮に言葉で認識・表現すれば、下図の

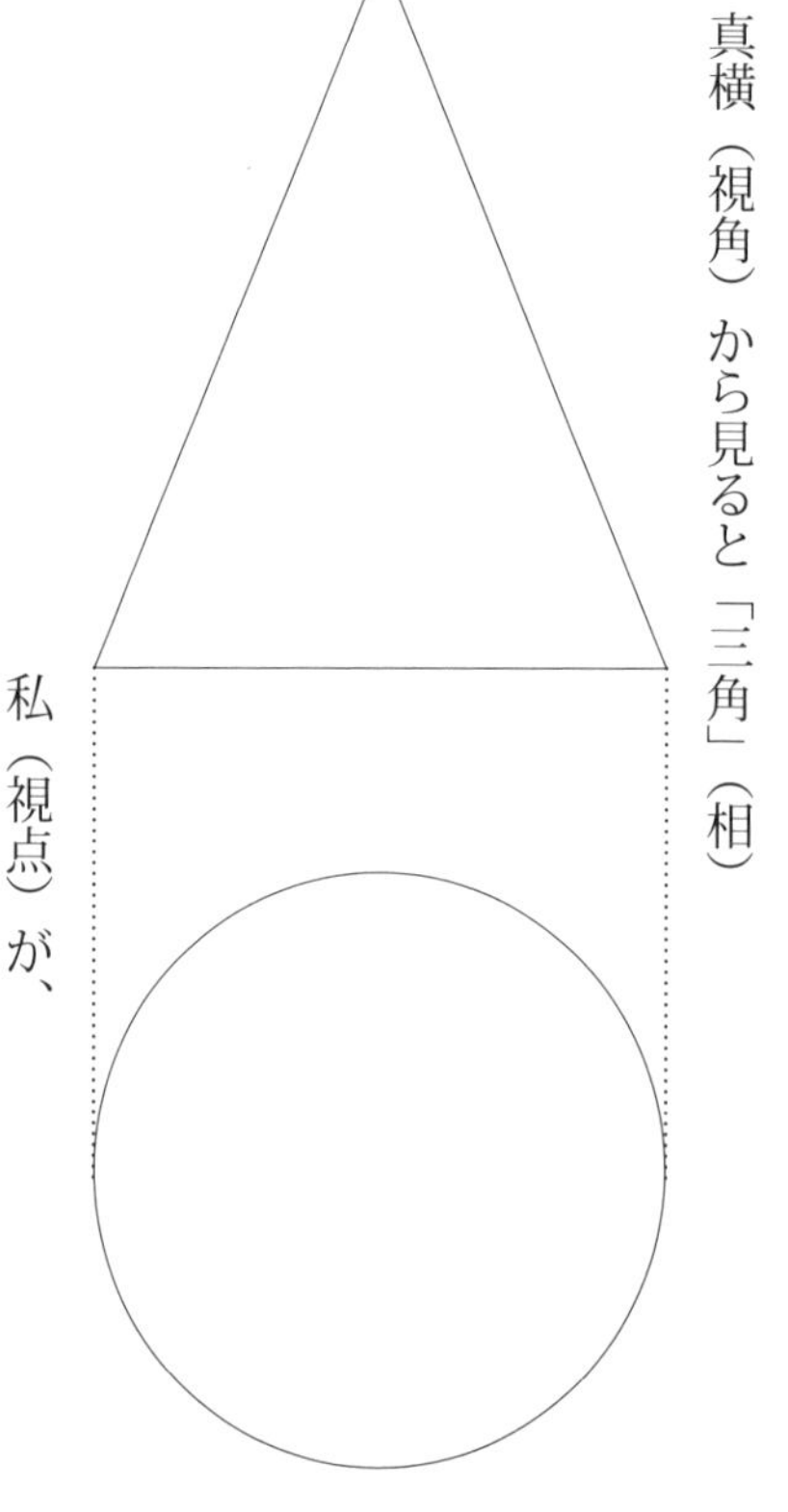

ようになりましょう。

「円錐」は、真下から見れば「円」であるが、真横から見れば「三角」である。

「視点」と「視角」の違いと関係を正しく理解すべきです。

「相」というのは、ある特定の視点・視角から、何がどう見えるかということです。視点（主観）と対象（客観）の相関によるものです。したがって、客観的な「相」というものはあり得ません。ところで、「円」と「三角」では、まったく相反する、相異なる「相」であると言えましょう。つまり「円錐」を相反する、相異なる二相において認識・表現したということです。

もちろん、同じ人物の視点でも、視角をいろいろに変えると、あらわれる「相」も千変万化します。たとえば、斜めの視角からは楕円形に見えるでしょう。

ここで、注意して欲しいのは、「二相」というのはただ「二つだけの相」ということではありません。両極端の二つの相の間に、無数の相があるのです。たとえば「白」の相と、「黒」の相の間に無数の灰色の相があるようなものです。「二相」というのはその無数のありうる色を、白と黒の二つの色で代表させて「二相」というのです。円錐の場合で言えば、無限にあり得るさまざまな「相」を、「円」と「三角」という二相」に代表させ、両者のあいだに無限に見ることのできるさまざまな「相」を代表させていると、考えてください。

ところで、肝心なことは、二相のどの「相」が「実相」（真実の相）であるか、と考えてはならないということです。いわゆる二元論者は、二者択一的に「白か黒か」と考えがちですが、本書では、「円」も「三角」も、どちらも「円錐」の「実相」であると考えます。もちろん斜めの視角からの、たとえば楕円的な「相」も「実相」であることに変わりはありません。さまざまな相の中のどれが、ほんとうの相か、と考えてはならないということです。視点のとりようで、また条件如何によって、その「相」はさまざまであり得るのです。

仏教（華厳経）では、「一水四見」と言います。一つの水も、四つの見方からすれば四つの見え方があり、そのいずれかが真実ということではない。四つとも、それぞれ真実である、という見方・考え方です。

相補的・相関的認識・表現

仏教哲学（華厳経）において、「一水四見」ということが言われます。同じ一つの「水」でも、四人の者が見れば四通りの見方がある。そのいずれが「真」か、と考えてはならない。いずれもが「真」である、というのです。物事の「相」とは、ある特定の状況の下での、ある視点（見る人の目）と対象（水）との相関、ということです。視点が変われば、見え方（相）が変わるのは、言うまでもないでしょう。

たとえば、「円錐」を「円」と「三角」という相反する二つの「相」で挟みうちして認識・表現することは極めて常識的に妥当な見方・考え方であると言えましょう。もちろん、円と三角以外にも、多様な見え方があることは言うまでもありません。このような見方・考え方を「相補的・相関的認識・表現」と言います。

そのばあい、どれが真実の「相」であるかと考えてはならないのです。いずれもが円錐の「真」なる「相」であるのです。二元論者のように、二分法の論理で、二者択一的見方で二分してとらえてはならないというのです。

このように、円錐の認識は、「円」と「三角」の間をさまざまに「ゆらぐ」ものとなるでしょう。そのことを筆者は「二相ゆらぎ」と名づけているのです。

大乗仏教の神髄を説く「法華経」は、先に筆者が述べてきたことを、「諸法実相」（方便品第二）と言います。このことは極めて重要な教義であり、これまで、また、この後でも、本書で、随所においてふれることになりましょう（「法華経」は、この教義はなかなか納得されにくい教義で、仏と仏の間でのみ理解可能な教義であると、わざわざ断っているほどです。確かに言っている言葉は簡単明瞭ですが、実際に具体的な問題について考えるとなると、はて？　と首をかしげたくなるのです）。

ずいぶん「遠回り」しましたが、本題に戻りましょう。

3　「二相ゆらぎ」仮説による「風の又三郎」の分析

「表記の二相」ということは、主人公三郎の人物像が、たとえば「先生」の視角からの人物像と、子どもたちの視角からの人物像という、相異なる二つの人物像としてあることを、意味しています。もちろん、一人一人をとりあげると、それぞれ、三郎の相のとらえ方に微妙な違いがありましょう。しかし、おおまかに分別すれば、現実の人間三郎という見方と、非現実の風の又三郎という見方の「二相」と考えられます。

まさに主人公の人物像は「二相」としてあるということです。そして、その二相の間を話者も、読者も、微妙にゆれ動くものとしてある、と言えましょう。いや、実は、すべての認識対象が、「二相」と考えることができます。そして、私たちの認識は、この二相の間を「ゆらぐ」ものとなる、と言えましょう。このことが、主人公をどのような存在としてとらえるかという、この作品における重大な問題にもかかわってくるのです。

「表記の二相」が読者に示唆するもの

ところで、作者が、ある特定の「来た・きた」、あるいは「思ふ・おもふ」、「訳・わけ」を、「表記の二相」によって、ランダムに書き分けることで、読者に何を問いかけているのでしょうか。結論からお話しして、何故そうなるかを後から説明することにしましょう。

この童話（正しくは「少年小説」）は、実は、一郎に代表される人物が「見・聞き」し、「思う」ことと、さらに嘉助や下の子どもたちが「見・聞き」し、「思う」ことに対して、先生の現実的な三郎観が、対置されるという、いわば二重性をもった「二相の世界」であるということです。主人公の人物像は、一郎の視角や嘉助の視角という、ほぼかさなりあう視角と、先生というまったく異なる視角という、互いに、まったく異なる人物の視角からの、二重性（二相）をもっている、ということです。つまり見られている存在（対象人物）である主人公が、「三郎」という人物像と、「又三郎」という人物像の二重性をもってゆれ動いている、ということです。したがってこの両者について語る話者の認識も、また表現も、あるときは「三郎」、あるときは「又三郎」と、ゆれ動くのです。したがって、読者もまた、主人公に対する認識が「二相」の間をゆるがざるを得ないこととなるのです。

肝心なことは、それらの内の、どの「相」が真実の「相」かと、二元論的に、二者択一的に特定することではなく、それらの「相」の、いずれもが、真実の「相」であるとすることです。

これまでの、人間観よりすれば、北海道からの転校生高田三郎という現実の「相」こそが真実で、風の又三郎という「相」は、仮相・虚相でしかない、ということになりましょう。それが「常識」であるのです。しかし法華経の「諸法実相」観よりすれば、いずれもが真実ということになるでしょう。つまり、先生にとっては転校生高田三郎であり、子どもたちにとっては風の又三郎である、ということで、そのいずれが真実か、ではないのです。いずれもがそれぞれに真実なのです。

主人公の人物像が「二相」としてあることとともに、事件の背景となる情景も、賢治の用語を用いるならば「二重の風景」としてあることを了承すべきです。。それらは、ごく普通の自然の風景であると同時に、瞬時に、超自然的な異様な風景に転化する、ということにも気づいて欲しいために、作者は、まず作品冒頭の場面において、「表記の二相」を、さらにはランダムな句読点の打ち方などを「躓きの石」として、読者の足下に置き、そのことを気づかせようとしたのではないでしょうか。

くり返しますが、すべての人物（ダレ）と物事（ナニ）が、現実と非現実の相反する二相としてあることを示唆しているのです。「先生」の視角からは「高田三郎」であり、子どもたちの視角からは「風の又三郎」として見られ、また、現実の「風」が、子どもたちの視角からは非現実の「風」として見られるのです。話者は、この両者の間をゆれ動き、あるときは「三郎」あるときは「又三郎」と、語り方が「ゆらぎ」ます。もちろん、それと相まって、読者の、主人公に対する（また、自然に対する）認識も「二相」の間を、あるときは、激しく、あるときは微妙に、たえず、ゆれ動くことになるのは、言うまでもありません。

「呼称・表記の二相」（みだれ・ゆらぎ）は、読者に、この世界の実相をありのままにわかって欲しいと考えての、言葉の魔術の「謎」を解くための作者賢治の「シカケ」「タネ」なのです。

賢治は、そこで、読者が、この「シカケ」「タネ」に気づくようにと、わざとある場面で、たとえば「吹く」と「ふく」、「来る」と「くる」を、また「思ふ」と「おもふ」を、わざわざ近くに並べることで、「表記の二相ゆらぎ」に気づかせようとしているのです。それが、つまり作者の仕掛けた「躓きの石」というものです（そもそも「躓きの石」というものは、わざと躓きやすいところに、躓くようにおかれているものです。たとえば「おもふ」と「思ふ」を、すぐ近くに気づかれやすいように並記するなど、の工夫です。

また対義語（反対語）の一方のみ表記のゆらぎを見せることで、これが作者による意図的な仕掛けであることに読者が気づいてくれることを期待したのであろうと思います）。

賢治における、これらの独特な文芸創作の方法（虚構の方法という）について、しばらく、考察を進めたいと思います。

そのために、さらに、原則的な、平易なところ、つまり文芸学の「視点論」のイロハのところを、とりあえず、ここで、改めて説明しておきます。

視点の設定

・話者は子どもたちによりそい、子どもたちのがわから三郎や自然の推移を観察・表現する。
・冒頭の場面は、まず話者が校庭にいて、やってきた一年生の子どもたちをむかえ、一年生によりそい、見なれぬ少年（三郎）におどろく。
・三郎は嘉助たち視点人物から見られている対象人物である。
・三郎の人物像（相）は、まずは、一年生の子どもたちの視角との相関的な像である。つまり客観的人物像というものはあり得ない。
・つづいて嘉助が出てくる。話者は嘉助によりそい、嘉助のがわから三郎を認識・表現する。
・ほとんどの場面において、読者は、視点人物（嘉助たち）に同化し、かつ異化し、つまり「共体験」する。
・物語は最後まで話者が嘉助たちによりそい語っていく。
・嘉助は最後まで「三郎」を「風の又三郎」と信じている。「風」と「三郎」の行為をたえず関連させて見ている。偶然をも、嘉助の主観によって必然化される。
・一郎は、嘉助同様、又三郎と見ているところもあるが、時に、三郎ではないかと見ることもあるのではなかろうか。子どもたちの認識のゆれは、台風のゆれとも相似する。
・物語は、嘉助と一郎たちの視角がゆれ動くのと相まって三郎の人物像もゆれ動く。結果として読者の中にイメージの葛藤するドラマ（劇的体験）が生ずる。
・ドラマとは、作品の中の（舞台の中の）人物と人物の間にあるというのが、西欧諸国のドラマ論である（第四の壁理論と言われる）。しかし文芸学では、作品（舞台）と読者（観客）の間に（関係に）ドラマ（矛盾葛藤）が生まれると考える。

対の人物

先生と子どもたちは、三郎という人物をはさんで、「対の人物」である、と言います。見方・考え方が対比的だからです。話者は、この両者の間を、いわばゆれ動く人物と言えましょう。
読者は、対の人物に、また話者に、それぞれよりそうことで、読者の内面にも認識の「ゆれ」が生じ、矛盾葛藤します――そのことを劇的体験と言います。

視点人物と対象人物

語り手・話者が、ある人物の〈目と心によりそって〉語っている場合、話者の〈外の目〉が、その人物の〈内の目〉に〈よりそい〉、〈かさなって〉語ると言います。先の冒頭の一文を例に引けば、話者が〈よりそっている人物〉（一年生の子ども）のことを「見ているほうの人物・視点人物」と言います。逆に視点人物から「見られているほうの人物（変な子ども）」のことを「対象人物」と言います。もちろん、「先生」も「三郎のお父さん」も、子どもたちから見られている対象人物です。また話者や視点人物に見られている〈ものごと〉は、「対象事物」と言います。

　話者（語り手）が視点人物（一年生の子どもたち）の「目と心」によりそい・かさなって語るために、視点人物の内面・気持ちは読者にも我がことのように、手に取るように　わかります。しかし、逆に、対象人物（高田三郎、および先生、と三郎の父）の様子はまざまざと見えるようにわかりますが、その（対象人物）の内面・気持ちは、よくわかりません。憶測する以外にありません。このことは常識的に考えても誰もが納得できるところでしょう。この現実的な、常識的な、だれもが納得せざるをえない「理屈」をふまえたものが、西郷文芸学の視点論の基本的な原理の一つです。

　この原理は、現代哲学（たとえば現象学）が提唱する「主観と客観の相関」という原理であり、仏教哲学は二千年も前からこのことを「依正不二」という言い方で主張してきました。「依」（え）とは客観・客体、「正」（しょう）とは主観・主体で、主観・主体と客観・客体は表裏一体であるということです。「二而不二」（二にして二にあらず）とも言います。この原理に照らすことで、高田三郎は、単なる転校生にすぎないのか、それとも、風の又三郎の化身であるのか、あるいは、というこれまでの論議を巻き起こしている基本的な「謎」の一つに明快に答えることが可能となるのです。つまり、主人公は、「三郎か、それとも又三郎か」と考えるべきではなく、「三郎でもあり、又三郎でもある」、と考えるべきである、ということになります。といっても、今の段階で読者の皆さんは、「なるほど、そうか」と、この結論を、すんなり受け入れることはできないであろうと思います。なぜなら、明治の文明開化に始まる日本近代化の思想的バックボーンとしてある二元論的世界観によって、近代人である我々は、二分法の論理で、二者択一的に問題を処理してきた、ほぼ一世紀におよぶ歴史があるからです。

二元論的世界観に立てば、いずれかを正解とし、他方は棄却するということになりましょう。つまり「黒白をはっきりする」ということです。しかし、灰色は飽くまで灰色であって、あえて言えば「白でもあり、黒でもある」ということです。いや「白でもなく、黒でもない、つまり灰色だ」と言ってもよいでしょう。二元論的に、黒か白か、そのいずれか、とすることのほうが、むしろ非現実的でもあり、非論理的でもある、と言うべきでしょう。


さて、ここで、西郷文芸学の基本的概念・用語について、本書の読解に必要なかぎりにおいて、あらためて、西郷模式図を提示しておきたいと考えます。重複するところが多々ありますが、実は、文芸学の理論をも、この際、読者にも、是非マスターして欲しいと思っています。そのため「変化をともなう反復」という教授・学習方法を使って叙述しています。

作家・作者・話者・視点人物・対象人物・聴者・読者・読者（西郷模式図・モデル）

「読者」が二つあることに不審を抱いた方がおられたことと思います。実は「読者」には、「作者により想定された読者」と「現実の、生身の読者」と二つあるのです。このことも、曖昧なままに分析・解釈が進められている現状があります。

「作者により想定された読者」ということについて、まず、説明しておきます。

それは作者賢治の書いている「風の又三郎」を問題にするとき、「作者が想定している読者」というものを明らかに意識しておく必要があるからです。作者賢治が読者として想定していたものは、言うまでもなく、二十一世紀を生きる現実の我々ではなく、大正末期、昭和初期、ほぼ一世紀前の、つまり作者賢治と同時代を生きている読者であるということです。なお、当時の（賢治と同時代の）読者は「二百十日」と言えば、開花時期の稲にとっての台風が何であるかを十分承知している読者であったのです。また「風の三郎」についても注釈の必要はなかったのです。でも現実の読者（つまり、いま、この作品を読んでいる貴方）には、注釈が必要となりましょう。

「作者により想定された読者」と、我々「現代の、生身の読者」とは、区別しながら、かつ、両者の関係を考える必要があります。このことを意識しないと、文章の分析・読解・解釈の上で、微妙な、ときに決定的な誤りを犯すことがあり得るのです。このことは、実は、古典文芸、あるいは外国文芸の分析・解釈のときには、とくに問題となることです。

たとえば、後ほど詳しく説明することになりますが、主人公「高田三郎」の名前を聞いた嘉助が「あ、風の又三郎だ」と叫んだとき、他の子どもたちはみな「そうだ」と頷いています。しかし「現実の、生身の読者」である私たち（特にいまの子どもの読者）には、すぐには納得できないことでありましょう。「作者により想定された読者」の立場（「位相」と言う）に立たぬかぎり、了解できぬはずです。

「現実の、生身の読者」に対応して、現実に、農学校の教師でもあった賢治のことは、「現実の、生身のもの書き」、つまり「作家」と呼びます。研究者の間でも、ときに「作家」と「作者」の混同が見られます。作家は生身の人間、作者は虚構の人物です。両者は性格・思想が同一のばあいだけではありません。まったく相反するばあいさえあります。両者は、理論的に、厳密に区別する必要があります。

このあと、さまざまな概念・用語が頻出し、読者が混乱されるやも知れず、ここで西郷文芸学独自の「虚構としての文芸の自在に相変移する入子型重層構造」という仮説（モデル）を提示しておきます。この仮説は（西郷模式図・モデル）として小・中・高校の文芸教育の分野では広く知られている仮説です。さきに紹介（34頁）しておきましたが、ここで改めて、若干表現を変えて、西郷模式図（モデル）を出しておきます。

- 作家（現実の、生身の人間、教師でもあり、法華教の信奉者でもある賢治）
- 作者（特定の、小説『風野又三郎』の作り手として作家により想定された虚構の人物）
  （作家が、作者に変身。「相変移」と言う）
- 話者（作者により想定された語り手、作者が相変移・変身・化身した人物）
- 視点人物（話者がよりそっている人物・見ている方の人物・一郎、嘉助たち）
  （話者の「私」が視点人物の「私」に相変移することがある）
  （話者と視点人物がオーバーラップする。複合形象となる）
- 対象人物（視点人物から見られている方の人物・ここでは高田三郎と父、先生）
  （話者の「わたし」が、「わたし」自身から見られる対象人物になる場合もある）
  （見る「わたし」と見られる「わたし」という二重構造）

・聴者（話者により想定された聴き手・この作品の文面にはあらわれない）

・読者（作者により想定された読み手・作者の同時代人・文面にはあらわれない。二百十日、風の三郎については、先刻承知であろうと思われる）

・読者（現実の、生身の読み手、つまり私や貴方。作者が想定したであろう読者ではない）

西郷文芸学の模式図にしたがい、いくつかの概念・用語の紹介をしましたのは、この仮説なくしては、賢治の童話に特有のこれらの「謎」を正しく解く術はないのです。

現に、これまでの文学論、読解理論では、言葉の魔術師・賢治の仕掛けた「謎」解きは困難というより、不可能であったと言わざるを得ません（だからこそ、今日まで、この「謎」の所在も、その解明も、不問に付されてきたと考えられます）。

西郷模式図による解説を進めてきたところで、改めて、賢治作品に頻出する「……のやうに」「……らしく」「……といふ風に」という語法について考察（演習）してみたいと思います。

視点論の立場から「……のやうに」「……らしく」「……といふ風に」

三郎の挙措進退を話者が語るとき、本来ならば、ここに列挙したとおり、いちいち「……のやうに」「……

らしく」「……といふ風に」などと推量表現すべきところです。しかし、話者は時に、あるいは後半になればいちいち、このように表現することを省略して、つまり「断定」の語法で語ることがあるため、読者はあたかも、その人物の客観的な動作とか態度とか、と錯覚して読みとることがあります。作者もまた、そのことを、あえて、そのように思いこませるということもあるのです。読者の「錯覚」を逆用するのです。錯覚の逆用というのは魔術師のよく用いる「手」（シカケ）でもあります。もちろん「言葉の魔術師」賢治の得意とする「手」でもあると言えましょう。

賢治は一郎たち、とくに嘉助の「錯覚」を逆用して、高田三郎を風の又三郎としてみごとに空中楼閣のごとく読者の眼前に立ちあげた、というわけです。

いわば、その魔術の「タネ」と「シカケ」を、筆者は、ここでお目にかけようということです。

それには、まず、物語というものの、「シカケ」（仕掛）をあきらかにすることから始めましょう。

この「シカケ」のことを理論的に明らかにするには、既存の文学理論では捌けません。ここは、どうしても「虚構としての文芸の自在に相変移する入子型重層構造」（西郷模式図あるいはモデル）という仮説をふまえる以外にないのです。では、先ほどとりあげた「クル」という表現の問題に新たな観点からさらなる照明をあててみましょう。

二つの「クル」

話者（語り手）は、甲がくる場合でも、乙がくる場合でも、ひとしく「クル」と発音します。しかし、小説（虚構）の作者（作り手）は、ある創作意図のもとに、甲のばあいには「来る」と漢字で表記し、乙のばあいには「くる」と平仮名で表記する、というように書き分けることもします。話者（語り手）の話法（語り方）と話体（語り）、それと、作者（作り手）の作方（作り方）と作体（作られたもの＝文体）、この二者を区別し、その両者の関係を正しくとらえることが肝心です。この理論と方法がないとき、賢治の作品の分析は曖昧なものとなります。

先ほどの文章中の二つの「クル」の違いと関係は、理解されたと思います。しかし一つの文の中での、〈来ました〉と〈きました〉という表記の違いが何であるかおわかりでしょうか。先ほどの〈来て〉と〈きて〉の問題とはまったく違う「原理」によるものです。

ところで、ここで、きわめて混乱しやすい問題があります。次の「九月一日」冒頭の一文を引用します。

……嘉助が　かばんをかゝへてわらって運動場へかけて来ました。と思ったらすぐそのあとから佐太郎だの耕助だのどやどややってきました。

同じ一つの場面での〈来ました〉と〈きました〉という表記の違いは、一般の表記法としては、間違いとまでは言えぬとしても、きわめて不自然です。おそらく多くの読者が、もし意図的であるとするなら、漢字の〈来た〉は嘉助のばあいであり、平仮名の〈きた〉は佐太郎たちのばあいであり、その違いを表記の違いで表わしているのではないか、と一応は考えるであろうと思います。たしかに、このところだけで考えると、そのようにも考えられます。

しかし、他の場面の「クル」をすべて取りあげ、この仮説を当てはめてみると、人物の違いによって表記を変えるという見方が、他の場面では当てはまらないことが直ちに判明します。つまり、この解釈は整合性がないということです（後で詳しく解明しますが、これは賢治独自の表記法によるものであり、しかも、賢治の思想、ひいては法華経の根本教義「諸法実相」にもとづく「二相ゆらぎ」と私が呼ぶところのものなのです）。

先の引用文のあと、次々に引用をかさねていきますが、この種の「表記の二相」がいくつもいくつもあらわれ、その意味をそれぞれの文章の中に求めれば、このことで多分、読者は振りまわされてしまうことでしょう。その混迷を防ぐため、この問題はここで一応棚上げして、あとで理解しやすい場面で、改めて詳説することとして、ここでは、もっとそれ以前のわかりやすい問題から順次片付けていくことにしましょう。同じく「九月一日」の冒頭の引用文を見てください。

黒い雪袴をはいた二人の一年生の子がどてをまはって運動場にはいって来て、まだほかに誰も来てゐないのを見て

はじめ話者は運動場の一角に居て、〈どてをまはって運動場にはいって来て〉と、そこから二人の一年生の子が入って来るのを見て語り、すぐさま、この子どもだちの〈目と心〉に〈よりそい〉〈かさなり〉、〈まだほかに誰も来てゐないのを見て〉と語ります。ここでの〈来て〉というのは、前の〈来て〉とは、位相（次項参照）が違うことに目をとめてください。前の〈来て〉は話者の目から子どもたちを見て子どもたちがこちらへ〈来た〉と語っているのです。後の〈来て〉は子どもたちが教室をのぞいて、まだ誰も「来ていない」と思ったことで、話者が見て思ったのではありません。子どもたちが〈来て〉と見て思ったことを、話者がそのように語っているのです。

手短に言えば、前の〈来て〉は話者が「思った」こと、後の〈来て〉は、話者ではなく子どもたちが「思っ

た」ことを、ともに話者が語っているところで、誰が「思った」のか、その違いを弁別できなければなりません。しかも、その何れも、すべてを語っているのは、言うまでもなく話者が語っているのです。ここで、誰が「思った」かが違っても、表記は同じであることに注意してください。つまり表記の違いは、誰が思ったかという違い、には関係がない、ということが確認されます（もちろん、この場面において、ということです）。

位相

その人物が、作者であるか、話者であるか、それとも視点人物か、対象人物か、ということを「西郷模式図」の中における「人物の位相」と言います。

一般に文学研究者の多くが、この二つの「来て」が、どの人物にかかわる「来て」であるのかという「位相」の違いに気づかず、あるいは無視しているため、分析が曖昧となり、あるいは誤った分析・解釈が横行することともなるのです。

このような混乱をさけるために、西郷文芸学は「自在に相変移する入子型重層構造」という仮説を提示しています。

作者は、この「来る」ということばが、話者の「来る」と、視点人物の「来る」との、二つの「位相」の違い、つまり「二相」であることを読者に示唆するために、「来る」という漢字表記と「くる」という平仮名表記の二相の表現を試みた、と一応は考えられます。

さて次に、「クル」ということばと関連して、方向性をもった「そっち」「こっち」ということばをとりあげ、視点と対象の関係を、違った角度から考察することにしましょう。

「そっち」と「こっち」視点論による分析

「そっち」「こっち」ということばが、冒頭の場面①だけでも頻出します。列記してみましょう（括弧内は筆者の説明。傍線は筆者）。

・もひとりの子ももう半分泣きかけてゐましたが、それでもむりやり眼をりんと張ってそっちの方をにらめてゐましたら、……。（泣きかけていた子の方から、〈赤い髪の子供〉の方を、ということを話者が「泣きかけていた子」のがわから語っているのです。）

・一郎はしばらくそっちを見てゐましたが……。（話者が一郎によりそい、一郎のがわから〈教室の中の変な子〉を見ている。〈変な子〉というのは、話者ではなく一郎の感じ方を話者がそのように語っているのです。）

・変なこどもはやはりきょろきょろこっちを見るだけ……。（「こっち」というのは一郎や嘉助たちの方。〈変なこども〉というのは一郎たちの感じ方を話者がそのように語っているのです。）

次に、「……やう」「何だか……」という表現について。

「……やう」「何だか……」

・一向語が通じないやうなので一郎も全く困ってしまひました。

・そのとき風がどうと吹いて来て……、教室のなかのこどもは何だかにやっとわらってすこしうごいたやうでした。

認識・表現について、「客観的」ということが言われますが、すべて、文芸にかぎらず、言語表現は（いやすべて表現というものは、と言うべきですが、ここではとりあえず言語表現にかぎって考察することにします）、客観的な認識・表現はあり得ません（そもそも認識・表現に「客観的」ということは、本当にはあり得ないことです）。「やう」「何だか……」ということばは、それにほかなりません。

話者が一郎や嘉助の「目と心によりそい」「かさなり」、見知らぬ転校生の主人公の様子を見聞きすることを、文芸学の用語を用いて言い換えると、話者の主観（話者の視点という）が、一郎や嘉助たちの主観（視点人物の視角と言う）をとおして、主人公という対象人物の言動を認識・表現する、ということになります。つまり話者によって認識・表現されたものは、主観（話者・視点人物の）と客観（対象人物の）との相関であるということになります。

この場合にかぎったことではありません。認識・表現は、すべて主観と客観、視点と対象の相関である、と言えましょう。言葉を変えて言うならば、すべて何ものかの「相」とは、主観と客観、視点と対象の相関であるということです。つまり「相」とは、視点のがわからの対象のイメージということがわかりましょう。この作品で言えば、対象人物である三郎に、現実と非現実の二つの相反する「相」が見られるということです。

手っ取り早く言えば、主人公の様子は、すべて一郎たちの「色眼鏡」（目と心）で見られたものです。赤い眼鏡で見れば、何でも赤く染まって見えます。青い眼鏡なら、すべて青く見えるでしょう。この常識的なことをふまえて成立しているのが、西郷文芸学における「視点と対象の相関の原理」、あるいは「形象相関の原理」と言われるものです。この原理は何人も否定することはできないであろうところのものです。

主人公の人物像は客観的なものではなく、すべて一郎や嘉助たちの視角（目と心）からのものであり、かつ話者の視角からのものでもあり、話者の意識（目と心）と一郎たちの意識（目と心）とがかさなった、オーバーラップしたものと言えましょう。まさに「二重性」をもったものであることの認識をしっかり据えておくことです。したがって、この「二重性」は、ときに両者の間に対立・矛盾を惹き起こすことがあり得ることも、承知しておくべきことです。

作者より想定された読者

作者賢治にとって「想定された読者」とは、作者にとっての同時代人、つまり、ほぼ一世紀前の読者ですから、これらの状況は説明ぬきで納得できていたのです。しかし、「現実の、生身の読者」つまり、私や読者の貴方は、先に説明した当時の事情をわきまえた上で読み進める必要があります。

ところで、「先生」が転校生の名前を嘉助に〈高田さん名は何て云ふべな〉と聞かれて、〈高田三郎さんです〉と答えたとき、〈わあ、うまい、そりや、やっぱり又三郎だな〉と、〈嘉助はまるで手を叩いて机の中で踊るやうにしました〉とあるのは、前にも触れましたが、今の読者には、ぴんとこないでしょうが、当時のその地方の農民にとって、また子どもたちにとっては、奥羽山脈を越えてくる二百十日の台風は、まさに米所越後高田の方角から来る風だからです（131頁「月別台風標準経路」図）。

〈三年生から下の子どもらは何か怖いといふ風にしいんとし〉たのもうなずけます。それほど大正末期の岩手の農民の子どもたちにとって「風の三郎」というものが、〈しいん〉となりを潜めるほどのリアリティがあったのです。

三郎の人物像は嘉助たちの視角からのものであり。かつ話者の視角からのものでもあります。話者の意識（目と心）と一郎たちの意識（目と心）とがかさなった、オーバーラップしたものと言えましょう。まさに「二重性」をもったものであることの認識をしっかりすえておくことです。したがって、この「二重性」は、ときに両者の間に対立・矛盾をひき起こすことがあり得ることも、承知しておくべきことです。

越後高田から来る台風〈二百十日〉風の三郎

このころの台風を、東北（ここでは越後、岩手）の農民は、神格化して、台風の襲ってくる順序にしたがって、風の太郎、次郎、三郎と呼びました。春分から数えて二百十日目の風台風が「風の三郎」と呼ばれ、特別に扱われていました。この台風が特に大きいというわけではありません。この時期がちょうど、稲の開花期とかさなるために、風の太郎、次郎より三郎のほうが、この地方の農民にとっては、たいへん気になるのです。ところで稲は風媒花ですから、まったく風がないのも困るのです。したがって、ほどほどに吹いて欲しいという願いをこめて風祭りをします。いまも越後の田んぼのあちこちには、風の三郎様の石像が祀られています。現在は、遺伝子操作により稲の品種改良の結果、開花時期をずらすため、二百十日の台風が以前よりは問題にならなくなり、「二百十日」という言葉もほとんど死語となりました。

しかし、この『風の又三郎』の書かれた頃（ほぼ百年近く前）は、農村の大人たちの日常会話に「二百十日」という言葉が頻出し、したがって一年生の子どもたちまで「二百十日」「風の三郎」という言葉は、身近に聞き知った言葉であったのです。だから嘉助が〈あゝ　わかった　あいつは風の又三郎だぞ〉と叫んだとき、〈さうだっとみんなもおもった〉となるのも不思議はありません。

左の中央気象台発表の「月別台風標準経路」図をごらんください。九月台風が太平洋を北上、能登半島から東向きに向きを変え、越後高田あたりを通過、奥羽山脈の「切れ目」を越え、岩手県の盛岡・花巻地方に進入してくるようすが、ありありと見てとれます。盛岡・花巻の人々にとっては、稲の開花時期の九月一日頃（二百十日頃）から二十日頃の台風は、山一つ向こうの米どころ越後高田からやってくる「高田の風の三郎」（つまり「高田の三郎」）ということになるわけです。当時の人々にとっての台風のイメージは、はるか南太平洋の彼方から北上し、偏西風によって東向きに旋回してくるというイメージよりも、山一つ越えた米どころ越後高田のほうから吹いてくるものとして実感されていたのでしょう（実は、高田と言えば、陸前高田というところが、花巻より南の太平洋岸にもあります）。

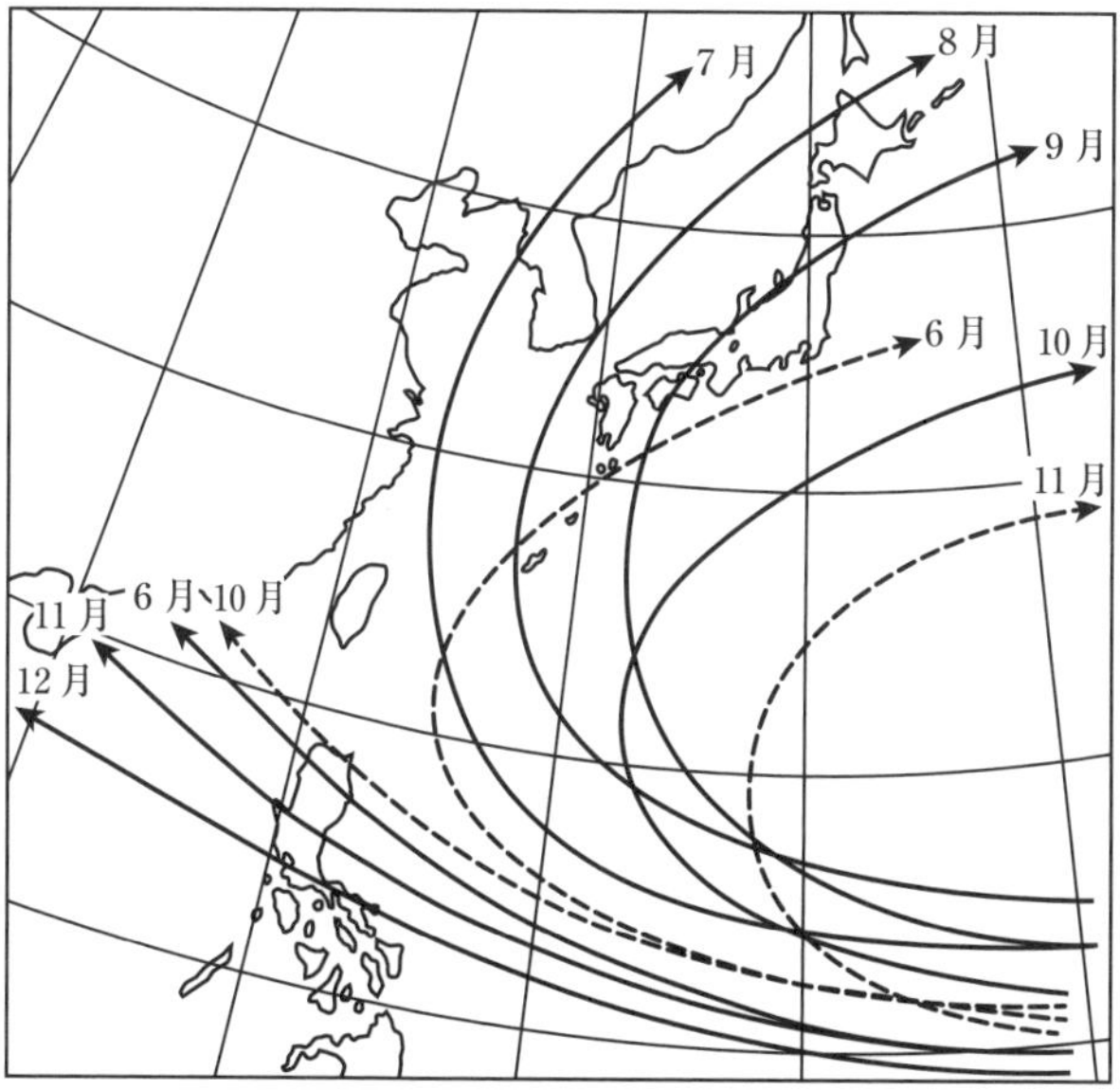

月別台風標準経路（破線は２次的な標準経路）

しかし、私はあえて越後高田をとりたいのです。なぜなら、新潟では、秋の台風をおそってくる順に「一郎」「二郎」「三郎」と呼称しました。特に「三郎」（二百十日の台風）は稲の開花時期と重なるため、農民にとっては「風の三郎様」として、田んぼのあちこちに像をまつり、ほどほどに吹いてくれるよう願ったのです。さて、このような事情がわかってみると、〈やっぱりあいつは風の又三郎だったな〉〈二百十日で来たのだな〉という嘉助の言葉を、小さな子どもたちまでがうなずくというのは、当然のことと言えましょう。

九月一日の場面で（実は他の場面でも）、時折、さーっと吹いてくる一陣の風が、そのたびに、子どもたちに「二百十日」の「風の三郎」を想起させます。では、なぜ子どもたちは「風の三郎」でなく、「風の又三郎」というのでしょうか。

なぜ「風の三郎」ではなく、「風の又三郎」なのか

作者賢治にとって「想定された読者」とは、作者にとっての同時代人、つまり、ほぼ一世紀前の読者です。ここで「三郎」にたいして「又三郎」というネーミングの理由について筆者は、次のように考えます。これは、かつての武家社会や農民の間での男の子の命名法ではないかと考えます。武家にとって男の子は度重なる戦乱におけるいわば「消耗品」でした。したがって多くの男の子を産み育てたのです（事情は農家でも、同様、働き手としての男の子が欲しかったのです）。有名な平家物語「扇の的」の那須与一は、十一人目の男の子です。つまり「十余り一人目」の男の子の意味です。ただし「余一」では見栄えが悪いため「与一」と表現したのでしょう。また、三郎の息子のうち三番目の男の子は、父の名の「三郎」と区別するため「又三郎」と命名されました。このようなことが、あの頃の盛岡・花巻の農家の子どもたちにとっては、大人たちの日頃の会話などから十分承知していたということです。

嘉助たちが、三郎を「又三郎」と呼んだのは「高田の風の三郎」の、いわば「息子」という意味で「風の又三郎」としたのでしょう。嘉助による命名法ですが、他の小さな子どもたちにも、すんなり受け入れ

られたのは、以上に述べたような当時の農村の常識があったからこそ、と言えましょう。

三郎の兄たちは？

高田三郎という名前から読者は、暗黙のうちに、三番目の男の子と受けとるであろうと思われます。とすれば、いささか不審なところが出てきます。なぜ三郎のお父さんは「太郎」「二郎」を北海道に置いたまま、三郎だけを連れて、この寒村の小学校に転校させたのでしょうか？　なぜ、上の二人の子は母と一緒に北海道に置き去りにして、三郎だけをつれて転校させたのでしょうか？　このような不審を読者に抱かせることは創作のあり方としては若干まずいことになろうとも、作者は主人公を太郎でもなく二郎でもなく、ほかならぬ三郎に設定したかった理由があったからでしょう。つまり「風の三郎」の子「又三郎」を出現させるための条件として必要であったのでしょう。

もちろん、なぜ三郎だけが転校してきたのかという家庭の事情は、本題とは関係ありませんし、ここでは棚上げしていい問題です。むしろ「三郎」という命名の意味するところこそが、問題にすべきところと言えましょう（つまり主人公が、「風の又三郎」に変身するために不可欠の条件ですから）。

九月一日に設定した、もう一つの理由

二百十日を背景にした物語を構想する上で、九月一日はまさに、その日に当たり、しかも二学期のはじめての登校日ということで、物語の展開にとって、必然的とも思えるものとなっています。設定が見事に構想されたということです。

二学期のはじめての登校日に、子どもたちが見なれぬ男の子に出会うという設定は、九月一日をおいて

他にはありえません。

村の子どもたちの視角からの主人公の表記・呼称のゆらぎ

話者の語りの中での、「三郎」「又三郎」という呼称の変化は、この後の物語の展開と相まって「ゆらぎ」ます。「呼称の二相ゆらぎ」を見るために、呼称の変化のみを筋の展開にそって列記してみましょう。

まず村の子どもたちの視角からの「三郎」の呼称の変化、「ゆらぎ」を書き出してみましょう。

・冒頭の場面からの主人公の呼称のゆらぎ。
〈まるで顔も知らないおかしな赤い髪の子供〉
〈あの赤毛のおかしな子〉
〈赤毛の子ども〉
〈変な子〉
〈こども〉
〈「あいつは外国人だな」〉
〈変なこども〉
〈こども〉
〈「風の又三郎だぞ。」〉ここから「風の又三郎」という呼称があらわれる
〈あの変な子〉
〈「又三郎居なぐなったたな。」〉

〈「やっぱりあいつは風の又三郎だったな。」〉
〈さっきの赤い髪の子〉
〈おかしな子〉
〈高田さんこっちへおはいりなさい……〉（先生の科白）
〈あの変な子〉
〈その子は〉
〈さっきの子〉
〈さっきの子〉
〈「高田さんです。その方……」〉（先生の科白）
〈「高田さん名は何て云ふべな。」〉（嘉助の質問）
〈「高田三郎さんです。」〉（先生の答え）
〈「やっぱり又三郎だな。」〉（嘉助の科白）
〈三郎の方を見てゐた〉（三年生から下の子どもたち、何か怖いというふうにしいんとして）
〈三郎の席まで〉
〈三郎は通信簿も〉
〈三郎はさっきの……白い服の人のところへ〉
〈三郎に合図すると〉〈三郎は〉
〈その子はこっちを〉
〈「そだら又三郎も……」〉（嘉助の科白）

〈「又三郎だなぃ　高田三郎だぢゃ。」〉（佐太郎の科白）
〈「又三郎だ又三郎だ。」嘉助が顔をまっ赤にしてがん張りました。〉

……

呼称のゆらぎ＝人物像のゆらぎ

ごらんの通り、冒頭の「九月一日」の章だけでも、主人公の呼称と表記が、おびただしく二転三転します。

このようなことは、賢治の他の作品でも共通して見られるもので、特定のものについての「表記の二相ゆらぎ」、「呼称の二相ゆらぎ」というものです。たとえば『どんぐりと山猫』の「ヤマネコ」は、表記が「山猫」「山ねこ」「やまねこ」と、二転三転「ゆらぎ」ます。「ヤマネコ」や「三郎」のように「表記の二相」で表現される人物を、筆者は「二相系の人物」あるいは「二相系の存在」と呼んでいます。この物語の主人公は「二相ゆらぎの人物」ということになります。（『水仙月の四日』の「雪童子」と「子供」は、二相系の人物です）。

賢治作品の中で、特に呼称の変化の著しいものは、「岩手県」についての呼称の変化と言えましょう。

本題にもどり、主人公の「呼称のゆらぎ」を、改めて追跡してみましょう。

・主人公の「呼称のゆらぎ」は、それぞれの場面（状況）によって変動します。
・嘉助は終始「又三郎」と呼称します。一貫して「又三郎」と思いこんでいる証拠です。
・六年生の一郎は、「三郎」と呼ぶことはありませんが、この後のある場面（「九月四日」の章の最後）で「又三郎」と呼ぶことを否定します。このことは、三郎に対する一郎の認識のゆらぎを意味しています。

問題は話者（語り手）の「呼称のゆらぎ」です。いわゆる話者の「地の文」と言われるところの表現は、あるときは「三郎」、またあるときは「又三郎」とあります。しかし、この呼称のゆらぎが一見ランダムに見えます。しかし、すべての場面を比較考究すれば、なぜこの場面で話者は「三郎」と呼称し他の場面では「又三郎」と呼称するか、その違いについて有意の解釈が可能となります。先に行ってこの問題は、すべての場面を比較することで納得の行く解釈を提示したいと考えます。それぞれの場面において、その場面に応じた呼称の変化としてとらえる（つまり、意味づける）ことが可能となります。ただし、全体として見れば主人公の呼称の「ゆらぎ」として意味づけることができましょう。

あくまでも「呼称の二相ゆらぎ」として押さえるべきです。仮にある解釈がある場面で当てはまるとしても、多くの場合、他の場面では当てはまらないということも生じるのです。したがって、このような解釈はいわゆる「整合性がない」ということになります。それぞれのセンテンスに位置づけて意味づけようとする試みは当然破綻します。肝心なことは、「ゆらぎ」という現象そのものに思想的意味があることを銘記すべきです。このことは、（賢治の作品において）他のすべての表記や呼称のゆらぎについても、妥当することとです。くり返しますが、話者（語り手）の「語り」の中の表記も、また話主（話し手）の「話し」の中の表記も、すべて表記の問題は作者にかかわるものであり、話者や話主には関係ありません。くどいようですが、この過ちをくり返さぬように、留意ください。

しかし、子どもたちによる「三郎」の呼称の特徴の最たるものは、「変な子」「赤毛の子」「外国人」……といった違和感のある異界からの「まれびと」というイメージであろうと思われます。このイメージの反復により、話者によりそい、子どもたちのがわから三郎を見ている読者の中にも、その変転するイメージが増幅していく、ということになるのは当然です。

子どもたちの視角からの主人公の人物像の変遷

主人公の人物像は、村童たちの視角からとらえられたものです。つまり語り手（話者）が、あるときは一郎、あるときは嘉助、またときに低学年の子どもたちの「目と心」によりそい、あるいは、子どもたちみんなの視角から、主人公を見、また感じたような形で表現しているのです（もちろん話者自身の主観も、ときに色濃く、ときに浅く反映していることは言うまでもありません）。

主人公の人物像は、転校生と見ている先生の視角と、「風の又三郎」と見ている嘉助たちの視角との、二つの視角から挟み撃ちされたかたちで物語られていきます。つまり読者は、たとえて言えば、話者とともに、片方の目は先生の目をとおして、他方の目は嘉助たちの目をとおして、いわば「複眼的」に主人公を見ていることになります。ここから、事件のドラマと相まって、相反する視角の引き起こすイメージのドラマを体験することとなるのです。

主人公の人物像は、つまりは「二相系の人物」像、と言えましょう。そのことを作者は主人公の呼称と表記の二相によって示唆しているのです。

また子どもたちが、二つの相反する見方（自分たちの仲間としての「三郎」と、異界からの訪問者としての「又三郎」という見方）をしていることを、作者は、子どもたちも二相系のものであることを、「クル」と「オモウ」を「来る・くる」「思ふ・おもふ」という表記の二相によって示唆しているのです。

この表現の上での「ドラマ」は、主人公の登場と同時に展開されます。物語の、のっけから、読者は、主人公は一体何者か、という「問い」の前に立たされることとなるのです。

三郎の人物像――表記・呼称の変化

さて、話者（語り手）の語るところを、作者（作り手）が、想定される読み手・読者（作者と同時代人）に対して文章化（虚構化＝作品化）します。

その場合、表記（漢字・平仮名・片仮名・ローマ字）を使い分け、適度に句読点を打ち「」や（）などいろいろな記号を使い分け、また適当に段落をとり、また小見出しを付けるなどして体裁をととのえます。もちろん、想定される読者が子どもであれば、子どもの読者の理解できる表記や表現をとるはずです。なお、題名や小見出しは作者が付けるものであり、話者には関係ありません。だからこそ、なぜ本来の題名が『風野又三郎』かが、問題となるのです。ここには、この作品の本質に迫る「謎」があると言えましょう。

このように作者が工夫しておこなう表現技法は、作品の読解・鑑賞の上で大きな役割を果たしています（作者の、たくみな表現技法については、謎解きと相まって味読していただきたいと思います）。

「表記の二相」「呼称の二相」をとる人物

先に子どもたちの視角からの主人公の呼称のゆらぎについて述べましたが、次のようなことに気づかれていたでしょうか。

主人公の登場にあたり、主人公が、次のようにさまざまに表現されています。

・おかしな赤い髪の子供・赤い髪の子・赤毛のおかしな子・赤毛の子ども・変な子・そのこども・高田三郎・風の又三郎・又三郎

ごらんのとおり、「クル」「オモウ」からも指摘しましたが、子どもたちの「三郎」を見る「目」は、自分たちとは違う「異界からの訪問者」というものとして見ています。終始、「赤い髪の」「変な」「おかしな」人物と見ています。

「子供」「こども」は、漢字表記と、平仮名表記、「子ども」は、漢字と平仮名の交ぜ書き、ということです。私は、このことを同じ人物や事物の「表記の二相」と名づけています。また、「高田三郎」「風の又三郎」は、同じ人物の呼び名が違う、「呼称の二相」と名づけています。たとえば、「おとうさん」「親父」「父」「パパ」などは、同じ人物の呼称の変化と言えましょう。このことを「おなじものごと」の「相」の違いと言います。『風の又三郎』において、「表記の二相」、「呼称の二相」をとる人物は、原則として、対象人物の主人公（三郎）以外にはありません。そのことが何を意味するか、実は、それは作者賢治の世界観、人間観にかかわる深い意味をもった問題であるのです。しかし、このことは、これまでの賢治研究の歴史の中で正面より問題にされ解明されたことはありませんでした。おいおい、このあと明らかにしていくことになりましょう。

「三郎」が、子どもたちにとって、「又三郎」と思われる必然性

ところで、「三郎」が「又三郎」と思われる「必然性」は、次のような場面にも見てとれます。

・そのとき風がどうと吹いて来て教室のガラス戸はみんながたがた鳴り、学校のうしろの山の萱や栗の木はみんな変に青じろくなってゆれ、教室のなかのこどもは何だかにやっとわらってすこしうごいたやうでした。

・風がまたどうと吹いて来て窓ガラスをがたがた云はせうしろの山の萱をだんだん上流の方へ青じろく波だてゝ行きました。
・「わあうなだ喧嘩したんだがら又三郎居なぐなったな。」嘉助が怒って云ひました。みんなもほんたうにさう思ひました。〔五〕郎は〔〕じつに申し訳けないと思って足の痛いのも忘れてしょんぼり肩をすぼめて立ったのです。（嘉助だけではなく五郎にも「三郎」が「又三郎」ではないかという思いこみがあるのがわかります―筆者。）
「やっぱりあいつは風の又三郎だったな。」
「二百十日で来たのだな。」……

というくり返しが、「風の又三郎」のイメージをさらに強める働きをしていることは言うまでもありません。

風がまた吹いて来て窓ガラスはまたがたがた鳴り雑巾を入れたバケツにも小さな黒い波をたてました。

ここで「九月一日」の章は終わります。

突然、〈風がどうと吹いて来て〉というくだりがあって、しかもたびたびくり返されることにより、子どもたちは、「三郎」はやはり「風の又三郎」なんだと確信するにいたるのです。もちろん、子どもたちによりそい子どもたちと同化している読者も、くり返しという反復の強調効果もあって、「三郎」を「風の又三郎」と見なしていくようにもなるのです。

リアルで繊細な声喩表現

賢治は、情景描写に、繊細な、かつ特異な感覚をもっています。たとえば、次の様な場面。

先生は呼子をビルルと〔吹〕きました。それはすぐ谷の向ふの山へひゞいてまたピルルルと低く戻ってきました。

山へ響いてこだましてくる笛の音の反響を、「ビ」濁音にたいして「ピ」半濁音で、しかもゆらぎをともなって〈ピルルル〉と〈低く戻ってきました〉と表現するあたり、心憎いばかりの細やかでリアルな表現です。しかもこの表現は、現実の笛の音と、その反響である音という「音の二相」をこのような「声喩の二相」形で表現しているのです。この世界が「現幻二相の世界」であることを、このような表現の上でも示唆しているのです。賢治らしい「シカケ」の一つと言えましょう。

ところで九月二日のところで、ふたたび、先生が笛を吹くところがあります。ここでは「呼子」から「笛」と呼称が「ゆらぎ」、また笛の音も変化します。〈プルルッ〉とあります（前の場面では、〈ビルル〉とありました）。

呼称のゆらぎということとして、ついでにもう一つ取り上げます。「算術」という用語に対して、作者はその後「数学」という用語をつかっています。本質的に相違はありませんから誤りとは言えませんが、小学校では算術、中学以上になると数学という用語を使います。ここも「呼称の二相」と言えましょう。なお「三郎」と「又三郎」も呼称の二相です。

笛の音の微妙なゆらぎ（変化）こそは、その日の気象の微妙な変化＝気温、気圧、湿度、風速、風向、その他の諸元のゆらぎによって、さらには、笛を吹く先生の、その日の生理的、心理的条件の微妙なゆらぎにも左右されるはずです。これらのすべてが、華厳経に言うところの「重々無尽の法界縁起」（すべてこの世の出来事は、無限の因と縁の関わりによって生ずるものであり、そのため、この後の動きは、一瞬たりとも予測しがたい）ということです。

この笛の音の声喩のゆらぎも、もちろん、「二相ゆらぎ」ということです。つまり、この世界の「現幻二相」を読者に意識させるための「タネ」であり「シカケ」でもあります。

ところで、賢治の声喩の使い方は、論者の多くが指摘するように、きわめて独特です（声喩については、このあと、「九月四日」の章の場面⑥の項（186頁）で、引用・解明します）。

人名の片仮名表記についても、そこで具体的に説明します。

嘉助と三郎は何年生か

村の子どもたちの目には異様な風体に見える主人公の登場に、「五年生の嘉助」がいきなり〈ああ三年生さ入るのだ〉と叫ぶところがあります。

ところが、話者は、ここ（話者の語る「地の文」）で、はっきり嘉助を「五年生」と語っています。ところが物語がしだいに展開して、複式の授業場面になってくると、語られている事柄から、五年生とも、四年生ともとれる奇妙な事態に陥ります。

先生は高田さんこっちへおはいりなさいと云ひながら四年生の列のところへ連れて行って丈を嘉助とくらべてから嘉助とそのうしろのきよの間に立たせました。

このことは、「三郎」が嘉助と同学年であることを意味します。つまり、先生は、あきらかに嘉助と三郎を「四年生」として扱っています。ところが、そのあと、入り口へ行く場面で、

四年生があるき出すとさっきの子も嘉助のあとへついて大威張りであるいて行きました。

……さっきの子もすまし込んで嘉助のうしろに座りました。

どう見ても嘉助は（同様に「三郎」も）四年生と考えられます（話者が「五年生」と語っていたことに反します）。

ところが、この章の最後の場面で、一郎が嘉助に、もし居残っているなら掃除を手伝えと言うのに対して嘉助が、

「わぁい。やんたぢゃ。今日五年生ど六年生だな。」

と言い返して大急ぎで教室から逃げ出します。

今日の掃除当番は六年と五年だから、四年生の嘉助は、それを口実に逃げたわけで、ここでは理屈としては、当然、嘉助は五年生ではない、ということになります。

このように見てきますと、嘉助の学年が、五年か、四年か、あるいは三年か、ハッキリしません。これはしかし、嘉助の年齢が問題であると同時に、じつは嘉助と同学年という設定の「三郎」の学年（年齢）

も問題となるところから、「不問に付す」わけにもいかないだろうと思われます。

結論を（論証を抜きにして）言うならば、「話者・作者の二相ゆらぎ」をはしなくも、うかがわせるところである、と言えましょう。つまり嘉助（三郎も）の学年が、三、四年の相と五年の相の、二相ゆらぎとなっていることを意味します（この問題は、具体的、論理的に次のように考えたらどうでしょうか）。

幻想を受け入れる年齢

目の前の転校生、「高田三郎」が「風の又三郎」ではないかと、読者までが、思いこまされてしまう、いわゆる「幻想」は、読者の年齢によって、その様相が大きく左右されます。

賢治は、幻想をすんなりと受け入れる年齢を「十一歳」まで、と考えている節があります（たとえば、童話『雪渡り』『鳥をとるやなぎ』『谷』のばあいです。次に『雪渡り』のばあいを引用します）。


子狐の紺三郎に幻灯会へ招待された四郎が、入場券を四枚くれといったとき、

「五枚ですか。あなた方が二枚にあとの三枚はどなたですか。」と紺三郎が云ひました。

「兄さんたちだ。」と四郎が答えますと、

「兄さんたちは十一歳以下ですか。」と紺三郎が又尋ねました。

「いや小兄さんは四年生だからね、八つの四つで十二歳。」と四郎が云ひました。

すると紺三郎は尤もらしく又おひげを一つひねって云ひました。

「それでは残念ですが兄さんたちはお断りです。あなた方だけいらっしゃい。……」

狐の幻灯会の入場券には〈学校生徒の父兄にあらずして十二歳以上の来賓は入場をお断り申し候〉と書いてあります。

狐の幻灯会という幻想的な世界への「入場券」を手に入れる資格のある者は「十一歳」までということです。

童話『鳥をとるやなぎ』の話者の「私」も尋常四年生の二学期と設定しています。

ファンタジーの世界をそのまま受け入れる資格を賢治は「十一歳」までと考えていたようです。

以上の例から類推すれば、嘉助は四年生とするのが妥当であろうとも考えられます。しかし、物語全編から受ける嘉助や三郎の言動からは四年生であるよりも、むしろ五年生とすることが妥当のようにも思われます。

いわば、この微妙な「ゆらぎ」を可能とする、まさに「二相的表現」と考えられましょう。つまり、ここでは、五年生とも、四年生ともとれる年齢、としておきましょう。語り手の語りの「ゆらぎ」ということにもなりましょう。

なお、嘉助の学年（つまりは三郎の学年ということでもありますが）このあと、いくつかの場面で改めて問題となるはずです。

「あいまいさ」について

このような「あいまいさ」は、賢治作品の「一つの特徴」と言ってもいいのです。作者の認識があいまいなのではありません。現実が、というより現実の認識のありようが本来「あいまい」なのです。そのことをリアルに表現したことで、「作者の表現があいまい」と見なされてしまうのですが（このことは）認識論の本質にかかわることで、いま、ここで説明することはタナ上げしておきます。

ところで、賢治は、生前出版したただ一つの童話集『注文の多い料理店』の序文の中で、〈なんのことだか、わけのわからないところもあるでせうが、そんなところは、わたくしにもまた、わけがわからないのです〉と書いています。世の中には、定かでない事象はいくらでもあります。他の人には解っていても当人には、はっきりしないこともいくらでもあります。曖昧なことも交えてこの世は存在し、ゆらぎつつ変転するのです。たとえば、これだけ科学が発達した現代でも、「ＵＦＯ」（未確認飛行物体）というものが、世間を騒がせています。確かに現象としては確認されているにもかかわらず、その正体は、いまなお「未確認」です。

賢治は、自分にとって（また、作中人物にとって）、正体不明の「ものごと」でも、それがそこにあり、ゆらぎ、転々し、消滅しているかぎり、それをそのようなものとして、書きとめているのです（一般に、小説の作家というものは、そのような面妖な「ものごと」は「敬して遠ざける」ものです。自分の手に負えぬものには、手を付けぬものです）。しかし、賢治は、あいまいなものは、あいまいに表現することこそが「リアリズム」と考えているのではないでしょうか。

4 「九月二日、」

○場面③

次の日孝一はあのおかしな子供が今日からほんたうに学校へ来て本を読んだりするかどうか早く見たいやうな気がしていつもより早く嘉助をさそひました。ところが嘉助の方は孝一よりもっとさう考へてゐたと見えてたうにごはんもたべふろしきに包んだ本ももって家の前へ出て孝一を待ってゐたのでした。二人は途中もいろいろその子のことを談しながら学校へ来ました。〔〕すると運動場には小さな子供らがもう七八人集ってゐて棒かくしをしてゐましたがその子はまだ来てゐませんでした。また昨日のやうに教室の中に居るのかと思って中をのぞいて見ましたが教室の中はしいんとして誰も居ず黒板の上には昨日掃除のとき雑巾で拭いた痕が乾いてぼんやり白い縞になってゐました。

「昨日のやつまだ来てないな。」孝一が云ひました。

「うん」嘉助も云ってそこらを見まはしました。

孝一はそこで鉄棒の下へ行って〔〕ぢゃみ上りといふやり方で無理やりに鉄棒の上にのぼり両腕をだんだん寄せて右の腕木に行くとそこへ腰掛けて昨日又三郎の行った方をじっと見おろして待ってゐました。谷川はそっちの方へきらきら光ってながれて行きその下の山の上の方では風も吹いてゐるらしくときどき萓が白く波立ってゐました。嘉助もやっぱりその柱の下じっとそっちを見て待ってゐました。ところが二人はそんなに永く待つこともありませんでした。それは突然又三郎がその下手のみちから灰いろの鞄を右手にかゝえて走るやうにして出て来たのです。

「来たぞ」と孝一が思はず下に居る嘉助へ叫ばうとしてゐますと早くも又三郎はどてをぐるっとまはってどんどん正門を入って来ると
「お早う。」とはっきり云ひました。みんなはいっしょにそっちをふり向きましたが一人も返事をしたものがありませんでした。それはみんなは先生にはいつでも「お早うございます」といふやうに習ってゐたのでしたがお互に「お早う」なんて云ったことがなかったのに又三郎にさう云はれても〔〕孝一や嘉助はあんまりにわかで又勢がいゝのでたうたう〔臆〕せてしまって孝一も嘉助も口の中でお早うといふかはりにもにゃもにゃっと云ってしまったのでした。ところが又三郎の方はべつだんそれを苦にする風もなく二三歩又前へ進むとじっと立ってそのまっ黒な眼でぐるっと運動場ぢゅうを見まはしました。そしてしばらく誰か遊ぶ相手がないかさがしてゐるやうでした。けれどもみんなきろきろ又三郎の方は見てゐてももじもじしてやはり忙しさうに棒かくしをしたり又三郎の方へ行くものがありませんでした。〔〕又三郎はちょっと工合が悪いやうにそこにつっ立っ〔〕てゐましたが又運動場をもう一度見まはしました。それからぜんたいこの運動場は何間あるかといふやうに正門から玄関まで大股に歩数を数へながら歩きはじめました。孝一は急いで鉄棒をはねおりて嘉助とならんで息をこらしてそれを見てゐました。

そのうち又三郎は向ふの玄関の前まで行ってしまふとこっちへ向いてしばらく諳算をするやうに少し首をまげて立ってゐました。

みんなはやはりきろきろそっちを見てゐます。又三郎は少し困ったやうに両手をうしろへ組むと向ふ側の土手の方へ職員室の前を通って歩きだしました。

その時風がざあっと吹いて来て土手の草はざわざわ波になり運動場のまん中でさあっと塵があがりそれが玄関の前まで行くときりきりとまはって小さなつむじ風になって黄いろな塵は瓶をさかさまにしたやうな形になって屋根より高くのぼりました。すると嘉助が突然高く云ひました。「さうだ。やっぱりあいづ又三郎だぞ。あいつ何かするときっと風吹いてくるぞ。」「うん。」孝一はどうだかわからないと思ひながらもだまってそっちを見てゐました。又三郎はそんなことにはかまはず土手の方へやはりすたすたと歩いて行きます。

そのとき先生がいつものやうに呼子をもって玄関を出て来たのです。

「お早うございます。」小さな子どもらははせ集りました。「お早う。」先生はちらっと運動場中を見まはしてから「ではならんで。」と云ひながらプルルッと笛を吹きました。

みんなは集ってきて昨日のとほりきちんとならびました。又三郎も昨日云はれた所へちゃんと立ってゐます。先生はお日さまがまっ正面なのですこしまぶしさうにしながら号令をだんだんかけてたうとうみんなは昇降口から教室へ入りました。そして礼がすむと先生は「ではみなさん今日から勉強をはじめませう。みなさんはちゃんとお道具をもってきましたね。では一年生と二年生の人はお習字のお手本と硯と紙を出して、三年生と四年生の人は算術帳と雑記帳と鉛筆を出して五年生と六年生の人は国語の本を出してください。」

さあするとあっちでもこっちでも大さわぎがはじまりました。中にも又三郎のすぐ横の四年生の机の佐太郎がいきなり手をのばして三年生のかよの鉛筆をひらりととってしまったのです。かよは佐太郎の妹でした。するとかよは「うわあ兄な木ぺん取ってわかんないな。」と云ひながら取り返さうとしますと佐太郎が「わあこいつおれのだなあ。」と云ひながら鉛筆をふところの中へ入れてあとは支那人がおじぎするときのやうに両手を袖へ入れて机へぴったり胸をくっつけました。するとかよは立って来て、「兄な　兄なの木ペンは一昨日小屋で無くしてしまったけなあ。よこせったら。」と云ひながら一生けん命とり返さうとしましたがどうしてもう佐太郎は机にくっついた大きな蟹の化石みたいになってゐるのでたうたうかよは立ったまゝ口を大きくまげて泣きだしさうになりました。すると又三郎は国語の本をちゃんと机にのせて困ったやうにしてこれを見てゐましたがかよがたうたうぼろぼろ涙をこぼしたのを見るとだまって右手に〔持〕ってゐた半分ばかりになった鉛筆を佐太郎の眼の前の机に置きました。すると佐太郎はにはかに元気になってむっくり起〔き〕上りました。そして「呉れる？」と又三郎にきゝました。又三郎はちょっとまごついたやうでしたが覚悟したやうに「うん」と云ひました。すると佐太郎はいきなりわらひ出してふところの鉛筆をかよの小さな赤い手に持たせました。

先生は向ふで一年生の子の硯に水をついでやったりしてゐましたし嘉助は又三郎の前ですから知りませんでしたが幸一はこれをいちばんうしろでちゃんと見てゐました。

そしてまるで何と云ったらいゝかわからない変な気持ちがして歯をきりきり云はせました。

「では三年生のひとはお休みの前にならった引き算をもう一ぺん習ってみませう。これを勘定してごらんなさい。」先生は黒板に $\begin{array}{r}25\\-12\\\hline\end{array}$ と書きました。三年生のこどもらはみんな一生けん命にそれを雑記帖にうつしました。かよも頭を雑〔記〕帖へくっつ〔〕けるやうにして書いてゐます。「四年生の人はこれを置いて」$\begin{array}{r}17\\\times\ 4\\\hline\end{array}$ と書きました。四年生は佐太郎をはじめ喜蔵も甲助もみんなそれをうつしました。〔〕五年生の人は読本の〔一字空白〕頁の〔一字不明〕課をひらいて声をたてないで読めるだけ読んでごらんなさい。わからない字は雑記帖へ拾って置くのです。」五年生もみんな云はれ〔た〕とほりしはじめました。「幸一さんは読本の〔一字空白〕頁をしらべてやはり知らない字を書き抜いてください。」

それがすむと先生はまた教壇を下りて一年生と二年生の習字を一人一人見てあるきました。又三郎は両手で本をちゃんと机の上へもって云はれたところを息もつかずじっと読んでゐました。けれども雑〔記〕帖へは字を一つも書き抜いてゐませんでした。それはほんたうに知らない字が一つもないのかたった一本の鉛筆を佐太郎にやってしまったためかどっちともわかりませんでした。

そのうち先生は教壇へ戻って三年生と四年生の算術の計算をして見せてまた新らしい問題を出すと今度は五年生の生徒の雑〔記〕帖へ書いた知らない字を黒板へ書いてそれをかなとわけをつけました。そして「では嘉助さんこゝを読んで」と云ひました。嘉助は二三度ひっかゝりながら先生に教へられて読みました。〔〕又三郎もだまって聞いてゐました。先生も本をとってじっと聞いてゐましたが十行ばかり読むと「そこまで」と云ってこんどは先生が読みました。

さうして一まはり済むと先生はだんだんみんなの道具をしまはせました。それから〔「では〕こゝまで」と云って教壇に立ちますと孝一がうしろで「気を付けい」と云ひました。そして礼がすむとみんな順に外へ出てこんどは外へならばずにみんな別れ別れになって遊びました。

二時間目は一年生から六年生までみんな唱歌でした。そして先生がマンドリンをもって出て来てみんなはいままでに唱ったのを先生のマンドリンについて五つもうたひました。

又三郎もみんな知ってゐてみんなどんどん歌ひました。そしてこの時間は大へん早くたってしまひました。

三時間目になるとこんどは三年生と四年生が国語で五年生と六年生が数学でした。先生はまた黒板へ問題を書いて五年生と六年生に計算させました。しばらくたって孝一が答へを書〔い〕てしまふと又三郎の方をちょっと見ました。すると又三郎はどこから出したか小さな消し炭で雑記帖の上へがりがりと大きく運算してゐたのです。

「突然、にはかに、いきなり」

『風の又三郎』のすべての場面において「突然、にはかに、いきなり……」という語が頻出します。逆に対義語（反対語）の「ゆっくり、ゆるやかに、のんびり……」という語はほとんど見られません。この「九月二日」の場面でも、まず冒頭に、

次の日孝一はあのおかしな子供が今日からほんたうに学校へ来て本を読んだりするかどうか早く見たいやうな気がしていつもより早く嘉助をさそひました。

〈早く〉〈早く〉と「早く」が二度使われていますが、孝一は、どうやら主人公の正体を一刻も早く見極めたいのでしょう。嘉助のように頭から「風の又三郎」と思い込んではいないようです。現実の転校生ではないかという目で見ているようにも思われます。物事を慎重に勘案する性質のように見うけられます。

長く待つまでもなく孝一と嘉助の前に〈突然又三郎がその下手のみちから灰いろの鞄を右手にかゝえて走るやうに〉してあらわれます。そして、〈お早う〉と言います。それが〈孝一や嘉助はあんまりにわかで又勢がいゝので〉とっさに応えることができませんでした。そして、次のくだりになります。

その時風がざあっと吹いて来て土手の草はざわざわ波になり運動場のまん中でさあっと塵があがりそ

れが玄関の前まで行くときりきりとまはって小さなつむじ風になって黄いろな塵は瓶をさかさまにしたやうな形になって屋根より高くのぼりました。すると嘉助が突然高く云ひました。「さうだ。やっぱりあいづ又三郎だぞ。あいつ何かするときっと風吹いてくるぞ。」「うん。」孝一はどうだかわからないと思ひながらもだまってそっちを見てゐました。又三郎はそんなことにはかまはず土手の方へやはりすたすたと歩いて行きます。

そのとき先生がいつものやうに呼子をもって玄関を出て来たのです。

「お早うございます。」小さな子どもらははせ集りました。「お早う。」先生はちらっと運動場中を見まはしてから「ではならんで。」と云ひながらプルルッと笛を吹きました。

突然、にわかに、ざあっと、さあっと、はせる……という語が頻出します。逆に、これらの対義語（反対語）（ゆるやか、ゆっくり、など）は出てきません（これは他の作品すべてにおいても見られる特徴です）。明らかに作者の意図によるものです。もちろん、これは、この世界を「無常迅速」と見る仏教の基本的思想のあらわれと言えましょう。しかもそれは現代科学（とくに気象学）のキーワードでもあるのです。

この「いきなり」という形の「風」のイメージと人物の唐突な言動とは、まさしく「ゆらぎ」の特徴と言えましょう。

ところで、ここでも、早合点する嘉助の性格と、なにごとにも慎重な孝一の性格が見事に対比されています。

孝一の視角——三郎は、又三郎か？

二日目の冒頭、孝一が出てきますが、この稿に先立つ初期の原稿では「一郎」であったのを、賢治は本稿に移すときに「孝一」としたのです。つまり、一郎、孝一、嘉助……と、主人公に対する認識の微妙な違い・差違によって、つまり「ゆらぎ」によって、主人公のイメージの幅を広げ、よりゆたかにしようという作者の意図が感じられます。

孝一は、六年生ともとれますが、たぶん五年生でしょうか。一郎に次いで、クラスをリードする立場にいるようです。嘉助をはじめ下級の子どもたちがみな三郎を又三郎と思い込んでいる中で、一人、懐疑的な姿勢を見せています。三郎が何かすると必ず風が吹いてくると言う嘉助に対して、孝一は〈どうだかわからないと思〉うのです。当然、読者も孝一の態度に促されて、主人公を改めて「又三郎」?、と振り返るのでは、と思います。まさに主人公に対する二相ゆらぎのゆたかな有り様を作者としては、見事な形で見せてくれたところと言えましょう。作者は、主人公の姿をさまざまな視角から多様にとらえ、結果、主人公の人物像を「ゆらぐもの」として、読者に見せているのです。創作上の心憎い配慮であると思います。

また、実は、教師が、三郎の父がモリブデンのことで　この地に来ていることの説明をしているとき、嘉助が〈そだら又三郎も堀るべが〉と聞いたとき、すかさず佐太郎が〈又三郎だなぃ　高田三郎だぢゃ〉と、否定するところがあります。佐太郎は単純に、教師が言ったから、というだけの理由で、「高田三郎だぢゃ」と言ったに過ぎません。思慮した上での発言ではありません。単純にして軽率な性格の人物を配して、主人公の人物像にさらに微妙にして、ゆたかなイメージを付加していると言えましょう、作者は、随所に、又三郎像についての嘉助の認識にアンチテーゼを挟むことによって、作品の幅と奥行きを広め、深めています。

風台風のイメージ

「九月一日」の「風」のイメージに続き、「九月二日」の風のイメージも、いわば台風襲来の「前兆」と言えましょう。突然、平穏な校庭に〈きりきり〉と舞い上がる「つむじ風」、まさに風台風の前触れです。もちろん、突然「つむじ風」が舞い上がると言っても、この現象が生ずるには、然るべき気象学的な無数の因果の法則の絡み合った結果としての現象であるのです。ただ、私たち人間の目からは静かな昼下がりの校庭に「突如」風が舞い上がった、というように見えるだけなのです。

ところで、前日の先生の「呼子」が、ここでは「笛」という呼称に変化しています。その音も〈ビルル〉から〈プルルッ〉と変化して（ゆらいで）います。この些細な音の変化にも、然るべき因果関係の網のあることは言うまでもありません。気象条件の微妙な変化、また笛を吹く先生の心理的・生理的条件も前日とは微妙な差異があろうというものです。それらの微妙な因果関係の差異が、笛の音の微妙な変化として結果しているのです。

つまりは、自然と人間の「ゆらぎ」が、いわば笛の音の「ゆらぎ」として表現されていると言えましょう。風台風の前触れと相まって嘉助が、〈突然〉〈やっぱりあいづ又三郎だぞ。あいつ何かするときっと風吹いてくるぞ〉と叫びます。もちろん、風と三郎の間には客観的には何らの因果関係もありません。嘉助が両者を「勝手に」関連づけたに過ぎません。しかし、幼い子どもたちには、「なるほど」と納得されたのでしょう。かくて、このあとにも、主人公と風のこのような「密接不可分の関係」がくり返され、三郎と又三郎のイメージの交錯、混乱、混交が増幅されていくこととなるのです。

兄妹の諍い

四年生の佐太郎と、三年生の妹の間で、鉛筆をめぐってのトラブルが起きます。佐太郎の自分本位な、わがままな性格が、浮き彫りにされます。このトラブルを見ていた三郎が自分の鉛筆を佐太郎にやることで、その諍いを静めます。三郎のゆかしい人柄が垣間見える場面です。

ここまでの数ページの間に、子どもたち数人の性格（人柄）と、それなりの主人公に対する微妙な認識の違いを巧みに語り分けているところはさすがです。

それにしても、〈唱った〉、〈うたひました〉、〈歌ひました〉という表記のゆらぎは歴然としています。

さて、算術や国語、唱歌の時間などが、どうやら、無事にすみます。ところで「算術」と書きましたが、作者は、最後の場面で、〈数学〉と表現しています。これも「呼称」のゆらぎの一つと言えましょう。

突然の「?」は、なに、これ？

ところで、佐太郎が妹のかよから鉛筆を取り上げ、兄弟の間でもめ事になったとき、三郎が自分の鉛筆を佐太郎の〈眼の前の机に置きま〉す。〈佐太郎はにはかに元気になって〉、〈呉れる？〉と又三郎に聞きました。

と、ここで、唐突に、クエスチョンマーク「?」が出てきます。「九月一日」から疑問文は、いくつも出てくるのですが、「九月二日」の章までは、「?」が打たれているのは、ここだけです。何故「ここだけ」でしょうか？（実は、このあとの「九月六日」の章（場面⑨）では、クエスチョンマークはいくつも出てきます。）

理解に苦しむところです。ここが特別に「?」が打たれるような場面とは、前後にある他の疑問文と比較、考察をめぐらせても、納得がいきません。

もちろん、これも、一つの「躓きの石」です。いったい、作者は、なにをねらって、ここに「こんな躓きの石」を置いたのでしょうか。

この問題については、このあと「九月七日」の章で、今度は「?」がめったやたらに頻出しますので、そこで詳しく説明するつもりです。それまで「お預け」ということにしておきます。

読点が、まったくない場面

ところで先に153～154頁で引用した場面に句点はあるのに読点がまったくないことに気づいておられたでしょうか。実は「九月二日」の場面は書き出しから先ほどの場面さらにそのあと最後の場面までまったく読点がないのです。いや正確には二ヵ所だけであと先まったくありません。もちろん句点はきちんと打たれているのにです(まるで風台風が突然「ざあっと」吹いてきてぱたっとやんでしまったかのようです)。

いったいこれはどういうことでしょうか? 賢治研究者の方々もおそらくは気づいておられたものと推察します。何しろまったく常識外れの表記法ですから(それともすべて未定稿というものによく見られる「ラフ・杜撰さ」の類いとして看過されたのでしょうか)。実はこのような読点の異常な使い方は編集者の目をくぐったはずの新聞雑誌などに掲載された他のいくつかの童話においても見られる現象なのです。

この問題もいまここで説明することはとても「難しく」自信がありません。もう少し先へ行って(「九月四日」の章の)しかるべきところで、きっちりと納得いくよう説明しましょう。それまでしばしお待ちください。それとも読者ご自身でアタックしてみますか(ところで筆者も実は筆者自身の文章を先ほどからわざと読点「、」をすべて省いて書いてきましたがお気づきでしたか。人間というものは有るものには気がついても無いものには気がつきにくいものですね。古諺に「心ここにあらざれば、見れども見えず」

とあります）。

「カギ括弧」のない科白

場面①から、登場人物たちの科白がたびたび出てきますが、すべて常識どおり「」がついています。いや、実は二ヵ所だけ、括弧「」の無い科白があります。気づいておられたでしょうか。それほど重要な場面ではないためうっかり見落とされてしまうのでしょう。場面②の先生がみんなを整列させる場面で、〈高田さんこっちへおはいりなさい〉と整列させ、〈前へならへ〉と号令をかけるところです。

一般に、科白にカギのないのは、よくあることです。世間では「直接話法・間接話法」などと話者の「話法」の問題として説明します。しかし、これは明らかな間違いです。話者の話法ではなく、記号はすべて作者の作法・作体の問題です（このようなところにも読解理論のいい加減さが露出していると言えましょう）。

ところで、この作品で、前後すべて科白には「括弧」があるにもかかわらず、何故ここだけ括弧が外してあるのでしょうか。説得的な理由は見いだせません。「うっかり」でしょうか。もちろん、これも、これまで縷々説明してきた「ゆらぎ」の一つです。何故、この科白に括弧がないのか、と問うのではなく、これも句読点などの「ゆらぎ」同様、表記法の「ゆらぎ」の一つととらえていただきたいのです（ちなみに、読解理論では、括弧の有無は「話者の話法の問題」ととらえているため、「何故」という問いに対しては説得的な説明はできないでしょう。これは、「話者の話法・話体」の問題ではありません。正しくは、「作者の作法・作体」の問題ととらえるべきです）。

さて、物語の展開は、「三日」が飛んで、「四日」です。〈日曜〉とありますから、前々日「二日」は、金曜日であったことが解ります。もちろん、次の日は月曜です。それにしても、この小見出しの表記法が「いいかげん」です。「日曜、」ではなく、私なら「日曜」あるいは「日曜。」としたいところです。「重箱の隅をほじくるような」ことを、言い立てましたが、これは作者賢治によって、意図的になされたことであってみれば、不問に付すわけにはいきますまい。「九月四日」の章で、一括してこれらの疑問にも答えたいと思います。

いよいよ、この作品の重要な一つの「山場」とも言える「九月四日」の章に入りましょう。これまでに、お預けにされた数々の疑問のいくつかがこの場面で解明されるはずです。

5 「九月四日、日曜、」

○場面④

次の朝空はよく晴れて谷川はさらさら鳴りました。一郎は途中で嘉助と佐太郎と悦治をさそって一諸に三郎のうちの方へ行きました。学校の少し下流で谷川をわたって、それから岸で楊の枝をみんなで一本づつ折って青い皮をくるくる剥いで鞭を拵えて手でひゅうひゅう振りながら上の野原への路をだんだんのぼって行きました。みんなは早くも登りながら息をはあはあしました。

「又三郎ほんとにあそごの湧水まで来て待ぢでるべが。」

「待ぢでるんだ。又三郎偽こがなぃもな。」

「あゝ暑う、風吹げばいゝな。」

「どごがらだが風吹いでるぞ。」

「又三郎吹がせだらべも。」

「何だがお日さんぼゃっとして来たな。」空に少しばかりの白い雲が出ました。そしてもう大分のぼってゐました。谷のみんなの家がずうっと下に見え、一郎のうちの木小屋の屋根が白く光ってゐます。路が林の中に入り、しばらく路はじめじめして、あたりは見えなくなりました。そして間もなくみんなは約束の湧水の近くに来ました。するとそこから「おうい。みんな来たかい。」と三郎の高く叫ぶ声がしました。

みんなはまるでせかせかと走ってのぼりました。向ふの曲り角の処に又三郎が小さな唇をきっと結んだまゝ三人のかけ上って来るのを見てゐました。三人はやっと三郎の前まで来ました。けれどもあんまり息がはあはあしてすぐには何も云へませんでした。嘉助などはあんまりもどかしいもんですから、空へ向いて「ホッホウ。」と叫んで早く息を吐いてしまはうとしました。すると三郎は大きな声で笑ひました。「ずゐぶん待ったぞ。それに今日は雨が降るかもしれないさうだよ。」

「そだら早ぐ行ぐべすさ。おらまんつ水呑んでぐ。」

三人は汗をふいてしゃがんでまっ白な岩からこぼこぼ噴きだす冷たい水を何べんも掬ってのみました。


三人か？　四人か？

話者・語り手は、くり返し〈三人〉と語っていますが、さて、実際に数えてみますと（いや、わざわざ数えるまでもありません。一目でわかる人数です）、一郎、嘉助、佐太郎、悦治と「四人」です。間違いりません。それなのに、なぜ話者は、くり返しわざわざ「三人」と語るのでしょうか。何とも理解に苦しむところです。実は、このあとの「九月六日」の章でも、話者が、子どもたちの人数を数える場面があります。

五時間目が終ると、一郎と嘉助が佐太郎と耕助と悦治と〔又〕三郎と六人で学校から上流の方へ登って行きました。

ここでは、話者は、人数を正しく〈六人〉と語っています。いつでも「いい加減」ということではなさそうです。

さて、何十人というおおぜいなら数え違いということもあり得ましょう。でも、わずか三、四人の人数を数え間違うということのあろうはずはありません。しかも一度ならず二度三度というのは、いったいどういうことでしょうか。

そう言えば、冒頭の「九月一日」の場面で、話者・語り手が、わざわざ、「三年生はいない」と語っていましたが、実際、教室での場面で、気をつけてみると、三年生がしょっちゅう出てくることに、あきれたことでしたが、いったい、これはどういうことでしょうか。

いまの、この場面でも、話者・語り手が語ることを、ただそのままに聞き棄てておれば、気づかぬかもしれませんが、改めて数えると、実際は、一人多いのです。いったい、これは、どういうことでしょうか。

実は、ここで「座敷童子」という昔話を引き合いにして考えて見ましょう。民俗学者柳田國男の『遠野物語』という本がありますが、これは、岩手県遠野の人、民俗学者佐々木喜善の著『聴耳草紙』をもとに著作されたものです。喜善と親交のあった賢治は、『聴耳草紙』の「ざしき童子」の話に、いたく興味を覚えたのでしょうか。自身、「座敷童子」の話を書いています。

冒頭の「二百十日の歌」のところで紹介しましたが、賢治の教え子が、遠野の近くの小学校の教師をしていました。賢治は、『風野又三郎』執筆のため、小学校の授業風景を知りたくて、そこへたずねて行ったことをお話ししました。ところで、賢治の時代は、「座敷わらし」の話が現実感をもって語られていた時代でもありました。

『ざしき童子のはなし』宮沢賢治

賢治の「座敷わらし」の童話『ざしき童子(ぼっこ)のはなし』は、二つの話からなっています。その内の一つを全文、紹介しましょう。


「大道めぐり、大道めぐり」

一生けん命、かう叫びながら、ちやうど十人の子供らが、両手をつないで円くなり、ぐるぐるぐるぐる、座敷のなかをまはつてゐました。どの子もみんな、そのうちのお振舞によばれて来たのです。

ぐるぐるぐるぐる、まはつてあそんで居りました。

そしたらいつか、十一人になりました。

ひとりも知らない顔がなく、ひとりもおんなじ顔がなく、それでもやつぱり、どう数へても十一人だけ居りました。その増えた一人がざしきぼつこなのだぞと、大人が出てきて云ひました。

けれどもたれが増えたのか、とにかくみんな、自分だけは、何だつてざしきぼつこだないと、一生けん命眼を張つて、きちんと座つて居りました。

こんなのがざしきぼつこです。（『新校本　宮澤賢治全集』第12巻）

「三人ではなく実は四人」という、この場面（九月四日）は、「座敷わらし」のアイデアを生かしたのであろうと思われます。もちろん、「一相ゆらぎ」の発想に基づくものではありますが。

なお、「九月一日」の章に同様な記述のあったことを覚えておられますか。話者が、わざわざ「三年生はいない」と語っているのに、そのあと、気をつけてみると、たびたび三年生が登場して居ることに「?」と気づきます。これも、実は、「座敷童子」と同工異曲の話でありましょう。

遠野には、（あの時代）実は、誰もいないはずの小学校に、「座敷童子」的な子どもの気配がするという話もあるのです。賢治の、この作品の中の「三年生」についての記述は、多分、そこから発想されたものではないでしょうか。

○場面⑤

「ぼくのうちはこゝからすぐなんだ。ちゃうどあの谷の上あたりなんだ。みんなで帰りに寄らうねえ。」

「うん。まんつ野原さ行ぐべすさ。」

みんなが又あるきはじめたとき湧水は何かを知らせるやうにぐうっと鳴り、そこら〔の〕樹もなんだかざあっと鳴ったやうでした。

四人は林の裾の藪の間を行ったり岩かけの小さく崩れる所を何べんも通ったりしてもう上の原の入り

口に近くなりました。

みんなはそこまで来ると来た方からまた西の方をなが〔め〕ました。光ったり陰ったり幾通りにも重なったたくさんの丘の向ふに川に沿ったほんたうの野原がぼんやり碧くひろがってゐるのでした。

「ありゃ、あいづ川だぞ。」

「春日明神さんの帯のようだな。」又三郎が云ひました。

「何のようだど。」一郎がききました。

「春日明神さんの帯のようだ。」「うな神さんの帯見だごとあるが。」「ぼく北海道で見たよ。」

みんなは何のことだかわからずだまってしまひました。


この場面は、本論の論旨には関係ありません。解説は省略します。

○場面⑥

ほんたうにそこはもう上の野原の入口で、きれいに刈られた草の中に一本の巨きな栗の木が立ってその幹は根もとの所がまっ黒に焦げて巨きな洞のやうになり、その枝には古い縄や、切れたわらじなどがつるしてありました。

「もう少し行ぐづどみんなして草刈ってるぞ。それがら馬の居るどごもあるぞ。」一郎は云ひながら先に立って刈った草のなかの一ぽんみちをぐんぐん歩きました。

三郎はその次に立って「こゝには熊居ないから馬をはなして置いてもいゝなあ。」と云って歩きました。

しばらく行くとみちばた〔の〕大きな楢の木の下に、縄で編んだ袋が投げ出してあって、沢山の草たばがあっちにもこっちにもころがってゐました。

せなかに〔約二字分空白〕をしょった二匹の馬が、一郎を見て、鼻をぷるぷる鳴らしました。

「兄な。居るが。兄な。来たぞ。」一郎は汗を拭ひながら叫びました。

「おゝい。あゝい。其処に居ろ。今行ぐぞ。」

ずうっと向ふの窪みで、一郎の兄さんの声がしました。

陽がぱっと明るくなり、兄さんがそっちの草の中から笑って出て来ました。

「善ぐ来たな。みんなも連れで来たのが。善ぐ来た。戻りに馬こ連れでてけろな。今日ぁ午まがらきっと曇る。俺もう少し草集めて仕舞がらな、うなだ遊ばばあの土手の中さ入ってろ。まだ牧〔場〕の馬二十疋ばがり居るがらな。」

兄さんは向ふへ行かうとして、振り向いて又云ひました。

「土手がら外さ出はるなよ。迷ってしまふづど危なぃがらな。午まになったら又来るがら。」

「うん。土手の中に居るがら。」

そして〔一郎〕の兄さんは、行ってしまひました。空にはうすい雲がすっかりかゝり、太陽は白い鏡のやうになって、雲と反対に馳せました。風が出て来てまだ刈っ〔て〕ない草は一面に波を立てます。一郎はさきにたって小さなみちをまっすぐに行くとまもなくどてになりました。その土手の一とこちぎれたところに二本の丸太の棒を横にわたしてありました。耕助がそれをくぐらうとしますと、嘉助が「おらこったなもの外せだだど〔二〕と云ひながら片っ方のはじをぬいて下におろしましたのでみんなはそれをはね越えて中へ入りました。向ふの少し小高いところにてかてか光る茶いろの馬が七疋ばかり集ってしっぽをゆるやかにばしゃばしゃふってゐるのです。

「この馬みんな千円以上するづもな。来年がらみんな競馬さも出はるのだづぢゃい。」一郎はそばへ行きながら云ひました。

馬はみんないままでさびしくって仕様なかったといふやうに一郎だちの方へ寄ってきました。そして鼻づらをずうっとのばして何かほしさうにするのです。

「ははあ、塩をけろづのだな。」みんなは云ひながら手を出して馬になめさせたりしましたが三郎だけは馬になれてゐないらしく気味悪さうに手をポケットへ入れてしまひました。

「わあ又三郎馬怖ながるぢゃい。」と悦治が云ひました。

すると三郎は「怖くなんかないやい。」と云ひながらすぐポケットの手を馬の鼻づらへのばしましたが馬が首をのばして舌をべろりと出すとさあっと顔いろを変へてすばやくまた手をポケットへ入れてしまひました。

「わあい、又三郎馬怖ながるぢゃい。」悦治が又云ひました。すると三郎はすっかり顔を赤くしてしばらくもぢもぢしてゐましたが
「そんなら、みんなで競馬やるか。」と云ひました。

競馬ってどうするのかとみんな思ひました。

すると三郎は、「ぼく競馬何べんも見たぞ。けれどもこの馬みんな鞍がないから乗れないや。みんなで一疋づつ馬を追ってはじめに向ふの、そら、あの巨きな樹のところに着いたものを一等にしやう。」

「そいづ面白いな。」嘉助が云ひました。

「叱らへるぞ。牧夫に見っ附らへでがら。」

「大丈夫だよ。競馬に出る馬なんか練習をしてゐないといけないんだい。」三郎が云ひました。

「よしおらこの馬だぞ。」「おらこの馬だ。」

「そんならぼくはこの馬でもいゝや。」みんなは楊の枝や萱の穂でしうと云ひながら馬を軽く打ちました。ところが馬はちっともびくともしませんでした。やはり下へ首を垂れて草をかいだり首をのばしてそこらのけしきをもっとよく見るといふやうにしてゐるのです。

一郎がそこで両手をぴしゃんと打ち合せて　だあと云ひました。すると俄かに七疋ともまるでたてがみをそろへてかけ出したのです。

「うまぁい。」嘉助ははね上って走りました。けれどもそれはどうも競馬にはならないのでした。第一馬はどこまでも顔をならべて走るのでしたしそれにそんなに競争するくらゐ早く走るのでもなかったのです。それでもみんなは面白がってだあだと云ひながら一生けん命そのあとを追ひました。

馬はすこし行くと立ちどまりさうになりました。みんなもすこしはあはあしましたがこらえてまた馬を追ひました。するといつか馬はぐるっとさっきの小高いところをまはってさっき四人ではいって来たどての切れた所へ来たのです。

「あ、馬出はる、馬出はる。押へろ　押へろ。」

一郎はまっ青になって叫びました。じっさい馬はどての外へ出たのらしいのでした。どんどん走ってもうさっきの丸太の棒を越えさうになりました。一郎はまるであわてゝ「どうどうどうどう。」と云ひながら一生けん命走って行ってやっとそこへ着いてまるでころぶやうにしながら手をひろ〔げた〕ときは〔〕もう二疋はもう外へ出てゐたのでした。

「早ぐ来て押えろ。早ぐ来て。」一郎は息も切れるやうに叫びながら丸太棒をもとのやうにしました。三人は走って行って急いで丸太をくぐって外へ出ますと二疋の馬はもう走るでもなくどての外に立って草を口で引っぱって抜くやうにしてゐます。「そろそろど押へろよ。そろそろど。」と云ひながら一郎は一ぴきのくつわについた札のところをしっかり押へました。嘉助と三郎がもう一疋を押へやうとそばへ寄りますと馬はまるで愕いたやうにどてへ沿って一目散に南の方へ走ってしまひました。

「兄な馬ぁ逃げる、馬ぁ逃げる。兄な。馬逃げる。」とうしろで一郎が一生けん命叫んでゐま〔〕す。

三郎と嘉助は一生けん命馬を追ひました。

ところが馬はもう今度こそほんたうに遁げるつもりらしかったのです。まるで丈ぐらゐある草をわけて高みになったり低くなったりどこまでも走りました。

嘉助はもう足がしびれてしまってどこをどう走ってゐるのかわからなくなりました。それからまはりがまっ蒼になって、ぐるぐる廻り、たうたう深い草の中に倒れてしまひました。馬の赤いたてがみとあとを追って行く三郎の白いシャッ〔ポ〕が終りにちらっと見えました。

　嘉助は、仰向けになって空を見ました。空がまっ白に光って、ぐるぐる廻り、そのこちらを薄い鼠色の雲が、速く速く走ってゐます。そしてカンカン鳴ってゐます。

　嘉助はやっと起き上って、せかせか息しながら馬の行った方に歩き出しました。草の中には、今馬と三郎が通った痕らしく、かすかな路のやうなものがありました。嘉助は笑ひました。そして、(ふん。なあに、馬何処かで　こわくなってのっこり立ってるさ。) と思ひました。

　そこで嘉助は、一生懸命それ跡けて行きました。ところがその路のやうなものは、まだ百歩も行かないうちに、をとこへしや、すてきに背の高い薊の中で、二つにも三つにも分かれてしまって、どれがどれやら一向わからなくなってしまひました。嘉助はおうぃと叫びました。

おうとどこかで三郎が叫んでゐるやうです。思い切って、そのまん中のを進みました。けれどもそれも、時々断れたり、馬の歩かないやうな急な所を横様に過ぎたりするのでした。

空はたいへん暗く重くなり、まはりがぼうっと霞んで来ました。冷たい風が、草を渡りはじめ、もう雲や霧が、切れ切れになって目の前をぐんぐん通り過ぎて行きました。

(あゝ、こいつは悪くなって来た。みんな悪いことはこれから集ってやって来るのだ。)と嘉助は思ひました。全くその通り、俄に馬の通った痕は、草の中で無くなってしまひました。

(あゝ、悪くなった、悪くなった。)嘉助は胸をどきどきさせました。

草がからだを曲げて、パチパチ云ったり、さらさら鳴ったりしました。霧が殊に滋くなって、着物はすっかりしめってしまひました。

嘉助は咽喉一杯叫びました。

「一郎、一郎こっちさ来う。」

ところがなんの返事も聞えません。黒板から降る白墨の粉のやうな、暗い冷たい霧の粒が、そこら一面踊りまはり、あたりが俄にシインとして、陰気に陰気になりました。草からは、もう雫の音がポタリポタリと聞えて来ます。

嘉助はもう早く、一郎たちの所へ戻らうとして急いで引っ返しました。けれどもどうも、それは前に来た所とは違ってゐたやうでした。第一、薊があんまり沢山ありましたし、それに草の底にさっき無かった岩かけが、度々ころがってゐました。そしてたうたう聞いたこともない大きな谷が、いきなり目の前に現はれました。すゝきがざわざわざわっと鳴り、向ふの方は底知れずの谷のやうに、霧の中に消えてゐるではありませんか。

風が来ると、芒の穂は細い沢山の手を一ぱいのばして、忙しく振って、

「あ、西さん、あ、東さん。あ西さん。あ南さん。あ、西さん。」なんて云ってゐる様でした。

嘉助はあんまり見っともなかったので、目を瞑って横を向きました。そして急いで引っ返しました。

小さな黒い道が、いきなり草の中に出て来ました。それは沢山の馬の蹄の痕で出来上ってゐたのです。

嘉助は、夢中で、短い笑ひ声をあげて、その道をぐんぐん歩きました。

けれども、たよりのないことは、みちのはゞが五寸ぐらゐになったり、又三尺ぐらゐに変ったり、おまけに何だかぐるっと廻ってゐるやうに思はれました。そして、たうたう、大きなてっぺんの焼けた栗の木の前まで来た時、ぼんやり幾つにも岐れてしまひました。

其処は多分は、野馬の集まり場所であったでせう、霧の中に円い広場のやうに見えたのです。

〔嘉助〕はがっかりして、黒い道を又戻りはじめました。知らない草穂が静かにゆらぎ、少し強い風が来る時は、どこかで何かゞ合図をしてでも居るやうに、一面の草が、それ来たっとみながらだを伏せて避けました。

空が光ってキインキインと鳴ってゐます。それからすぐ目の前の霧の中に、家の形の大きな黒いものがあらはれました。〔嘉助〕はしばらく自分の目を疑って立ちどまってゐましたが、やはりどうしても家らしかったので、こわごわもっと近寄って見ますと、それは冷たい大きな黒い岩でした。

空がくるくるくるっと白く揺らぎ、草がバラッと一度に雫を払ひました。

「間違って原の向ふ側へ下りれば、又三郎もおれももう死ぬばかりだ〔」〕と嘉助は、半分思ふ様に半分つぶやくやうにしました。それから叫びました。

「一郎、一郎、居るが。一郎。」

又明るくなりました。草がみな一斉に悦びの息をします。

「伊佐戸の町の、電気工夫の童ぁ、山男に手足ぃ縄らへてたふうだ。」といつか誰かの話した語が、はっきり耳に聞えて来ます。

そして、黒い路が、俄に消えてしまひました。あたりがほんのしばらくしいんとなりました。それから非常に強い風が吹いて来ました。

空が旗のやうにぱたぱた光って翻へり、火花がパチパチパチッと燃えました。嘉助はたうたう草の中に倒れてねむってしまひました。〔〕

一郎の兄さん？

次に引用する場面⑥のはじめの方の文章で、読者のあなたは「変だ」と気づかれたことでしょう。

しばらく行くとみちばた〔の〕大きな楢の木の下に、縄で編んだ袋が投げ出してあって、沢山の草たばがあっちにもこっちにもころがってゐました。

せなかに〔約二字分空白〕をしょった二匹の馬が、一郎を見て、鼻をぶるぶる鳴らしました。

「兄な。居るが。兄な。来たぞ。」一郎は汗を拭ひながら叫びました。

「おゝい。あゝい。其処に居ろ。今行ぐぞ。」

ずうっと向ふの窪みで、一郎の兄さんの声がしました。

陽がぱっと明るくなり、兄さんがそっちの草の中から笑って出て来ました。

一郎が〈兄さん〉と呼びかけています。このあとの場面でもくり返し、一郎は〈兄さん〉と呼びかけ、話者も、地の文の中で〈一郎の兄さん〉と語っています。

ところで、読者の貴方は、不審に思いませんでしたか。そもそも「一郎」という名前は長男に付けるものです。とすれば、常識的に考えて、一郎に「兄さん」なる人物がいるはずがないのです。にもかかわらず、なぜ当の一郎ばかりか、話者までも〈一郎の兄さん〉と語るのでしょうか。

どう考えても奇妙です。腑に落ちません。

実は、これこそは、作者賢治の「うっかりミス」と考えざるを得ない、後にも先にも、ただここだけの一つの事実と考えられるのです。というのは、実はこの場面は、『風の又三郎』が発想される以前に書かれた『種山ヶ原』という短い作品を、ほとんどそのまま、この長編の、この場面に転用・挿入したことから、ひきおこされた「トラブル」であった、と、考えざるをえません（先に書かれた作品を後に書く作品に転用するということは、この他にもいくつか見られます）。

『種山ヶ原』という作品では「達二」という主人公が出てきますが、達二とは次男に付ける名前と考えれば、達二に「一郎」という兄が居てもおかしくないでしょう。実際、その作品には達二の兄の「一郎」という人物が居るのです。

ところが、その小品を、ほぼそっくり、そのまま『風の又三郎』の「九月四日」のこの場面に挿入するとき、この「作品」には達二という人物が居ないため、「達二」という人名を消して、替わりに「一郎」と書き改めてしまったのです。しかしそのとき、「一郎の兄」というおかしな表現に気づくべきであったのですが（これは、なんともミステリヤスな憶測ではありますが、あり得ることではないでしょうか）。

つまり、結果として、「一郎の兄」という奇妙なことになってしまった、と考えられます。「弘法も筆の誤り」ということでしょうか。賢治も人の子、うっかりミスはだれにもあること、です（しかし、考えてみれば、このようなミスを犯すのも自然はもちろん、人間の行為も、さまざな要因が絡み合って結果する、ありうべき一つの心理的・生理的「ゆらぎ現象」の一つと言えそうですが、いかがでしょうか?）。

あるいは、かんぐれば、作者はわざと、作者にも例外なく、かかる「ゆらぎ」の生ずることを、こんな形で見せているのでしょうか。

余談になりますが、賢治が、妹の看護で東京にいた頃、ちかくの上野図書館によく通ったと手紙などに記されています。当時話題になっていた漱石の小説もたぶん読んでいたであろうと思われます。漱石の初期の小説『三四郎』の主人公は、その名前から、三男か四男であろうと思われますが、小説のどこを読んでも母一人子一人の一人息子以外の何者でもありません（実は、兄が一人いたのですが、早くに亡くなって実質、三四郎は「一人息子」ということです）。では、何故、「三四郎」なのでしょうか。もしかして、賢治は、漱石のひそみにならい、このようなネーミングで読者を韜晦しているのでは、と勘ぐりたくもなります。

「土手・どて」の表記のゆらぎ

「善ぐ来たな。みんなも連れてきたのが。善ぐ来た。戻りに馬こ連れでてけろな。今日ぁ午まがらきっと曇る。俺もう少し草集めて仕舞がらな、うなだ遊ばばあの土手の中さ入ってろ。まだ牧〔場〕の馬二十疋ばがり居るがらな。」

兄さんは向かふへ行かうとして、振り向いて又云ひました。

「土手がら外さ出はるなよ。迷ってしまふづど危なぃがらな。午まになったら又来るがら。」

「うん。土手の中さ居るがら。」

そして〔一郎〕の兄さんは、行ってしまひました。空にはうすい雲がすっかりかゝり、太陽は白い鏡のやうになって、雲と反対に馳せました。風が出て来てまだ刈っ〔て〕ない草は一面に波を立てます。一郎はさきにたって小さなみちをまっすぐに行くとまもなくどてになりました。その土手の一とこちぎれたところに二本の丸太の棒を横にわたしてありました。


場面⑥で、「表記のゆらぎ」、「呼称のゆらぎ」を見せるところがいくつもあります。

まず主たるものは、「土手・どて」、「道・路・みち」、「疋・匹・ひき」です。

ここでまず、冒頭の「九月一日」の場面から出ていた「土手・どて」から考察を始めてみましょう（なお、ここでも「一郎の兄」という奇妙な表現が、くり返されます）。一郎の兄が、〈うなだ遊ばばあの土手の中さ入ってろ〉〈土手がら外さ出はるなよ。迷ってしまふづど危なぃがらな〉と、くり返し土手の外に出ると危険ということを言い聞かせています。嘉助も〈うん。土手の中さ居るがら〉と、約束します。たしかに土手を出てしまうと、そこには、危険な魔の口（ふかい谷底）があいているのです。

にもかかわらず、三郎の思いつきで「競馬」をはじめ、仕切りの丸太棒を外したことで、土手の外へ馬を逃がしてしまいます。嘉助と三郎は、逃げた馬を追って、土手の外へ出ます。背丈を超す草の茂る視界の利かぬ野原で、それは死を意味します。すぐ足下に深い谷底につながる断崖があっても、生い茂る草のため足下が見えないのです。ところが、三郎と嘉助は、逃げた馬の後を追いかけ、背丈を超すほどの草の茂みに視野をさえぎられ、野原を右往左往します。丈の高い草の茂った中をかき分けて行く二人は、まかり間違えば断崖に足すべらし、たいへんなことになってしまうのです。草を分け入っていく路も定かではない、何処へ続く道か、迷いに迷う。一歩踏み外せば千尋の谷底へ転落するやも知れぬ「死」との背中合わせ。「生と死」の二相のあわいをさまよう三郎と嘉助、です。

「自然と人間、その心の二相ゆらぎ」を、作者賢治は、「土手・どて」の二相ゆらぎを示す「蹟きの石」を置くことで、読者を、この世界の深淵の入り口へと誘っているのです。

土手の内と外は、いわば 生死を分かつ運命の閾（しきい）と言えましょう。まさに土手の内と外は「生死の二相」をシンボライズするものです。作者はそのことに気づかせるために、「土手」と「どて」という表記の二相を「蹟きの石」として読者の足下に置いたのです。「表記のゆらぎ」も、死と生のあわいをゆらぐ主人公たちの運命をイメージさせるものとなっています。

「道・路・みち」におかれた「蹟きの石」

現実の道か、幻想の道か、定かでない「現幻二相のミチ」。

幾本にも分かれたり、消えたり、きわめて細い道かと思えば、急に広い道になったり、もとの所へまい戻っているようにも思えたり、なんとも心もとない「ミチ」です。

「道なき道」という言葉がありますが、嘉助が迷い込んだ草原は、本来の道やら、馬の足跡やら、定かでありません。両手を広げるほどの広い「道」があるかと思えばいきなり、ぐっと狭い道ならぬ道に踏み込んでしまう。行方が突然、〈二つにも三つにも分かれてしまって、どれがどれやら一向わからなく〉なってしまいます。〈時々断れたり、馬の歩かないやうな急な所を横様に過ぎたり〉、一回りしてもとの所へ舞い戻ったようにも思える……と、にわかに馬の通った痕は、草の中になくなってしまうのでした。この錯綜する「ミチ」を、作者は「道」「路」「みち」と「表記の二相」、その「ゆらぎ」によって示唆しているのです。

・一郎はさきにたって小さなみちをまっすぐに行くとまもなくどてになりました。
・草の中には、今馬と三郎が通った痕らしく、かすかな路のやうなものがありました。
・小さな黒い道が、いきなり草の中に出て来ました。
・そして、黒い路が、俄に消えてしまひました。

現実の道か幻想の道か、定かでない、まさに「現幻」二相の「ミチ」です。幾本にも分かれたり、消えたり、きわめて細い道かと思えば、急に広い道になったり、、もとの所へ戻っているようにも思えたり、なんとも心もとない「ミチ」では、あります。

そのような「ミチ」を、作者は、〈黒い道〉〈黒い路〉と表現します。「黒い」イメージを繰り返すことで主人公たちの前途に「黒い運命」が横たわっている予感を与えているのです。

改めて、くり返しますが、どれが「道」で、どれが「路」、あるいは「みち」か、と考えてはなりません。それこそ、この主人公のように奈落の底に引きずりこまれてしまうやもしれません。「二相ゆらぎ」という、そのこと自体に思想的な深い意味が秘められていることを銘記すべきです。

作者賢治は、この場面の「ミチ」を現幻二相ゆらぎの世界を象徴するものとして読者の前に差し出しているのです。私たちの「人生」そのものがまさしく、この場面のように、実は二相ゆらぎの世界なのです。

「匹・疋・ひき」「逃げる・遁げる」——馬の二相ゆらぎ

三郎たちが追いかけていった馬について、作者は、あるときは「匹」、あるときは「疋」、また、あるときは「ひき」と、ランダムに表記を書きみだしています。

・せなかに〔約二字分空白〕をしょった二匹の馬が、一郎を見て、鼻をぷるぷる鳴らしました。

・……一郎は一ぴきのくつわについた札のところをしっかり押へました。嘉助と三郎がもう一疋を押へやうとそばへ寄りますと馬はまるで愕いたやうにどてへ沿って一目散に南の方へ走ってしまひました。

このことも、三郎、嘉助を死の淵に追いやることとなる経緯とかさねて読んでいただけたら、と思います。

そして、逃げるつもりはない、しかし、遁げる、としか考えられない馬の行動。

「兄な馬ぁ逃げる、馬ぁ逃げる。兄な。馬逃げる。」とうしろで一郎が一生けん命叫んでゐま〔〕す。

三郎と嘉助は一生けん命馬を追ひました。

ところが馬はもう今度こそほんたうに遁げるつもりらしかったのです。

馬は嘉助たちを死地に引き入れるつもりはないのです。でも、現実には、嘉助たちを今一歩で危ういところへ引きこんでいることになる、という相反する二相。〈馬はもう今度こそほんたうに遁げるつもりらしかった〉とありますが、馬は、遁げているようでもあり、ただ走っているだけのようでもあります。にもかかわらず、嘉助と三郎の二人の運命を操っているようにさえ見えるのです。

まさしく馬のゆれ動く二相のイメージは、そのまま一郎や嘉助たちの人物像のゆらぎを表し、ひいては読者である私たち自身の混迷する姿の表象でもあるのです。

以上、縷々述べてきたことは、つまりは、読者が、文章によっていざなわれる世界と表裏一体に、「表記・呼称の二相」によってみちびかれる世界との、二重にかさなり合った世界、あるいは、互いに逆らいあう世界、を彷徨することとなる、ということを意味しています。奇しくも賢治は、そのことを「二重の風景」と呼んでいます。一つの世界が生と死の二重の風景として見えるということです。決して、二種類の風景、ではありません。

表記のゆらぎは、世界のゆらぎ、です。同時に、こころのゆらぎ、でもあるのです（詳しくは拙著「宮沢賢治『二相ゆらぎ』の世界』黎明書房、参照）。

「芒」――現幻二相の存在

聞いたこともない深い谷が、いきなり嘉助の眼の前にあらわれました。〈すゝきが、ざわざわざわっと鳴り、向ふの方は底知れずの谷のやうに、霧の中に消えてゐるではありませんか〉。


風が来ると、芒の穂は細い沢山の手を一ぱいのばして、忙しく振って、

「あ、西さん、あ、東さん。あ西さん。あ南さん。あ、西さん。」なんて云ってゐる様でした。


芒がまるで心あるもののようでもあります。「現幻二相」の存在としての芒です。つまり意識のもうろ

うとしてきた嘉助の心象風景とも言えましょう。

「草の底・底知れずの谷」――修羅の世界

第一、薊があんまり沢山ありましたし、それに草の底にさっき無かった岩かけが、度々ころがってゐました。そしてたうたう聞いたこともない大きな谷が、いきなり目の前に現はれました。すゝきがざわざわざわっと鳴り、向ふの方は底知れずの谷のやうに、霧の中に消えてゐるではありませんか。

この作品だけにかぎりませんが、賢治の童話には、「底」という言葉が頻出します。

賢治は地上をも「気圏の底」という一風変わった表現をします。「底」とは、賢治の童話では、修羅の世界なのです。特に「海の底」は、修羅の「すみか」と言えましょう。修羅とは、悟りの世界への可能性と迷いの世界への転落の可能性との矛盾する二面性をもって、絶えずゆらいでいる世界であり、存在であるのです。賢治は己自身を修羅に擬しています。興福寺の阿修羅像が三面であるのは、悟りと迷いの間をゆらぐ修羅の本性を象徴するものと言えましょう。

ちなみに、朝日新聞（二〇〇九年九月九日）によれば、興福寺の阿修羅像の原型となった塑像をX線CTスキャン調査で復元したところ、「阿修羅像の代名詞となっている愁いを帯びた表情と異なり、細面で厳しい顔つき。現在の顔は原型を忠実に写し取ったわけではなかったことが明らかになった。」「もともとは細く厳しい表情だったことが判明した」とあります。

私は、まえから、阿修羅像を記事にあるとおり『原型』のイメージでとらえ、そこに矛盾をはらむ阿修羅像を描いていましたので、「さもありなん」、我が意を得たり、という思いでした。阿修羅像は、矛盾する二相の葛藤する、まさに修羅の本質を視覚化したものと言うべきでしょう。

ここにも「伊佐戸」――パラレルワールド（十界互具）

「伊佐戸の町の、電気工夫の童ぁ、山男に手足ぃ縄らへてたふうだ。」といつか誰かの話した語が、はっきり耳に聞えて来ます。

「イサド」という地名が童話『やまなし』にも出てきます。賢治の作品の特徴の一つとして、同じ人名、地名が　複数の童話・詩作品に出てくることです。異稿に同じ地名人名が出てくることは、通常に見られることではありますが、賢治の場合、まったく違う発想で書かれた複数の原稿に、同じ地名、人名が見られるということです。その最たるものは、「岩手」の、いわば同義語とも考えられる「イーハトーブ」「イーハトーヴォ」「イーハトーボ」などです。

「又三郎」も、他のいくつかの童話にも登場します。「グスコーブドリ」「グスコンブドリ」もそのような例の一つです。

同じ主人公が複数の作品に登場する、というのは他の作家にも例がないではありませんが、賢治の場合、おびただしく見られるということ、何よりも、そこには重大な思想的意味が隠されているということです。

賢治が帰依する華厳経に、「一念三千」、「十界互具」という世界観があります。私たちは、三千世界を一瞬にして経巡る、ということを表わす言葉です。つまり我々は、下は地獄から、上は仏の境地まで、一瞬にして経巡ることができる、ということです。一瞬にして、仏にもなり餓鬼にもなる。たとえば童話『インドラの網』の「わたし」は、一瞬にして地上の人間であると同時に天界の天人ともなる、という存在です。

現代宇宙論の最先端は、私たちの宇宙の外にも多くの宇宙があるという、ＳＦまがいの「夢物語」を、科学的な仮説として提示します。この「パラレルワールド」には、それぞれに「私」が存在するというのです。ただし、お互いの間には、関わりがないと言われます。賢治の世界は、はしなくも、現代宇宙論の示唆する「パラレルワールド」を具体的な童話として先取りしたものと言えなくもありません。

読点の「みだれ打ち」

場面⑥の最後のあたりを句読点だけ記してみます。〈空がくるくるくるっと白く揺らぎ、草がバラッと一度に雫を払ひました。〉とその後の場面の句読点です。

、。
「、」、
。。
「、、。。」
。。
「、、。」、
。
、、。。

いかがですか。十行も二十行も、まったく読点がない場面があったかと思うと、そのあとの場面では、「俄に」、まるで、雨霰がいきなり降りだしたように、読点が「降ってくる」のです。かと思うと、またもや、「突然」、ぱったり、「降り止んで」しまうのです。

肝心なことは、それらしい場面で、それらしく、「読点のみだれ打ち」になるというのではないのです。それは、まるで、風台風の日、いきなり、風が「どっ」と吹いてきて、ぱたっ、とやむような趣があります。たとえば、実際に風や雨が降り出した場面で、まるで伴奏のように「読点が降り出す」ということではないのです。まったく予期しないところで、「読点のみだれ打ち」が始まるのです。それは、予期しないときに、いきなり風が「どどどどどどう」と吹き始めるのに似ています。決して「伴奏音」のように、「読点のみだれ打ち」が始まるわけではないことに注意してください（だからこそ、この「読点のみだれ打ち」に気づいた研究者も、その場面との相関関係がまったくつかめず、つまり、どう意味付けていいかが解らず、お手上げになったのかもしれません。このことについてふれた論考を、筆者は寡聞にして知りません）。

音楽評論家の中には、たとえば「悲しい歌に、悲しい伴奏をつける」ことを、「鳥が歌い、音楽も歌う」と揶揄するむきもあるようです。逆に、「悲しい歌に、明るい伴奏をつけろ」とでも言うのでしょうか。音楽について素人の筆者としては、ここで筆を擱きましょう。

ところで、「読点のみだれ打ち」は、ここに始まったわけではありません。実は、この小説冒頭の「九月一日」の章から始まっているのです。気づいておられましたか。あらためて、「九月一日」の章から、読者自身で、調べてみてください。この「九月四日」の章ではじめて読点のみだれ打ちがなされているのではないのです。実は、結末の場面に至るまで、随所で、無作為になされています。ただ読者の貴方が気づかなかっただけのことです。

このあと、小説の結末まで、突然読点のみだれ打ちが始まるところが随所に出てくるはずですが、今度はおそらく読者の貴方も目敏く見つけられることと思います。

実は、このような読点のみだれ打ちは、この作品だけではありません。他の作品でも、よく見られます。

不意の読点

読点の「みだれ打ち」とは逆に、一、二頁にわたってまったく読点のない場面に、不意にぽつんと一つだけ読点が打たれているところが、前後、何ヵ所かにあります。ご自分で探してみてください（実はこのような読点のみだれ打ちや、一つだけ、という例は他の童話にも見られます）。

まったく静穏な天気のいい日の昼下がり、不意に「つむじ風」が起きます。これまでにそのような場面があったのを思い出してください。つむじ風というのは、予期しない、一見、平穏な気象条件のとき「不意」に発生して人々を驚かせます。冒頭の「九月一日」の章にありますから、探してみてください。無風の暖かい日差しの午後の校庭、です。この物語の中で、くり返し作者が「俄に」「にわかに」という語をくり返しているのは、自然というもの、また人間というものの、思いがけない、不意の、変動を、かいま見せている場面であるのです。

「青天の霹靂」という言葉があります。よく晴れた日。突然の雷鳴。まったく思いがけなく起こることの喩えです。物事の急変を喩えたものです。自然の世界にも、また人間の世界にも「青天の霹靂」は、思いがけないときに、襲ってくるのです。最近の例を挙げれば3・11の巨大地震と大津波です。まさに「青天の霹靂」以外の何ものでもありません。

人間社会においても予期せざる惨劇が出来することは、ニューヨークビル街における9・11の事件一つを見ても納得されましょう。いずれもまったく予期し得ぬ惨劇でありました。

読点「、」のゆらぎ

「九月一日」の場面をはじめ、物語の最後の場面まで全編にわたって、読点が文節ごとに無数に打たれている場面（喩えれば、土砂降りの雨、とでも形容したいような場面）と、まったく読点のない場面（喩えれば、すっかり晴れ上がった空のような場面）と、ときおり「思い出したように」ぽつんと読点が一つだけ打たれている場面とあります。これらの表記法は、「非常識」と言えるような表記法と言えましょう。言うまでもない、これらが、意図的になされていることは、いまや、わざわざ筆者が、「証明」するまでもない「自明」のことのように思われますが、どうでしょうか。

断るまでもないでしょうが、句読点などは、話者には関係ありません。すべて、作者のある意図があってなされることです。つまり、話者の話法、話体の問題ではなく、作者の作法・作体（小説・物語の場合は文体という）の問題です。

まったく読点無しの文章

読点のことが意識に登ってきたこの段階で、あらためて、「九月一日」の冒頭の場面にもどって、よく注意して見てください。冒頭の数行の文章に、句点はあるが読点のないことに気づかれましたか。これは一般の文章表現としては異常です。この後も、時折、読点のない場面が出てきますから注意して見てください。もちろん、これも「ゆらぎ」現象の一つです。

声喩の片仮名書き

擬声語、擬態語を、ともに「声喩」と呼びます（筆者は、この両者を区別することに批判的です。両者を一まとめに音声による喩えという意味で、「声喩」と呼びます）。

賢治は、この作品の、この場面で、多くの声喩を片仮名書きしています（他の場面での声喩は、ほとんど平仮名書きです）。

参考までに、〈嘉助は、仰向けになって空を見ました〉の文のあの場面から、声喩を拾ってみました。

ぐるぐる、カンカン、せかせか、のっこり、ぼうっ、ぐんぐん、パチパチ、ぱたぱた、さらさら、シイン、ポタリポタリ、ざわざわざわっ、ぐんぐん、ぐるっ、キインキイン、くるくるっ、バラッ、ぱたぱた、パチパチパチッ、どんどんどんどん、ひらっ、ギラギラ

三頁ほどの間に、これだけ多数の声喩が使われています（前後の場面と比較してみてください。また、一般の物語・小説に比較して、「多用」と言えましょう）。しかも片仮名書きが多いのが一目瞭然です。声喩の多用は、声に出して、「はずみ」のあるものとなり、この場面にふさわしい表現法と考えられます。それはさておき、「平仮名と片仮名の混用」が、独特な効果を読者の「眼」に訴えてくることにご注目ください。読点の「みだれ打ち」の効果と相まって、「片仮名のみだれ打ち」、とでも言いたいような趣があります（ここでの声喩の片仮名表記と平仮名表記の使い分けは、ランダムです。意味はありません。「ゆらぎ」そのものとして受け取ってください）。

また、人名も場面②の「コージ」や「リョウサク」など、片仮名書きになっているところがありますが、

声喩の片仮名書きと同じ性質のものです。意味はありません。

ところで、この章の前の「九月二日」の章、全体を見ていただきたい。片仮名の声喩はただ一つ、先生の吹く笛の音「プルルッ」という声喩がただ一つです。あと仮名書きは先生のひく「マンドリン」という楽器の名前だけです。と言うことは、この「九月四日」の章の声喩の多用、それもおびただしい片仮名書きは、異例のことと言うべきでしょう。

ついでに、次の章、「九月六日」も見てください。片仮名書きの声喩は子どもたちの笑い声「アアハハハ」と「アハハハハ」、それに「眼をパチパチ」の三ヵ所あるだけです。

いかに「九月四日」の章が、片仮名の声喩が「意図的に」多用されているかが、わかるというものです。

○場面⑦

そんなことはみんなどこかの遠いできごとのやうでした。

もう又三郎がすぐ眼の前に足を投げだしてだまって空を見あげてゐるのです。いつかいつもの鼠いろの上着の上にガラスのマントを着てゐるのです。それから光るガラスの靴をはいてゐるのです。

又三郎の肩には栗の木の影が青く落ちてゐます。又三郎の影はまた青く草に落ちてゐます。そして風がどんどんどんどん吹いてゐるのです。又三郎は笑ひもしなければ物も云ひません。たゞ小さな唇を強さうにきっと結んだまゝ黙ってそらを見てゐます。いきなり又三郎はひらっとそらへ飛びあがりました。ガラスのマントがギラギラ光りました。ふと嘉助は眼をひらきました。灰いろの霧が速く速く飛んでゐます。

そして馬がすぐ眼の前にのっそりと立ってゐたのです。その眼は嘉助を怖れて横の方を向いてゐました。

嘉助ははね上って馬の名札を押へました。そのうしろから三郎がまるで色のなくなった唇をきっと結んでこっちへ出てきました。嘉助はぶるぶるふるえました。「おうい。」霧の中から一郎の兄さんの声がしました。雷もごろごろ鳴ってゐます。〔〕

「おゝい。嘉助。居るが。嘉助。」一郎の声もしました。嘉助はよろこんでとびあがりました。

「おゝい。居る、居る。一郎。おゝい。」

一郎の兄さんと一郎が〔〕、とつぜん、眼の前に立ちました。嘉助は俄かに泣き出しました。

「探したぞ。危ながったぞ。すっかりぬれだな。どう。」一郎の兄さんはなれた手付きで馬の首を抱いてもってきたくつはをすばやく馬のくちにはめました。〔〕さあ、あべさ。」「又三郎びっくりしたべぁ。」一郎が三郎に云ひました。三郎がだまってやっ〔ぱ〕りきっと口を結んでうなづきました。

みんなは一郎の兄さんについて緩い傾斜を、二つ程昇り降りしました。それから、黒い大きな路について、〔暫〕らく歩きました。

稲光が二度ばかり、かすかに白くひらめきました。草を焼く匂がして、霧の中を煙がほっと流れてゐます。

一郎の兄さんが叫びました。

「おぢいさん。居だ、居だ。みんな居だ。」

おぢいさんは霧の中に立ってゐて、

「あゝ心配した、心配した。あゝ好がった。おゝ嘉助。寒がべぁ、さあ入れ。」と云ひました。嘉助は一郎と同じやうにやはりこのおぢいさんの孫なやうでした。

半分に焼けた大きな栗の木の根もとに、草で作った小さな囲ひがあって、チョロチョロ赤い火が燃えてゐました。

一郎の兄さんは馬を楢の木につなぎました。

馬もひひんと鳴いてゐます。

「おゝむぞやな。な。何ぼが泣いだがな。そのわろは金山掘りのわろだな。さあさあみんな、団子たべろ。食べろ。な。今こっちを焼ぐがらな。全体何処迄行ってだった。」

「笹長根の下り口だ。」と一郎の兄さんが答へました。

「危ぃがった。危ぃがった。向ふさ降りだら馬も人もそれっ切りだったぞ。さあ嘉助、団子喰べろ。このわろもたべろ。さあさあ、こいづも食べろ。」

「おぢいさん。馬置いでくるが〔〕。」と一郎の兄さんが云ひました。

「うんうん。牧夫来るどまだやがましがらな。したども少し待で。又すぐ晴れる。あゝ心配した。俺も虎こ山の下まで行って見で来た。はあ、まんつ好がった。雨も晴れる。」

「今朝ほんとに天気好がったのにな。」

「うん。又好ぐなるさ、あ、雨漏って来たな。」

一郎の兄さんが出て行きました。天井がガサガサガサ云ひます。おぢいさんが、笑ひながらそれを見上げました。

兄さんが又はいって来ました。

「おぢいさん。明るぐなった。雨ぁ霽れだ。」

「うんうん、そうが。さあみんなよっく火にあだれ、おら又草刈るがらな。」

霧がふっと切れました。陽の光がさっと流れて入りました。その太陽は、少し西の方に寄ってかゝり、幾片かの蠟のやうな霧が、逃げおくれて仕方なしに光りました。

草からは雫がきらきら落ち、総ての葉も茎も花も、今年の終りの陽の光を吸ってゐます。

はるか〔〕な西の〔〕碧い野原は、今泣きやんだやうにまぶしく笑ひ、向ふの栗の木は、青い後光を放ちました。みんなはもう疲れて一郎をさきに野原をおりました。湧水のところで三郎はやっぱりだまってきっと口を結んだまゝみんなに別れてじぶんだけお父さんの小屋〔の〕方へ帰って行きました。

帰りながら嘉助が云ひました。

「あいづやっぱり風の神だぞ。風の神の子っ子だぞ。あそごさ二人して巣食ってるんだぞ。」

「そだなぃよ。」一郎が高く云ひました。


ここで、「九月四日」の章が終わります。なお、場面⑦で特に注目して欲しい表記の二相に、「空」と「そら」があります。

「空、そら」の二相ゆらぎ

(嘉助は半ば意識を失ったように—筆者)草の中に倒れてねむってしまひました。

そんなことはみんなどこかの遠いできごとのやうでした。

もう又三郎がすぐ眼の前に足を投げだしてだまって空を見あげてゐるのです。……又三郎は笑ひもしなければ物も云ひません。……黙ってそらを見てゐます。いきなり又三郎はひらっとそらへ飛びあがりました。

ここでは、「空」「そら」の「表記の二相」が、近く並んで見られます。もちろん、「何故、ここが漢字であそこが仮名か」というかたちで、問題を考えてはなりません。「ソラ」が「表記の二相」であるという、そのことの意味を問うべきなのです。

賢治のばあい、彼の童話が「現幻二相」の世界であることをシンボライズするものとして、天空の太陽・空・月・星などが（また、地上の森や野や樹木や道・路などが）、表記の二相ゆらぎ、あるいは呼称の二相ゆらぎとなります。賢治の世界が、ゆらぎの世界であることの象徴的表現法です。

この物語の、この場面で、嘉助の視点から、この世界が現実とも非現実ともとれるものとしてある、つまり、このように一つの世界が現実とも見え非現実とも見える、この世界が「現幻二相の世界」であることの、まさに賢治的表現法と言えましょう。つまり筆者は「現幻二相の世界」をファンタジーと定義していますが、まさしく、この場面は、嘉助の視角から「現幻二相の世界・ファンタジーの世界」としてある、ということです。（ちなみに、「ファンタジー」は「幻想」と訳されていますが、正しくは「現幻二相の世界」いと考えるべきです。筆者は、「ファンタジーとは、現実でもあり非現実でもある世界」と定義しています。「現実と非現実のあわいに成り立つ世界」とも説明しています。単に「非現実の世界」と考えてはなりません。

話者による主人公の呼称「三郎と又三郎」

語り手は、この章で、主人公の呼称を「三郎」と「又三郎」と、有意的に使い分けています。嘉助が「幻」に主人公を見るところは「又三郎」とありますが、その他の場面はすべて「三郎」です。

たゞ小さな唇を強さうにきっと結んだまゝ黙ってそらを見てゐます。いきなり又三郎はひらっとそらへ飛びあがりました。ガラスのマントがギラギラ光りました。ふと嘉助は眼をひらきました。灰いろの霧が速く速く飛んでゐます。

そして馬がすぐ眼の前にのっそりと立ってゐたのです。その眼は嘉助を怖れて横の方を向いてゐました。

嘉助ははね上って馬の名札を押へました。そのうしろから三郎がまるで色のなくなった唇をきっと結んでこっちへ出てきました。

「三郎」という現実的な呼称は、まさに現実的な場面において使われていることが見てとれます。それらの場面の主人公の人物像は極めてリアルな人物像であることがわかります。一見、ランダムに見える語り手の主人公に対する呼称も極めて意図的になされていることが、この後の章でも、明らかとなりましょう。

この章の、主人公のイメージはきわめて現実の少年らしいリアルなものとしてあります。嘉助の妄想に出てくるところだけが、とうぜんのことながら「又三郎」とあります。

「青い・碧い」

〈碧い野原〉〈青い後光〉という表現があります。

はるか〔　〕な西の〔　〕碧い野原は、今泣きやんだやうにまぶしく笑ひ、向ふの栗の木は、青い後光を放ちました。

賢治は、「白と黒の二相に分化するもの」を「青」、「碧」の色で象徴します。まさに「青」、「碧」とは、明るい「あお」でもあり、かつ暗い「あお」でもある「二相系の色彩」であるからでしょう。まさに「青」は「青白い」とも「青黒い」ともなるものです。他の色、たとえば「赤」は、「赤黒い」とは言い得ても「赤白い」とは言いません。「青」はまさに「二相ゆらぎ」の色と言えましょう。

「現幻二相」の賢治の世界を、仮に色で表わすとすれば、ときに「青白く」、ときに「青黒く」ゆらぐ、まさに「青の世界」と言うことになりましょう。

〈団子たべろ。食べろ。〉〈さあ嘉助。団子喰べろ。このわろもたべろ。〉

危険だから土手の外へは絶対に出るなと一郎の兄にかたく戒められていたにもかかわらず、嘉助と三郎が、土手の外に出てしまう。おじいさんは二人のことをいたく心配し霧の中に立ちつくしていました。どんなに心配したか、おそらく、ひっぱたいてやりたいほどの怒りがあったに違いないのです。しかし一方、無事に帰ってきたのを見ると、ほっと安堵して胸なで下ろし、嘉助たちを抱きしめてもやりたい。この矛盾する心の葛藤を、おじいさんは、表わすすべも知らず、ただ〈団子たべろ〉〈食べろ〉〈喰べろ〉と無理強いすることになります。
そのおじいさんの科白を作者は、次のように表記しているのです。

・「おゝむぞやな。な。何ぼが泣いだがな。そのわろは金山堀りのわろだな。さあさあみんあ、団子たべろ。食べろ。……」

・「……さあ嘉助。団子喰べろ。このわろもたべろ。さあさあ、こいづも食べろ。」

もちろん、おなかもすかしているであろうという、心遣いもあるでしょう。しかし、おじいさんは、この矛盾する心情を、こんな形でぶっつけているのです。

〈金山堀りのわろ〉とは、鉱山技師の息子、つまり三郎のことです。ここで、作者はわずか五行の文章の中で、立て続けに〈たべろ〉〈食べろ〉〈喰べろ〉と表記しています。どう考えてもこの五行の文章の中での、このような「表記のみだれ」は、「うっかりミス」とは考えられません。明らかに作者の意図的な「表記のゆらぎ」と考えざるを得ません。

もちろんこの「ゆらぎ」は、おじいさんの心のゆらぎを反映しているとも考えられます。無鉄砲な振る舞いに対する怒りもさることながら、無事であったことにほっとする安堵の気持ち、それに、さぞおなかもすいているだろうという惻隠の情、矛盾葛藤する「心中のゆらぎ」を「表記のゆらぎ」に反映させせたものと言えましょう。作者は、おじいさんの、その矛盾・葛藤する心の（二相ゆらぎ）を「表記の二相ゆらぎ」によって表現、暗示、つまり示唆しているのです。

晴れる・霽れる――天気のはれ、気分のはれ（掛詞的表現）（表記のゆらぎ）

だんごの一件に続き、一郎とおじいさんの対話（傍点、傍線は筆者）。

「おぢいさん。馬置いでくるが〔〕。」と一郎の兄さんが云ひました。

「うんうん。牧夫来るどまだやがましがらな。したどもも少し待で。又すぐ晴れる。あゝ心配した。俺も虎こ山の下まで行って見で来た。はあ、まんつ好がった。雨も晴れる。」（中略）

兄さんが又はいって来ました。

「おぢいさん。明るぐなった。雨ぁ霽れだ。」

「晴れ」と「霽れ」の「表記の二相」は、雨があがり「そらがはれた」、ということと、安心して「気分がはれた」ということを「かけた表現」と言えましょう。もちろん、おじいさん自身がそんな意味で言ったのではありません。読者がそのように意味づけて読めるということです。

〈雨も晴れる〉ということは、心配でやきもきしていた心も晴れて、ということに、いわば「掛けた言葉」と考えられましょう。

一郎の兄が、〈雨ぁ霽れだ〉というのは、もちろん天気のことを指して言っているのではありますが、読者は心配していたことも無事に収まって「胸のつかえも霽れた」と解釈できましょう。

まさに自然界も、人間界も霽れたり曇ったり「二相ゆらぎ」の世界です。この「九月四日」の章は、まさにその典型的なドラマチックな場面と言えましょう。

「三郎は（口・唇）をきっと結んで」

・三郎がまるで色のなくなった唇をきっと結んでこっちへ出てきました。
・三郎がだまってやっ〔ぱ〕りきっと口を結んでうなづきました。
・三郎はやっぱりだまってきっと口を結んだまゝみんなに別れてじぶんだけ……帰って行きました。

三郎は、自分が言い出した競馬のことから、みんなに大変な心配を掛けてしまったことを、強く反省していたのです。そのことが、くり返し表現されている「唇をきっと結んで」「きっと口を結んで」の「表現のゆらぎ」に、はしなくも表現されていると言えましょう。

ところで、この場面は、主人公をひたすら「三郎」と表現しています。ここでは、主人公は、まさに「子どもたち集団の中の一人」として存在しているからでしょう。前述しましたが、嘉助が夢うつつに主人公の姿を幻想する場面においてのみ「又三郎」となるのは、「むべなるかな」と納得させられます。

話者の地の文においても、主人公の呼び名（呼称）は、同様の処置がなされていると思われます。実は、話者の主人公についての呼称は、無造作に見えますが、それぞれの場面ごとにその場面にふさわしい呼称がとられていることが、作品全体を俯瞰すれば「なるほど」と納得させられます。その具体的な説明は、物語の最後の方で、とり上げることにします。


なぜ三郎は、みんなと別れて自分だけ小屋に帰っていったのか

この朝、うちそろって出かけるとき、三郎はみんなに言います。

〈ぼくのうちはこゝからすぐなんだ。……みんなで帰りに寄らうねえ。〉
それなのに帰りに三郎はみんなと別れて一人帰るのです。なぜでしょうか。

○考えるヒント
・三郎〈そんなら、みんなで競馬やるか。〉
・馬が土手の外へ逃げ出す 三郎と嘉助、その跡を追う。
・馬を捕まえる。〈三郎がまるで色のなくなった唇をきっと結んでこっちへ出てきました。〉
・一郎の兄さんが〈くつはをすばやく馬のくちにはめ〉る。
・〈三郎がだまってやっ〔ぱ〕りきっと口を結んでうなづきました。〉
・三郎は自分の言ったことがこんな結果を生じたことに、たいへん責任を感じている。
　それで、終始、口をつぐんでいる。

以上のことをあわせ考えれば、三郎がみなをさそわず、一人で帰った気持ちが痛いほどわかりましょう。

断固たる一郎の一言〈そだないよ〉

「九月四日」の章の最後で、嘉助が、〈あいづやっぱり風の神だぞ……〉と、言ったとき、一郎はただ一言〈そだなぃよ〉と、強く否定します。
一郎のこの一言、唐突な感じを受けます。しかし、この一言は、それまでのすべての「経緯」があってのことなのです。この一日、三郎の一挙手、一投足、つぶさに見てきた一郎は、三郎が、風の神の子という人間離れした存在ではなく、まったく自分たちと同じ喜怒哀楽に一喜一憂する、いわば、ただの平凡な一人の人間であることを感覚的に察知したのではないでしょうか。

この一見唐突に見える、一郎の「変身」は気象に喩えれば、一陣のつむじ風のようなものではないでしょうか。もちろんつむじ風も、それまでの錯綜する諸々の因のとどのつまりの果「あらわれ」であって、しかし、私たちには「俄な」突然の現象として見えるだけのことです。

仏教哲学(華厳経)は、「重々無尽の法界縁起」と教えます。突然に見える現象・出来事も、無限にも近い様々の因縁が織りなす結果のあらわれであると言うのです。一郎のただ一言の〈そだないよ〉は、それまでの、さまざまな因と縁の絡み合った結果発せられた一言であるのです。

もちろん、このあと、一郎の三郎に対する認識も、このまま固定するはずはありませんが……。

6 〔九月六日〕

○場面⑧

次の日は朝のうちは雨でしたが、二時間目からだんだん明るくなって三時間目の終りの十分休みにはたうとうすっかりやみ、あちこちに削ったやうな青ぞらもできて、その下をまっ白な鱗雲がどんどん東へ走り、山の萓からも栗の木からも残りの雲が湯気のやうに立ちました。

「下ったら葡萄蔓とりに行がないが。」耕助が嘉助にそっと云ひました。

「行ぐ行ぐ。〔又〕三郎も行がないが。」嘉助がさそひました。耕助は、

「わあい、あそご〔又〕三郎さ教へるやないぢゃ。」と云ひましたが三郎は知らないで、

「行くよ。ぼくは北海道でもとったぞ。ぼくのお母さんは樽へ二つつ漬けたよ。」と云ひました。

「葡萄とりにおらも連でがないが。」二年生の承吉も云ひました。

「わがないぢゃ。うなどさ教へるやないぢゃ。おら去年な新らしいどご見附だぢゃ。」

みんなは学校の済むのが待ち遠しかったのでした。五時間目が終ると、一郎と嘉助が佐太郎と耕助と悦治と〔又〕三郎と六人で学校から上流の方へ登って行きました。少し行くと一けんの藁やねの家があって、その前に小さなたばこ畑がありました。たばこの木はもう下の方の葉をつんであるので、その青い茎が林のやうにきれいにならんでいかにも面白さうでした。

するとと〔又〕三郎はいきなり、

「何だい、此の葉は。」と云ひながら葉を一枚むしって一郎に見せました。すると一郎はびっくりして、

「わあ、又三郎、たばごの葉とるづど専売局にうんと叱られるぞ。わあ、又三郎何してとった。」と少し顔いろを悪くして云ひました。みんなも口々に云ひました。

「わあい。専売局でぁ、この葉一枚づつ数へで帳面さつけでるだ。おら知らないぞ。」

「おらも知らないぞ。」

「おらも知らないぞ。」みんな口をそろへてはやしました。

すると三郎は顔をまっ赤にして、しばらくそれを振り廻はして何か云はうと考へてゐましたが、

「おら知らないでとったんだい。」と怒ったやうに云ひました。

みんなは怖さうに、誰か見てゐないかといふやうに向ふの家を見ました。たばこばたけからもうもうとあがる湯気の向ふで、その家はしいんとして誰も居たやうではありませんでした。

「あの家一年生の小助の家だぢゃい。」嘉助が少しなだめるやうに云ひました。ところが耕助ははじめからじぶんの見附けた葡萄藪へ、三郎だのみんなあんまり来て面白くなかったもんですから、意地悪くもいちど三郎に云ひました。

「わあ、〔又〕三郎なんぼ知らなぃたってわがなぃんだぢゃ。わあい、〔又〕三郎もどの通りにしてまゆんだであ。」

〔又〕三郎は困ったやうにしてまたしばらくだまってゐましたが、

「そんなら、おいら此処へ置いてくからい〔ゝ〕や。」と云ひながらさっきの木の根もとへそっとその葉を置きました。すると一郎は、

「早くあべ。」と云って先にたってあるきだしましたのでみんなもついて行きましたが、耕助だけはまだ残って、

「ほう、おら知らなぃぞ。ありゃ、又三郎の置いた葉、あすごにあるぢゃい。」なんて云ってゐるのでしたがみんながどんどん歩きだしたので耕助もやっとついて来ました。

みんなは萱の間の小さなみちを山の方へ少しのぼりますと、その南側に向いた窪みに栗の木があちこち立って、下には葡萄がもくもくした大きな藪になってゐました。

「こ〔ゞ〕おれ見っ附だのだがらみんなあんまりとるやないぞ。」耕助が云ひました。

すると三郎は、

「おいら栗の方をとるんだい。」といって石を拾って一つの枝へ投げました。青いいがが一つ落ちました。

〔又〕三郎はそれを棒きれで剝いて、まだ白い栗を二つとりました。みんなは葡萄の方へ一生けん命

でした。

そのうち耕助がも一つの藪へ行かうと一本の栗の木の下を通りますと、いきなり上から雫が一ぺんにざっと落ちてきましたので、耕助は肩からせなかから水へ入ったやうになりました。耕助は愕いて口をあいて上を見ましたら、いつか木の上に〔又〕三郎がのぼってゐて、なんだか少しわらひながらじぶんも袖ぐちで顔をふいてゐたのです。

「わあい、又三郎何する。」耕助はうらめしさうに木を見あげました。

「風が吹いたんだい。」三郎は上でくつくつわらひながら云ひました。

耕助は樹の下をはなれてまた別の藪で葡萄をとりはじめました。もう耕助はじぶんでも持てないくらゐあちこちへためてゐて、口も紫いろになってまるで大きく見えました。

「さあ、この位持って戻らないが。」一郎が云ひました。

「おら、もっと取ってぐぢゃ。」耕助が云ひました。

そのとき耕助はまた頭からつめたい雫をざあっとかぶりました。耕助はまたびっくりしたやうに木を見上げましたが今度は三郎は樹の上には居ませんでした。けれども樹の向ふ側に三郎の鼠いろのひぢも見えてゐましたし、くつくつ笑ふ声もしましたから、耕助はもうすっかり怒ってしまひました。

「わあい又三郎、まだひとさ水掛げだな。」

「風が吹いたんだい。」

みんなはどっと笑ひました。

「わあい又三郎、うなそごで木ゆすったけぁなあ。」

みんなはどっとまた笑ひました。

子どもたちの科白「又三郎・三郎」の変化

次の日は朝のうちは雨でしたが、二時間目からだんだん明るくなって三時間目の終りの十分休みにはたうとうすっかりやみ、あちこちに削ったやうな青ぞらもできて、その下をまっ白な鱗雲がどんどん東へ走り、山の萱からも栗の木からも残りの雲が湯気のやうに立ちました。

「下ったら葡萄蔓とりに行がなぃが。」耕助が嘉助にそっと云ひました。

「行ぐ行ぐ。〔又〕三郎も行がなぃが。」嘉助がさそひました。耕助は、

「わあい、あそご〔又〕三郎さ教へるやなぃぢゃ。」と云ひましたが三郎は知らないで、

「行くよ。ぼくは北海道でもとったぞ。ぼくのお母さんは樽へ二っつ漬けたよ。」と云ひました。


この場面⑧の冒頭で、『新校本　宮澤賢治全集』の編集者は、嘉助と耕助の科白の中の「三郎」に、ごらんのとおり〔又〕（亀甲カギ）を付けて「又三郎」としています。

確かにこれまで、子どもたちの科白の中ではすべて「又三郎」でした。したがって、編者がここで「三郎」を「又三郎」と「訂正」したのも、なるほどとうなずけます。

しかし、ここで、たとえ一時的とはいえ、三郎のことを、自分たちの仲間の一人という意識になったとすれば、思わず「三郎」と呼称したのも当然、とも解釈できます。子どもたちの又三郎に対する意識の「ゆらぎ」現象という解釈もおもしろいのではないかと愚考しますがどうでしょうか。

特記すべきは、これまで一貫して「又三郎」と呼んできていた嘉助がここではじめて「三郎」と呼んだという事実です。気象で言えば突然の竜巻現象ということになりましょう。前の「九月四日」の最後の場面で一郎に強く否定された直後のことですからひとしお、そのことがうなずけるではありませんか。

　実は三郎のほうも、このすぐ後の場面で、それまで一貫して「ぼく」であった自称が、ここだけ「おら」という嘉助たちと対等の自称に変わり（ゆらぎ）ます。この点については、詳しくは、このあと、「三郎の科白「僕・ぼく・おら・おいら」の変化」についての項（205頁）で述べたいと思います。

「葡萄・ぶだう」（表記の二相・ものの二相）

　耕助にとっての葡萄は相反する二相のものとしてあります。耕助にすれば、自分が見つけた葡萄ですから、できれば誰にも教えず、独り占めにしていたいのです。しかし、一方では、友達に知らせて威張りたい。そんなジレンマを抱えています。「もの」の二相とは、一人の人物にとっての二相というばあいもあるのです。一つのものがAという人物にとっての意味・価値とBという人物にとっての意味・価値と食い違い、相反するばあいもあります。これも「二相」ということになります。つまり、耕助たちにとっての葡萄の意味・価値も、三郎にとっては、まったく違うものとしてあるのです。このことも葡萄という物の価値・意味の「二相」ということです。このようなばあい、えてして我々は、「真実は一つ」であるはず、したがって、いずれが真実か、と二者択一的に考えがちです、しかし、「相補原理」「相依原理」にたてば、いずれをも真実としてとらえるべきである、ということです（法華経の中の神髄とも言うべき「諸法実相」という教義がそのことを教えているのです。詳しくは「補説」を参照）。

　「九月四日」の章で、三郎を自分たちの仲間として認識するようになった一郎は、三郎にも〈ぶだう〉

を友情の印として分け与えることになります（場面⑨の最後）。ここも、葡萄というものの意味・価値の「二相」に関わるところです。「葡萄」と「ぶだう」という表記の二相に注意してください。

・みんなは葡萄の方へ一生けん命でした。

・「さあそれでぁ行ぐべな。」と一郎は云ひながら又三郎にぶだうを五ふさばかりくれました。（場面⑨）

「煙草・たばこ」の「表記の二相」

この場面で、三郎が煙草の葉を、それと知らず何気なく一つちぎったことで、みんなは、三郎を責めます。当時、煙草は塩とともに国家の専売品でした。筆者の郷里鹿児島の国分はたばこの名産地として知られていますが、私どもも子ども時代、煙草の葉をむしったりすれば「専売」に捕まると大人に脅されたものです。『風の又三郎』の世界も、専売局の厳しい取り締まりがあったのでしょう。煙草や塩といったものを国家の専売としたところに、軍国主義化を進めつつあった時局が反映していると言えましょう。ところで、専売局の者らしい男があらわれると、逆に、みんなは三郎をかばってやろうとします。仲間意識が芽生えた、のでしょうか。はじめ、煙草の存在は、子どもたちの集団に「ひび」をいれる役割をもっていたと言えましょう。しかし、そのあと、逆に、煙草は、みんなを結びつけ結束させる役割をもつものとなります。煙草の存在が、子どもたちの中に、仲間意識を生みだす契機となったのです。「禍い転じて福となす」という古諺がありますが、まさにこの煙草の一件は、そのことを地でいく「事件」であったと言えましょう。中国の諺に「禍福は糾える縄の如し」とあります。

まさにたばこは『二相的存在』と言えましょう。そのことを作者は表記の二相（「たばこ（たばご）」と

「煙草」）として表現しているのではないでしょうか。

・その前に小さなたばこ畑がありました。

・「わあ、又三郎、たばごの葉とるづど専売局にうんと叱られるぞ。わあ、又三郎何してとった。」と少し顔いろを悪くして云ひました。みんなも口々に云ひました。

・「あ、あいづ専売局だぞ。専売局だぞ。」佐太郎が云ひました。

「又三郎、うなのとった煙草の葉めっけだんだぞ〔。〕うな、連れでぐさ来たぞ。」嘉助が云ひました。

（場面⑪）

三郎の科白「僕・ぼく・おら・おいら」、「君・きみ」の二相ゆらぎ

「わあい。専売局でぁ、この葉一枚づつ数へで帖面さつけでるだ。おら知らなぃぞ。」

「おらも知らなぃぞ。」

「おらも知らなぃぞ。」みんな口をそろへてはやしました。

するとは三郎は顔をまっ赤にして、しばらくそれを振り廻はして何か云はうと考へてゐましたが、

「おら知らないでとったんだい。」と怒ったやうに云ひました。

三郎が煙草の葉をちぎったことを切っ掛けに、子どもたちが三郎をからかいます。いきり立った三郎が思わず、「おら」と言います。三郎と子どもたちの人間関係が、「おれ」と「おまえ」という対等な関係認識になったということを示しています。

文法で言う「自称」（自分をどう呼ぶかということ）とは、ある状況における自己と相手との関係を「自分」がどう認識したかということの反映・表現です。

これまで他人行儀でしかなかった三郎と一郎たちの人間関係が、「おら」という方言で自分を呼称することで、一瞬、新たな人間関係に転化した、と考えられます。それは、三郎が、子どもたちとおなじ地平（次元）に立ったことを意味しています。これも「ゆらぎ」と言えましょう。そのことを反映して、話者の語る地の文においても、すべて「三郎」となっているのは、「なるほど」とうなずかせます。

もちろん、この呼称の変化は一時的なもので、この後、子どもたちは最後の場面までふたたび「又三郎」と呼称し、三郎の方も、また元のような自称（ぼく）に戻ります。話者もまた、このあと、最後まで、これまでどおり、「三郎」「又三郎」と呼称のゆらぎが続きます。

では、「又三郎」から「三郎」への変化は、何を意味するでしょうか。明らかにこれまで自分たちとは違う「人種」として「又三郎」と呼称していたものが、この「煙草の葉事件」を切っ掛けに、たとえ一時的なものではありましたが、三郎を自分たちと同じ人間・仲間として「意識」したことのあらわれと言えましょう。いや、正しくは「無意識」のうちに、そう呼んでしまったと言うべきでしょう。しかし、これまで「又三郎」と呼んでいたものを、無意識のうちにせよ、「三郎」と呼んでしまったのです。もちろん、それも、ほんの束の間、また、もとの「又三郎」に戻ってしまうのですが。肝心なことは、たとえ無意識にせよ「三郎」と呼んでしまったことを、どう意味づけるか、ということです。人間関係の有り様の一瞬の変化が、「三郎」という呼称として口をついて出てきたと考えるべきでしょう。

このあたり、三郎もまた、みんなと「対等に」、自称を「おら」、そして「おいら」と表現しています。

「おいら栗の方をとるんだい。」といって石を拾って一つの枝へ投げました。

興味あることに、この両者の関係の劇的変化に影響されたのでしょうか、語り手（話者）も、語りの「地の文」で、これまで「三郎・又三郎」とゆれ動いていたのが、この場面では、ゆらぎがきえて、地の文において、つづけて「三郎」「三郎」と呼称しています。

……ところが耕助ははじめからじぶんの見附けた葡萄藪へ、三郎だのみんなあんまり来て面白くなかったもんですから、意地悪くもいちど三郎に云ひました。

このように、子どもたちや語り手の主人公に対する認識・態度が、主人公の呼称一つにも如実に反映していることがうかがわれて興味ぶかいものがあります。

「わらい・笑い」の二相ゆらぎ

場面⑧では、「笑ふ・わらふ」という表記の二相が出てきます。

・「風が吹いたんだい。」三郎は上でくつくつわらひながら云ひました。

・けれども樹の向ふ側に三郎の鼠いろのひぢも見えてゐましたし、くつくつ笑ふ声もしましたから、耕助はもうすっかり怒ってしまひました。

「わらう」には、相手を嘲笑・あざ笑う「わらう」と、共感して、ともに笑う「わらう」とがあります。心からあふれてくる笑い、お互いの心が一つとなる笑い、集団（人間関係）をまとめる笑いと、逆に人間関係を引き裂く、崩す、否定的な笑いとがあります。

この矛盾する「わらふ」の二相を、作者は表記の二相として表現していると思われます。ちなみに、「笑ふ・わらふ」は他の多くの童話においても「表記の二相」をとっています。

ただ、ここで注意して欲しいのは、嘲笑の場合は「漢字表記」、共感の笑いは「平仮名表記」、あるいはその逆という形でとらえないことです。あくまでもランダムな「ゆらぎ」の表現として受けとっていただきたいのです。これまで、「二相ゆらぎ」が、作者の意図の直接的な表現として受けとられてきたことによる最大の誤りがここにあると考えられます。

「笑ふ・わらふ」の二相ゆらぎはこのあとの場面にも頻出します。その場面で、また再考することにしましょう。

○場面⑨

すると耕助はうらめしさうにしばらくだまって三郎の顔を見ながら、

「うあい又三郎汝などあ世界になくてもいなあぃ」する〔と〕又三郎はずるそうに笑ひました。「やあ耕助君失敬したねえ。」耕助は何かもっと別のことを云はうと思ひましたがあんまり怒ってしまって考へ出すことが出来ませんでしたので又同じやうに叫びました。「うあい、うあいだが、又三郎、うなみだぃな風など世界中になくてもいゝなあ、うわあい」「失敬したよ。だってあんまりきみもぼくへ意地悪をするもんだから。」又三郎は少し眼をパチパチさせて気の毒そうに云ひました。けれども耕助のいかりは仲々解けませんでした。そして三度同じことをくりかへしたのです。「うわい　又三郎風などあ世界中に無くてもいな、うわい」すると又三郎は少し面白くなった様でまたくつくつ笑ひだしてたづねました。「風が世界中に無くってもいゝってどう云ふんだい。いゝと箇条をたてゝいってごらん　そら」又三郎は先生みたいな顔つきをして指を一本だしました〔。〕耕〔助〕は試験の様だしつまらないことになったと思って大へん〔口〕惜しかったのですが仕方なくしばら〔く〕考へてから云ひました。「汝など悪戯ばりさな、傘ぶっ壊したり」「それからそれから」又三郎は面白そうに一足進んで云ひました。「それがら樹折ったり転覆したりさな」「それから　それからどうだい」「家もぶっ壊さな」「それからそれから　あとはどうだい」「あかしも消さな、」「それから　あとは？　それからあとは？　どうだい」「シャップもとばさな」「それから？　それからあとは？　あとはどうだい。」「笠もとばさな。」「それからそれから」「それがらうう電信ばしらも倒さな」「それから？　それから？　それから？」「それがら屋根もとばさな」「アアハハハ屋根は家のうちだい。どうだいまだあるかい。それからそれから？」「それだがら、うう、それだからラムプも消さな。」「アハハハハハ、ラムプはあかしのうちだい。けれどそれだけかい。え、おい。それから？　それからそれから。」

耕〔助〕はつまってしまひました。大抵もう云ってしまったのですからいくら考へてももう出ませんのでした。又三郎はいよいよ面白そうに指を一本立てながら「それから？　それから？　え〻？　それから」と云ふのでした。

耕〔助〕は顔を赤くしてしばらく考へてからやっと答〔へ〕ました。〔一〕風車もぶっ壊さな」すると三郎はこんどこそはまるで飛び上って笑ってしまひました。みんなも笑ひました。笑って笑って笑ひました。

又三郎はやっと笑ふのをやめて云ひました。

「そらごらんたうたう風車などを云〔っ〕ちゃったらう。風車なら風を悪く思っちゃいないんだよ。勿論時々こわすこともあるけれども廻してやる時の方がずっと多いんだ。風車ならちっとも風を悪く思っていないんだ。それに第一お前のさっ〔き〕からの数へやうはあんまりおかしいや。うう、うう、でばかりゐたんだらう。おしまひにたうたう風車なんか数へちゃった　あゝおかしい」又三郎は又泪の出るほど笑ひました。耕〔助〕もさっきからあんまり困ったために怒ってゐたのもだんだん忘れて来ました、そしてつい又三郎と一しょに笑ひ出してしまったのです。すると又三郎もすっかりきげんを直して、「耕助君、いたづらをして済まなかったよ〔一〕と云ひました。

「さあそれでぁ行ぐべな。」と一郎は云ひながら又三郎にぶだうを五ふさばかりくれました。又三郎は白い栗をみんなに二つづつ分けました。そしてみんなは下のみちまでいっしょに下りてあとはめいめいのうちへ帰ったのです。

「樹・木」の表記の二相と「風の功罪」論争

けれども樹の向ふ側に三郎の鼠いろのひじも見えてゐましたし、くつくつ笑う声もしましたから、耕助はもうすっかり怒ってしまひました。

「わあい又三郎、まだひとさ水掛げだな。」
「風が吹いたんだい。」
みんなはどっと笑ひました。
「わあい又三郎、うなそごで木ゆすったけぁなあ。」

場面⑧の最後のところです。

このあと、一本の栗の樹・木をはさんで上と下で、三郎と耕助との間で、「風の功罪」をめぐる、なんともコミックな「論争」が展開されます。当然のこととして、この場面で耕助は終始「又三郎」と呼びますが、三郎の方は相手を「耕助君」、「君」、「きみ」と呼びます。いささか他人行儀な言い方です。

「栗の木・樹」(表記の二相)は、上(三郎)と下(耕助)との間で、「風」という自然をめぐってなされる「功罪論」つまり、賢治の言う自然の「順違二面」(「順違二面」とは、自然が人間に順う、自然が人間に違う、という意味です)を、象徴している場面が展開します。

耕助は一方的に「風」の罪を暴き立てます。それに対して三郎は、風という自然の、人間にとって、功罪相半ばするということを、いかにも子どっもぽい言い方ではあるが具体的、論理的に、反論します。

自然というものの「順違二面」を考える賢治の思想が、極めて、面白い形で具体的に展開していると言えましょう。

ところで、賢治の初期作品である童話『風野又三郎』(本書が論じている『風の又三郎』とは別の作品)の中で、台風を中心に気象という自然の「順違二面」が、具体的に説かれています。そのことだけを指摘しておきましょう。

童話『鹿踊り』の賢治は、そして、その主人公嘉十は、自然（風）の声を聴き取ることのできる人であったということです（ちなみに、先に取り上げた『水仙月の四日』の子どもは、自然の声を聞きとれない子どもでありました）。

自然と人間

賢治は、童話『狼森と笊森、盗森』についての自注に「人と森との原始的な交渉で、自然の順違二面が農民に与えた長い間の印象です」と書き、森が子どもらや農具をかくすたびに、みんなは「探しに行くぞお」と叫び、森は「来お」と答えましたと、述べています。

まさしく「順違二面」とは、「○○に順う、○○に違う」という意味で、ここでは自然が、人間に順う、人間に違うと考えられます。逆に、人間が自然に順い、自然に違うということでもあります。まさしく私のいう「正反・表裏二相」のことです。一つのものの相反する二つの相ということです。紙に「表裏二面」はあるように、ものごとには、すべて裏面とか反面というものがあります。つまり盗森という人物を、作者は、相反する二面性においてとらえ描いているのです。実は、作者は、他の人物をも、すべて相反する二面性においてとらえているのです。ただ、そのことを盗森に代表させているということです。

この童話は自然と人間の関係を、「人と森との原始的な交渉」として物語ったものです。賢治は、両者の関係を「順違二面」において認識・表現しています。つまり「プラス・マイナス」の「二相」においてとらえていると言えましょう。

「順違二面」は、イメージとしては、たとえば、表が裏となり裏が表となる「メビウスの帯」を想起させます。

台風の「順違二面」

賢治は盛岡高等農林学校を優秀な成績で卒業しました。農学校の教師として、気象学についても教えていました。盛岡や水沢、宮古の測候所（現在の気象台）をも、たびたび訪れていたと言います。詩「月天子」に「盛岡測候所の私の友達は」と出てきます。賢治は水沢測候所とは縁が深く、そこで得た経験が、いくつかの童話にも生かされています。

賢治の気象に対する認識は、きわめて深く、たとえば台風のような自然の猛威をふるう姿に対しても、賢治は「順違二面」（『狼森と笊森、盗森』の作者注）あることを認識し、小説『風野又三郎』の中で実に的確に表現しています。

私も、台風に関する文献を十数冊、目を通してみましたが、どの本の著者（気象学者）も、台風のもたらす甚大な風水害について具体的に数字を挙げて縷々述べています。確かにその通りなのですが、反面、台風は水資源として（生活用水として、また農業・工業用水として）、私たちの生活にとって不可欠な膨大な水を恵んでくれるものでもあるのです。台風の少ない年、日本は水不足で、大騒ぎします。もし台風が南方の海洋から水を運んでくれないとすれば、火山列島と言われる日本列島は、たちまち「砂漠」となっていたことでしょう。なぜなら、世界地図を一瞥すれば判然としますが、日本列島が位置する緯度（二〇〜四〇度）付近は、北半球、南半球ともに砂漠地帯が多いのです。砂漠と言えば、赤道直下に多いと考えられがちですが、実は、赤道付近はむしろ、熱帯雨林と言われ雨量の多い地帯なのです。

なぜそうなるのか、かいつまんで説明しておきましょう。

熱帯地方の海洋からも森林地帯からも、熱せられた陸、海面から水蒸気が盛んに蒸発します。しかし上昇するにつれて気圧が低下することで断熱膨張し、急速に冷却され、含まれた水蒸気は大量の雨となってどっと降り注ぎます。この多量の雨により、赤道直下には、いわゆる熱帯雨林が形成されます。ところが水分を失って乾燥しきった大気は、やがて緯度二〇度から四〇度付近で下降してきて、地上をからからに乾しあげ、いたるところを砂漠化してしまうのです。かくて北半球も南半球も中緯度付近には広範な砂漠地帯が形成されます。アフリカでも赤道付近はむしろ森林地帯ですが、他は広漠たるサハラ砂漠などです。有名なアジアのゴビ砂漠などもこのようにして形成されたのです。

火山列島である日本列島もこれらの砂漠と同じ中緯度にありますから、本来ならば、不毛の砂漠になるはずですが、幸い、モンスーン地帯のため、梅雨と、大量の水を運ぶ、たびたびの台風のおかげで、風水害のマイナスと引き替えに、「山紫水明」の地となっているのです。私たち日本人は、台風に対して、一方的に悪者扱いする前に、一応は大量の生活用水、農業用水・工業用水をもたらしてくれることに「感謝」すべきかもしれません。台風が水を運んでこない年の水飢饉の実態を思い出していただきたいのです。

ところが、以上のことについて、具体的に解説した気象学の専門書は、私が読んだ二十数冊のうち、唯一冊でした。ほとんど台風の風水害について具体的にその実態を記述していますが、反面いかに豊かな農業・工業用水、生活用水を供給しているかについて記述したものは、わずかに大西晴夫著『台風の科学』（NHKブックス）一冊でした。これは、認識論、いや世界観の問題です。いまだに二元論的な世界観の影響下にある日本の科学界（気象学会）の傾向の一つと言えましょう。

日本人は昔から「台風と上手につきあう法」を編み出し、それを受け継いできたはずでしたが、その知恵が国民の間で失われてしまったのでしょうか？

台風は災害を引き起こす悪者であるだけでなく、恵みの雨をもたらしてくれる良き訪問者でもあります。国土庁発行の『日本の水資源（平成三年版）』によると、一九八八年における日本の水使用実績（取水量ベース）は、生活用水が年間一五七億トン、工業用水が一五四億トン、農業用水が推定五八五億トンとなっています。一度に二〇〇億トン以上の雨を降らせる「雨台風」はあまり歓迎しませんが、わずか一個の台風が接近するだけで一〇〇億トン近い雨を降らせる台風は、日本にとって貴重な水資源です。台風抜きに日本の水事情は語れないのです。

「敵を知り、己を知れば百戦して危うからず」というように台風がどのような自然現象であるのかを知ることは、「台風と上手につきあう」うえで重要なことです。

台風による大雨は、水資源としてみた場合、決してマイナス面だけではない。カラ梅雨気味で梅雨が明けた年など、ダムの貯水量に一喜一憂する毎日となります、少々の雷雨くらいでは「焼け石に水」です。そんなとき、台風が一個でも接近するだけで目に見えて貯水量が回復。時にはたった一個の台風だけで、きのうまでの渇水騒ぎはどこへやらという場合もあります。降った雨を溜めておけない沖縄方面では、むしろ台風がこないことの方が困りものです。

ここで考えるべきことは、物事はすべて一面的にのみ見てはならないと言うことです。〈もの・こと〉には、反面、裏面というものがあります。そのことを賢治は「順違二面」と呼んでいます。賢治の『風野又三郎』は、台風というものの、まさに「順違二面」、「二相」をみごとに形象化したものです（童話『水仙月の四日』も、具体的に気象というものの「二相」「順違二面」を見事な文芸的形象として造形したものと言えましょう）。

童話『風野又三郎』で、台風を否定的に見る村童たちに対して又三郎が説得します。

・お前たちはまるで勝手だねえ、僕たちがちっとばっかしいたづらすることは大業に悪口を云っていゝところはちっとも見ないんだ。

・僕たちのやるいたづらで一番ひどいことは日本ならば稲を倒すことだよ。……けれどもいまはもう農業が進んでお前たちの家の近くなどでは二百十日のころになど花の咲いてゐる稲なんか一本もないだらう。
・それに林の樹が倒れるなんかそれは林の持主が悪いんだよ。林を伐るときはね、よく一年中の強い風向を考へてその風下の方からだんだん伐って行くんだよ。
・僕だっていたづらはするけれど、いゝことはもっと沢山するんだよ……稲の花粉だってやっぱり僕らが運ぶんだよ。それから僕らが通ると草木はみんな丈夫になるよ。悪い空気も持って行っていゝ空気も運んで来る。

親や教師が子どもを見るときに、「二相」のうちのいずれか一面（相）のみを、その子の本質としてとらえがちです。教師の居るときの面（相）と居ないときの面（相）とあるのです。また学校で見せる面（相）と家庭で見せる面（相）が、必ずしも同一とは言えません。人間には相反する反面、裏面もあるということ、物事には反面、裏面があるということを、これらの童話から教訓として学びとる必要があります。どちらの面が真実かという「二者択一」的な見方を捨て、いずれの面も真実であるという相補的・相依的見方に立つべきであることを、賢治は、童話の形で具体的に、説得的に、主張しているのです。

大雪嵐に到る気象の推移（その的確な描写）

『風の又三郎』の気象の推移の的確な描写と相まって、先に紹介しました賢治の気象に関する的確な認識を裏付ける童話『水仙月の四日』の筋の展開に沿って、次第に気象条件が推移するさまを、まざまざと観察描写している様を、順次、抜き書きしてみましょう。（　）内は筆者の注。

・雪婆んごは、遠くへ出かけて居りました。／……雪婆んごは、西の山脈の、ちぢれたぎらぎらの雲を越えて、遠くへでかけてゐたのです。（シベリア寒気団は、まだ西方遙かにあり、現地の気象は平穏そのものです。）

・お日さまは、空のずうつと遠くのすきとほつたつめたいとこで、まばゆい白い火を、どしどしお焚きなさいます。

・一疋の雪狼は、……いきなり木にはねあがつて、その赤い実のついた小さな枝を、がちがち齧ぢりました。……枝はたうたう青い皮と、黄いろの心とをちぎられて、いまのぼつてきたばかりの雪童子の足もとに落ちました。（突然の突風です。大雪嵐の、いわば前兆とも言えましょう。）

・（しかし、情景は至って平穏そのものです。）雪童子は……美しい町をはるかにながめました。川がきらきら光つて、停車場からは白い煙もあがつてゐました。

・すると、雲もなく研きあげられたやうな群青の空から、まつ白な雪が、さぎの毛のやうに、いちめんに落ちてきました。……しづかな奇麗な日曜日を、一さう美しくしたのです。

・そして西北の方からは、少し風が吹いてきました。

・もうよほど、そらも冷たくなつてきたのです。東の遠くの海の方では、空の仕掛けを外したやうな、ちいさなカタツといふ音が聞え、いつかまつしろな鏡に変つてしまつたお日さまの面を、な〔にか〕ちいさなものがどんどんよこ切つて行くやうです。（雲行きが怪しくなってきました。）

・風はだんだん強くなり、足もとの雪は、さらさらさらさらうしろへ流れ、間もなく向ふの山脈の頂に、ぱつと白いけむりのやうなものが立つたとおもふと、もう西の方は、すつかり灰いろに暗くなりました。

・雪童子の眼は、鋭く燃えるやうに光りました。そらはすつかり白くなり、風はまるで引き裂くやう、早くも乾いたこまかな雪がやつて来ました。そこらはまるで灰いろの雪でいつぱいです。雪だか雲だかもわからないのです。

……(後略)

この後、激しく狂ったように吹きあれる猛吹雪のリアルな描写と相まって、「雪婆んご」と「雪童子」、「子供」の三つ巴の劇的葛藤が展開します。

全編を通して風と雪の吹き荒れる描写と、間もなく何事も無かったように静まりかえる天地の気配の描写に、岩手大学の講師をして居られた老気象技官(元宮古測候所長・工藤敏雄氏)は、観察・描写の正確さ、繊細さに「ほう、ほう!」と感嘆の声を漏らしておられました。

佐藤隆房氏の著書『宮沢賢治―素顔のわが友―』(冨山房企畫)に興味深い記載があります。

賢治さんは、農学校の教師時代に、五人ばかりの生徒を連れて、盛岡の測候所を見学したことがあります。その後もたびたび出かけました。

賢治さんは、はじめは整った服装で測候所に行きましたが、農民生活に入った桜の時代には古ぼけた背広、鳥打帽子にゴム靴という粗末なかっこうで出かけるようになりました。

昭和元年には、気候不順による不作の苦杯をなめたため、昭和二年にはしばしば気象の調査に測候所に行きました。(「測候所」)

童話『風野又三郎』は、農芸化学者でもあり、詩人でもあり、法華経の信奉者でもある賢治の本領の見事な結実と言えましょう。

賢治の詩集『春と修羅』を読み驚愕した詩人草野心平が自分の編集している詩雑誌『銅鑼』の同人になるよう賢治に依頼の手紙を出したとき、賢治は「承知」の返事と原稿を送り、それに賢治の次のような言葉が特徴のある文字で書かれていたと言います。

　わたくしは詩人としては自信がありませんが、一個のサイエンテイストとしては認めていただきたいと思います。

科学者としての自負がうかがわれます。

また、賢治自身が書き残している詩句があります(「小岩井農場」パート九)。

　明確に物理学の法則にしたがふ
　これら実在の現象のなかから
　あたらしくまたやりなほせ

農芸化学者でもある賢治は、「物理学の法則」と法華経の教義とを重ねて、これらの童話を書き上げたであろうことがうかがわれます。賢治は童話『風野又三郎』について、教え子に「この童話は一つの気象学なのだよ」と説明していたそうです。

つまり「表記の二相」という問題は、すべての作品において共通して見られるばあいと、特定の作品のみに見られるばあいとがあることです。ある「ことば」は、ある特定の童話の中だけで「二相」をとるばあいと、すべての童話において共通に見られるばあいという、二様のケースがあります（本書では、すべての童話について論証する場ではありませんので、このことについては、適宜、取捨選択して論究することにします。むしろ、この事実は、表記の二相が、明らかに作者の意図に基づくものであることを反証している、ということこそが重要です）。

「??????」疑問符の乱打？

「?」の出てくる場面を引用します。


「それから　あとは？　それからあとは？　どうだい」「シャップもとばさな」

「それから？　それからあとは？　あとはどうだい。」「笠もとばさな。」「それからそれから」「それがらうう電信ばしらも倒さな」「それから？　それから？　それから？」

「それがら屋根もとばさな」「アアハハ屋根は家のうちだい。どうだいまだあるかい。それから　それから？」「それだがら、うう、それだがらラムプも消さな。」

……又三郎はいよいよ面白そうに指を一本立てながら「それから？　それから？　えゝ？　それから」と云ふのでした。

うか？

「？」疑問符がいくつか、この作品のこの場面のみに「みだれ打ち」の様相を呈しているのは何故でしょうか？

他の場面にも、実は、「？」がぽつんと、一ヵ所だけに打たれている場面がいくつかあります。読者自身で、見つけてみませんか。もちろん、「？」の打たれている場面と「？」との間には有意的な関係はありません。くり返しますが、あくまでも記号の「俄な」「ゆらぎ」の現象として理解していただきたいのです。

なお、他の童話（たとえば、『ポラーノの広場』には、とびとびに二ヵ所に「？」があります）にも、「？」が、ある場面だけで、突然、一ヵ所、ばあいによっては二、三個あらわれるケースがいくつか見られます。これも、自然界の、また人間界の、偶然とも思える突発的事象を、いわば暗示するものではないでしょうか（実は、漱石の小説に、すでに同様の「？」の用法が見られることを付記しておきます）。

7 「九月七日」

○場面⑩

次の朝は霧がじめじめ降って学校のうしろの山もぼんやりしか見えませんでした。ところが今日も二時間目ころからだんだん晴れて間もなく空はまっ青になり日はかんかん照ってお午になって三年生から下が下ってしまふとまるで夏のやうに暑くなってしまひました。

ひるすぎは先生もたびたび教壇で汗を拭き四年生の習字も五年生六年生の図画もまるでむし暑くて書

きながらうとうとするのでした。

授業が済むとみんなはすぐ川下の方へそろって出掛けました。嘉助が「又三郎水泳びに行がないが。小さいやづど今ころみんな行ってるぞ。」と云ひましたので又三郎もついて行きました。

そこはこの前上の野原へ行ったところよりも少し下流で右の方からも一つの谷川がはいって来て少し広い河原になりすぐ下流は巨きなさいかちの樹の生えた崖になってゐるのでした。「おゝい。」とさきに来ているこどもらがはだかで両手をあげて叫びました。一郎やみんなは、河原のねむの木の間をまるで徒競走のやうに走っていきなりきものをぬぐとすぐどぶんどぶんと水に飛び込んで両足をかはるがはる曲げてだぁんだぁんと水をたゝくやうにしながら斜めにならんで向ふ岸へ泳ぎはじめました。

　前に居たこどもらもあとから追ひ付いて泳ぎはじめました。

又三郎もきものをぬいでみんなのあとから泳ぎはじめましたが、途中で声をあげてわらひました。

すると向ふ岸についた一郎が髪をあざらしのやうにして唇を紫にしてわくわくふるえながら、「わあ又三郎　何してわらった。」と云ひました。又三郎はやはりふるえながら水からあがって「この川冷たいなあ。」と云ひました。

「又三郎何してわらった？」一郎はまたききました。

「おまへたちの泳ぎ方はおかしいや。なぜ足をだぶだぶ鳴らすんだい。」と云ひながらまた笑ひました。

「うわあい、」と一郎は云ひましたが何だかきまりが悪くなったやうに
「石取りさないが。」と云ひながら白い円い石をひろひました。

「するする」こどもらがみんな叫びました。

おれそれでぁあの木の上がら落すがらな。と一郎は云ひながら崖の中ごろから出てゐるさいかちの木へするする昇って行きました。そして「さあ落すぞ、一二三。」と云ひながら、その白い石をどぶーんと淵へ落しました。みんなはわれ勝に岸からまっさかさまに水にとび込んで青白いらっこのやうな形をして底へ潜ってその石をとらうとしました。けれどもみんな底まで行かないに息がつまって浮びだして来て、かはるがはるふうとそらへ霧をふきました。

いきなりの暑さ。秋なのに夏のような暑さ？

九月といえば秋。それにここは東北の片田舎。朝夕の冷気は身にしむものがあります。それなのに、いきなり、「夏のような暑さ」とは、まことに異様です。しかし、これは太平洋高気圧が接近し、その放射する熱量が、東北の、ここ片田舎に異常な暑さをもたらしているのです。例年よく見られる自然現象と言えましょう。

今日も二時間目ころからだんだん晴れて間もなく空はまっ青になり日はかんかん照ってお午になって三年生から下が下ってしまふとまるで夏のやうに暑くなってしまひました。
ひるすぎは先生もたびたび教壇で汗を拭き四年生の習字も五年生六年生の図画もまるでむし暑くて書きながらうとうとするのでした。
授業が済むとみんなはすぐ川下の方へそろって出掛けました。嘉助が「又三郎水泳びに行がないが。小さいやづど今ころみんな行ってるぞ。」と云ひましたので又三郎もついて行きました。

東北の、しかも九月です。連日、冷えこんでいるさなかのことです。先生は〈汗を拭き〉、子どもたちも〈書きながらうとうとする〉ほどの暑さ。まさに気象の突然の「ゆらぎ」です。しかし、それは気象学的に当然の現象です。台風が迫ってくるということは、南方の海洋から大量の熱量を運んできた台風が、その熱量を放出する結果の「暑さ」です。〈まるで夏のやうに暑く〉という予測を超える異常な状況です。しかし、先生や生徒たちにとっては（もちろん、読者にとっても）思いがけない、突然の「異変」です。

ぽつんと一つだけ打たれた疑問符「?」

（子どもたちは、一斉に水に飛びこみます―筆者）又三郎もきものをぬいでみんなのあとから泳ぎはじめましたが、途中で声をあげてわらひました。

するとき向ふ岸についた一郎が髪をあざらしのやうにして唇を紫にしてわくわくふるえながら、「わあ又三郎　何してわらった。」と云ひました。又三郎はやはりふるえながら水からあがって「この川冷たいなあ。」と云ひました。

「又三郎何してわらった?」一郎はまたききました。


「九月七日」の章では、疑問符「?」がここにぽつんと一ヵ所だけ出てきます。疑問の科白は、これまでの章で、いくらでも見られますが、「九月二日」の一ヵ所と、先ほどの「九月六日」の集中的に打たれた十二ヵ所を除いて、「?」が打たれたのはここだけです。しかし、「ここだけ」ということは、そのこと自体に特別の意味がありそうに思えますが、実は有意的な、これと言った特別の意味は考えられません。

むしろ、何の関連もないところに「？」が出現する、ということ自体に「ゆらぎ」現象の意味があるのです。それは、突然の暑さのぶり返しの自然現象に対応するものとも言えましょう。

○場面⑪　　＊この場面にかぎり『新校本　宮澤賢治全集』にしたがい振り仮名を付けました。

又三郎はじっとみんなのするのを見てゐましたが、みんなが浮んできてからじぶんもどぶんとはいって行きました。けれどもやっぱり底まで届かずに浮いてきたのでみんなはどっと笑ひました。そのとき向ふの河原のねむの木のところを大人が四人、肌ぬぎになったり網をもったりしてこっちへ来るのでした。

するとー郎は木の上でまるで声をひくくしてみんなに叫びました。

「おゝ、発破だぞ。知らないふりしてろ。石とりやめで早ぐみんな下流(しも)さ〔さ〕がれ。」そこでみんなは、なるべくそっちを見ないふりをしながらいっしょに〔〕下流(しも)の方へ泳ぎました。一郎は、木の上で手を額にあてて、もう一度よく見きわめてから、どぶんと逆まに淵へ飛びこみました。それから水を潜って、一ぺんにみんなへ追ひついたのです。

みんなは、淵の下流(しも)の、瀬になったところに立ちました。「知らないふりして遊んでろ。みんな。」一郎が云ひました。みんなは、砥石をひろったり、せきれいを追ったりして、発破のことなぞ、すこしも気がつかないふりをしてゐました。

すると向ふの淵の岸では、下流の坑夫をしてゐた庄助が、しばらくあちこち見まはしてから、いきなりあぐらをかいて、砂利の上へ座ってしまひました。それからゆっくり、腰からたばこ入れをとって、きせるをくわいて、ぱくぱく煙をふきだしました。奇体だと思ってゐましたら、また腹かけから、何か出しました。「発破だぞ、発破だぞ。」とみんな叫びました。一郎は、手をふってそれをとめました。庄助は、きせるの火を、しずかにそれへうつしました。うしろに居た一人は、すぐ水に入って、網をかまへました。庄助は、まるで落ちついて、立って一あし水にはいると、すぐその持ったものを、さいかちの木の下のところへ投げこみました。するとまもなく、ぼぉといふやうなひどい音がして、水はむくっと盛りあがり、それからしばらく、そこらあたりがきぃんと鳴りました。向ふの大人たちは、みんな水へ入りました。

「さあ、流れて来るぞ。みんなとれ。」と一郎が云ひました。まもなく、耕助は小指ぐらゐの茶いろなかじかが、横向きになって流れて来たのをつかみましたしそのうしろでは嘉助が、まるで瓜をすするときのやうな声を出しました。それは六寸ぐらゐある鮒(ふな)をとって、顔をまっ赤にしてよろこんでゐたのです。それからみんなとってわあわあよろこびました。「だまってろ、だまってろ。」一郎が云ひました。

そのとき、向ふの白い河原を、肌ぬぎになったり、シャツだけ着たりした大人が、五六人かけて来ました。そのうしろからは、ちゃうど活動写真のやうに、一人の網シャツを着た人が、はだか馬に乗って、まっしぐらに走って来ました。みんな発破の音を聞いて、見に来たのです。

庄助は、しばらく腕を組んでみんなのとるのを見てゐましたが、「さっぱり居なぃな。」と云ひました。すると又三郎がいつの間にか庄助のそばへ行ってゐました。

そして中位の鮒を二疋「魚返すよ。」といって河原へ投げるやうに置きました。すると庄助が「何だこの童ぁ、きたいなやづだな。」と云ひながらじろじろ又三郎を見ました。

又三郎はだまってこっちへ帰ってきました。庄助は変な顔をしてみてゐます〔。〕みんなはどっとわらひました。

庄助はだまって、また上流（かみ）へ歩きだしました。ほかのおとなたちもついて行き網シャツの人は、馬に乗って、またかけて行きました。耕助が泳いで行って三郎の置いて来た魚を持ってきました。みんなはそこでまたわらひました。

「発破かけだら、雑魚（ざこ）撒かせ。」嘉助が、河原の砂っぱの上で、ぴょんぴょんはねながら、高く叫びました。

みんなは、とった魚を、石で囲んで、小さな生洲をこしらえて、生き返っても、もう遁げて行かないやうにして、また上流のさいかちの樹〔へのぼり〕はじめました。ほんたうに暑くなって、ねむの木もまるで夏のやうにぐったり見えましたし、空もまるで、底なしの淵のやうになりました。

そのころ誰かが、

「あ、生洲、打壊（ぶっこわ）すとこだぞ。」と叫びました。見ると一人の変に鼻の尖った、洋服を着てわらじをはいた人が、手にはステッキみたいなものをもって、みんなの魚を、ぐちゃぐちゃ掻きまはしてゐるのでした。

「あ、あいづ専売局だぞ。専売局だぞ。」佐太郎が云ひました。

「又三郎、うなのとった煙草の葉めっけだんだぞ〔。〕うな、連れでぐさ来たぞ。」嘉助が云ひました。

「何だい。こわくないや。」又三郎はきっと口をかんで云ひました。

「みんな又三郎のごと囲んでろ囲んでろ。」と一郎が云ひました。

そこでみんなは又三郎をさ〔い〕かちの樹のいちばん中の枝に置いてまはりの枝にすっかり腰かけま

した。
その男はこっちへびちゃびちゃ岸をあるいて来ました。
「来た来た来た来たっ。」とみんなは息をころしました。ところがその男は、別に又三郎をつかまへる風でもなくみんなの前を通りこしてそれから淵のすぐ上流（かみ）の浅瀬をわたらうとしました。それもすぐに河をわたるでもなく、いかにもわらじや脚絆の汚なくなったのを、そのまゝ洗ふといふふうに、もう何べんも行ったり来たりするもんですから、みんなはだんだん怖くなくなりましたがその代り気持ちが悪くなってきました。〔〕そこで、たうたう一郎が云ひました。
「お、おれ先に叫ぶから、みんなあとから、一二三で叫ぶこだ。いいか。
あんまり川を濁すなよ、
いつでも先生（せんせ）云ふでなぃか。一、二ぃ、三。」
「あんまり川を濁すなよ、
いつでも先生（せんせ）云ふでなぃか。」その人は、びっくりしてこっちを見ましたけれども、何を云ったのか、よくわからないといふようすでした。そこでみんなはまた云ひました。
「あんまり川を濁すなよ、
いつでも先生（せんせ）、云ふでなぃか。」鼻の尖った人は、すぱすぱと、煙草を吸ふときのやうな口つきで云ひました。
「この水呑むのか、ここらでは。」
「あんまり川をにごすなよ、
いつでも先生（せんせ）云ふでなぃか。」鼻の尖った人は、少し困ったやうにして、また云ひました。

「川をあるいてわるいのか。」
「あんまり川をにごすなよ、
いつでも先生(せんせ)云ふでないか。」その人は、あわてたのをごまかすやうに、わざとゆっくり、川をわたって、それからアルプスの探険みたいな姿勢をとりながら、青い粘土と赤砂利の崖をななめにのぼって、崖の上のたばこ畠へはいってしまひました。すると又三郎は「何だいぼくを連れにきたんぢゃないや」〔 〕と云ひながらまっ先にどぶんと淵へとび込みました。
みんなも何だかその男も又三郎も気の毒なやうな、おかしながらんとした気持ちになりながら、一人づつ木からはね下りて、河原に泳ぎついて、魚を手拭につつんだり、手にもったりして、家(うち)に帰りました。

子どもたちの囃子ことばの意味するもの

子どもたちが川遊びに熱中していると、〈向ふの河原のねむの木のところを大人が四人、肌ぬぎになったり網をもったりしてこっちへ来るのでした〉。

するとー郎は木の上でまるで声をひくくしてみんなに叫びました。

「おゝ、発破だぞ。知らないふりしてろ。石とりやめで早ぐみんな下流〔しも〕ささがれ。」そこでみんなは、なるべくそっちを見ないふりをしながらいっしょに〔 〕下流(しも)の方へ泳ぎました。

何事につけ、一郎は、みんなのイニシアチブを握っています。

やがて、下流で坑夫をしていた庄介が、腹掛けからなにやら取り出すとキセルの火をそれに移し、さいかちの木の下に投げ込みます。まもなく、〈ぼぉといふやうなひどい音がして〉、水がむくっと盛り上がります。発破です。

子どもたちは、浮き上がり流れ出す魚を手づかみにします。石で囲った生洲にみな捕った獲物を入れます。

すると、一人の変に鼻のとがった洋服を着てわらじを履いた人が、手にはステッキみたいなものをもって、生洲を壊し、みんなの魚をぐちゃぐちゃにかきまわしています。

「あ、あいづ専売局だぞ。専売局だぞ。」佐太郎が云ひました。
「又三郎、うなのとった煙草の葉めっけだんだぞ〔。〕うな、連れでぐさ来たぞ。」嘉助が云ひました。
「何だい。こわくないや。」又三郎はきっと口をかんで云ひました。
「みんな又三郎のごと囲んでろ囲んでろ。」と一郎が云ひました。

いざとなると子どもたちにとって、三郎は、自分たちの「仲間」なのです。ここでも、何事にも付けイニシアチブをとる年長者としての一郎の姿が浮き彫りにされます。

このあと一郎の音頭に和して子どもたちが、歌うように叫びます。

「お、おれ先に叫ぶから、みんなあとから、一二三で叫ぶこだ。いいか。
あんまり川を濁すなよ、

いつでも先生（せんせ）云ふでないか。一、二ぃ、三。」

ここで、「濁す」と「にごす」と表記が漢字・ひらがなとランダムになっています。

「あんまり川をにごすなよ、
いつでも先生（せんせ）云ふでないか。」鼻の尖った人は、少し困ったやうにして、また云ひました。

さらに異様なのは、すべての「先生」に「せんせ」と振り仮名がついていることです。

本来、振り仮名は、難語句に付けるものです。およそ「先生」という漢字を読めない読者がいるはずがありません。それに、一度付ければ十分です。また、難語句というものは、初出のばあいに付けるものです。「先生」はこの物語の冒頭（「九月一日」の章）に出てきましたが、そこでは当然のことながら振り仮名はありませんでした。ここでは方言「せんせ」を振り仮名にしたのですが、それにしても振り仮名は一度で十分です。それがなぜ、わざわざ、しかもくり返し、すべてにルビを振るのでしょうか。常識的に、とうてい考えられないことです。いわば、突然の驟雨のごときものと言えましょう。このことまで「うっかりミス」と強弁できる人はないでしょう。

それに「濁す」と「にごす」という、表記の二相も、あわせて問題になるでしょう。

いわば、ここも、これまでに出てきた句点などの「みだれ打ち」同様、これもまた、この世界の「ゆらぎ」を象徴する表現法と考えられます。

ところで、子どもたちのこの囃子ことばは、正体不明の男の、心情のゆらぎをはしなくも裏返しに表現するものとなっています。

このことも、現象そのものの「ゆらぎ」と、表現の「ゆらぎ」、この両面からの考察を進めていくべきところと考えられます。

作者はこの世界が、時ならぬときに「俄に」「ゆらぐ世界」であることを、このような突然の「表記のゆらぎ」、「呼称のゆらぎ」によって、示唆しているのです。

もちろん子どもたちが、このような「囃子ことば」ではやし立てたのは、「犯罪者」の三郎をかくまうための仲間意識（友情）から出たものであることは、言うまでもないでしょう。これも一郎たちの三郎に対する意識の変化（ゆらぎ）の結果の態度と言えましょう。

「そこ・底」――修羅の世界（矛盾をはらんでゆれ動く世界・主体）

作品のいたるところで「底」という表現が頻出します。この場面⑪にも見られます。

ほんたうに暑くなって、ねむの木もまるで夏のやうにぐったり見えましたし、空もまるで、底なしの淵のやうになりました。

この作品にかぎりません。賢治の、他の多くの作品（詩もふくめ）においても、たとえば地上のことを「気圏の底」という、常識では考えられぬ表現が頻出します。すべては法華経の信奉者賢治ならではの独自の表現です。いわば「二相の典型」とも言うべき修羅の世界を表現したものと考えられます。私たちの生存圏である地上は、観点を変えれば、まさに「気圏の底」と言えましょう。しかもそれは、賢治作品においては、「底」と表現される修羅の世界を意味しているのです。

発破を掛ける大人の行為

発破を掛けるということ。また毒物を流すということ。大人たちがしていることは、川という自然を根こそぎ「破壊」している行為です。一挙に川の生物（魚やエビ、蟹など）を、根こそぎ乱獲する手段です。ふつう投網でも、漁師は網の目を大きくして、小魚はすくいとらぬよう配慮しています。ところが、発破は、すべての魚や蟹エビなどを、無差別に、根こそぎ、死滅させます。また、毒物を流すということも、おなじく、自然破壊となります。したがって、八十年も前の、あの時代でも、警察の取り締まりの対象となったのです。

そのことの認識もなく、次の場面⑫で佐太郎は、ただ大人のまねをして、毒物を流したのです。いかにも佐太郎のしでかしそうなことではないでしょうか。もっとも、すでに大人が、爆破を掛けたあとですから、小魚一匹浮いてこないという、笑止な事態に陥ります。作者は、ここで、大人の「猿まね」を揶揄していると言えましょう。

「風でもなく・というふうに」

この作品でもそうですが、他の童話でも、「といふふう」の「ふう」はすべて「風」という漢字表現です。ところが、〈別に又三郎をつかまへる風でもなく〉のすぐ後に、〈そのまゝ洗ふといふふうに〉と、ここだけ「ふう」と平仮名表記になっています。この世の中にゆらぎがないものはない、という作者の世界観のあらわれです。

また、すべてがひらがな表記の中に、どこか一ヵ所だけ漢字表現というケースも、しばしば見られます。すべては「なるべくしてなる」必然でありながら、「特定の人物、特定の状況」のもとでは「偶然」として見える、ということの例と言えましょう。「偶然・必然」の問題は、哲学的にも古来、悩ましい問題の一つとして考えられてきましたが、私は、すべては「なるべくしてなる」必然であるが、その中で、ある条件のもと、ある特定の視点からは、「偶然」として見なされるばあいがある、と考えています（ここは、この問題を追及する場ではありませんので、私の意見だけを提示しておきます）。

8 「九月八日」

○場面⑫

次の朝授業の前みんなが運動場で鉄棒にぶら下ったり棒かくしをしたりしてゐますと少し遅れて佐太郎が何かを入れた笊をそっと抱えてやって来ました。「何だ。何だ。何だ。」とすぐみんな走って行ってのぞき込みました。〔 〕 すると佐太郎は袖でそれをかくすやうにして急いで学校の裏の岩穴のところへ行きました。〔 〕 みんなはいよいよあとを追って行きました。一郎がそれをのぞくと思はず顔いろを変へました。それは魚の毒もみにつかふ山椒の粉で、それを使ふと発破と同じやうに巡査に押へられるのでした。ところが佐太郎はそれを岩穴の横の萱の中へかくして、知らない顔をして運動場へ帰りました。そこでみんなはひそひそ時間になるまでひそひそその話ばかりしてゐました。

その日も十時ごろからやっぱり昨日のやうに暑くなりました。みんなはもう授業の済むのばかり待ってゐました。二時になって五時間目が終ると、もうみんな一目散に飛びだしました。佐太郎も又笊をそっと袖でかくして耕助だのみんなに囲まれて河原へ行きました。又三郎は嘉助と行きました。みんなは町の祭のときの瓦斯のやうな匂のむっとする、ねむの河原を急いで抜けて、いつものさいかち淵に着きました。すっかり夏のやうな立派な雲の峰が、東でむくむく盛りあがり、さいかちの木は青く光って見えました。みんな急いで着物をぬいで、淵の岸に立つと、佐太郎が一郎の顔を見ながら云ひました。

「ちゃんと一列にならべ。いいか。魚浮いて来たら、泳いで行ってとれ。とった位与るぞ。いいか。」小さなこどもらは、よろこんで顔を赤くして、押しあったりしながら、ぞろっと淵を囲みました。ぺ吉だの三四人は、もう泳いで、さいかちの木の下まで行って待ってゐました。

佐太郎、大威張りで、上流の瀬に行って笊をぢゃぶぢゃぶ水で洗ひました。みんなしぃんとして、水をみつめて立ってゐました。又三郎は水を見ないで、向ふの雲の峰の上を通る黒い鳥を見てゐました。一郎も河原に座って石をこちこち叩いてゐました。ところがそれからよほどたっても、魚は浮いて来ませんでした。

佐太郎は大へんまじめな顔で、きちんと立って水を見てゐました。昨日発破をかけたときなら、もう十疋もとってゐたんだと、みんなは思ひました。またずゐぶんしばらくみんなしぃんとして待ちました。けれどもやっぱり、魚は一ぴきも浮いて来ませんでした。

「さっぱり魚、浮かばなぃな。」耕助が叫びました。佐太郎はびくっとしましたけれども、まだ一しんに水を見てゐました。

「魚さっぱり浮かばなぃな。」ぺ吉が、また向ふの木の下で云ひました。するともうみんなは、がや

――がや云ひ出して、みんな水に飛び込んでしまひました。

佐太郎という人物

賢治は、一人ひとりの子どもたちの性格の違いを、さりげなく、しかし実に的確に描き分けています。一例として、ここで、佐太郎という人物の性格を、賢治がいかにリアルに、まざまざと描写しているかを、見てみましょう。「魚の毒もみ」に使う山椒の粉を笊に入れてもちこみ、一郎には内緒で、学校の裏の岩穴に隠し、〈知らない顔をして運動場へ帰りま〉す。

川へ来ると、〈一郎の顔を見ながら〉小さな子どもたちに言います。〈ちゃんと一列にならべ。いいか。魚浮いて来たら、泳いで行ってとれ。とった位与るぞ。いいか。〉一郎に対しては一目置きながら、小さな子どもたちに対しては、威丈だかにえらぶってみせる佐太郎の性格が具体的に語られています。

しかし、いっこうに、魚は浮かんできません。昨日発破かけたばかりですから、当然の結果です。佐太郎もそこまでは思い及ばなかったのでしょう。思慮の浅さがうかがわれます。〈さっぱり魚、浮かばないな〉と耕助が叫びます。〈魚さっぱり浮かばないな〉とぺ吉が、また向こうの木の下でくり返します。あれこれの場面で、すかさず「口まね」するぺ吉の剽軽な性格が、みごとに浮き彫りされています。

結局、魚が浮かんでこないので、子どもたちは、みんな川に飛びこんでしまうのです。

そこで〈佐太郎は、しばらくきまり悪さうに、しゃがんで水を見てゐましたけれど、たうたう立って、／「鬼っこしないか。」〉と誘います。

○場面⑬

佐太郎は、しばらくきまり悪さうに、しゃがんで水を見てゐましたけれど、たうたう立って、「鬼っこしないか。」と云った。「する、する。」みんなは叫んで、じゃんけんをするために、水の中から手を出しました。泳いでゐたものは、急いでせいの立つところまで行って手を出しました。一郎も河原から来て手を出しました。そして一郎は、はじめに、昨日あの変な鼻の尖った人の上って行った崖の下の、青いぬるぬるした粘土のところを根っこにきめました。そこに取りついてゐれば、鬼は押へることができないといふのでした。それから、はさみ無しの一人まけかちで、じゃんけんをしました。ところが〔悦治〕はひとりはさみを出したので、みんなにうんとはやされたほかに鬼になった。悦治は、唇を紫いろにして、河原を走って、喜作を押へたので、鬼は二人になりました。それからみんなは、砂っぱの上や淵を、あっちへ行ったり、こっちへ来たり、押へたり押へられたり、何べんも鬼っこをしました。

しまひにたうたう又三郎一人が鬼になりました。又三郎はまもなく吉郎をつかまへました。みんなは、さい〔かちの〕木の下に居てそれを見てゐました。すると又三郎が、「吉郎君、きみは上流から追って来るんだよ、いゝか。」と云ひながら、じぶんはだまって立って見てゐました。吉郎は、口をあいて手をひろげて、上流から粘土の上を追って来ました。みんなは淵へ飛び込む仕度をしました。一郎は楊の木にのぼりました。そのとき吉郎が、あの上流の粘土が、足についてゐたためにみんなの前ですべってころんでしまひました。みんなは、わあわあ叫んで、吉郎をはねこえたり、水に入ったりして、上流の青い粘土の根に上ってしまひました。

「又三郎、来。」嘉助は立って、口を大きくあいて、手をひろげて、又三郎をばかにしました。すると又三郎は、さっきからよっぽど怒ってゐたと見えて、「ようし、見てゐろよ。」と云ひながら、本気になって、ざぶんと水に飛び込んで、一生けん命、そっちの方へ泳いで行きました。又三郎の髪の毛が赤くてばしゃばしゃしてゐるのにあんまり永く水につかって唇もすこし紫いろなので子どもらは、すっかり恐がってしまひました。第一、その粘土のところはせまくて、みんながはいれなかったのにそれに大へんつるつるすべる坂になってゐましたから、下の方の四五人などは、上の人につかまるやうにして、やっと川へすべり落ちるのをふせいでゐたのでした。一郎だけが、いちばん上で落ち着いて、さあ、みんな、とか何とか相談らしいことをはじめました。みんなもそこで、頭をあつめて聞いてゐます。又三郎は、ぼちゃぼちゃ、もう近くまで行きました。みんなは、ひそひそはなしてゐます。すると又三郎は、いきなり両手で、みんなへ水をかけ出した。みんながばたばた防いでゐましたら、だんだん粘土がすべって来て、なんだかすこうし下へずれたやうになりました。又三郎はよろこんで、いよいよ水をはねとばしました。するとみんなは、ぼちゃんぼちゃんと一度に水にすべって落ちました。又三郎は、それを片っぱしからつかまへました。一郎もつかまりました。嘉助がひとり、上をまはって泳いで遁げましたら、又三郎はすぐに追ひ付いて、押へたほかに、腕をつかんで、四五へんぐるぐる引っぱりまはしました。嘉助は、水を呑んだと見えて、霧をふいて、ごほごほむせて、「おいらもうやめた。こんな鬼っこもうしない。」と云ひました。小さな子どもらはみんな砂利に上ってしまひました。又三郎は、ひとりさいかちの樹の下に立ちました。

「鬼っこ」の騒ぎ――なぜここだけ傍点が

このあと、子どもたちの「鬼っこ」遊びに夢中になる姿が語られます。まさに上を下への大騒ぎが始まります。三郎も、村の餓鬼どもに劣らぬ振る舞いです。

子どもたちが「鬼っこ」遊びをはじめる場面に、前にも後にも、そこだけに「傍点」が見られます。〈根っこ〉〈はさみ無しの一人まけかち〉〈鬼っこ〉に何故傍点があるのか。少なくとも、うっかり傍点を振ったとは考えられません。

一般に傍点は、当該箇所の強調という用法があります。しかし、この場面での傍点はどう見ても特に強調したい文章であるとは思えません。明らかにこれも「傍点のみだれ打ち」という以外にありません。先に挙げた「読点のみだれ打ち」「?のみだれ打ち」と同じ意図による用法と考えられます。

子どもたちの間の心理的葛藤に対するいわば作者の「伴奏」のような役割・機能を果たしていると考えられます。いや、そのようにとらえるとおもしろいではないか、と思うのです。この記号も、もちろん、他の記号同様、「ゆらぎ」の一種と見ていいでしょう。なお、「傍点のみだれ打ち」は、この作品では、ここだけです。

このあと、子どもたちの「鬼っこ」遊びの大騒ぎが展開し、最後に、三郎が鬼となります。

このてんやわんやの大騒ぎの最中、空の模様が恐ろしいまでに一変します。

「読点のみだれ打ち」

また、ここでも、読点のみだれ打ちが見られます。

子どもたちが「鬼っこ」遊びをする場面にもいっぱい、「読点のみだれ打ち」が見られます。ここは他の場面の「読点のみだれ打ち」と違って、先の傍点と同様に子どもたちの間の心理的葛藤に対するいわば「伴奏」のような役割・機能を果たしていると考えられます。

「……になった」「……かけ出した」——文章体の突然の変化

ところで、この物語は一般に童話がそうであるように、終始「です・ます」体で語られています。もちろん、一つの作品で文章体は通常一つに決まっているものです。ところが、この『風の又三郎』において、これまで終始「です・ます」体で語られている中で、ある場面で、突然、「である」体が混入してきます。お気づきでしたか。次の三カ所だけにあります。

・佐太郎は、……「鬼っこしないか。」と云った。
・ところが〔悦治〕はひとりはさみを出したので、みんなにうんとはやされたほかに鬼になった。
・すると又三郎は、いきなり両手で、みんなへ水をかけ出した。

これらの場面で、文章体を変える必然性はまったく無いにもかかわらず、です。終わりに近い場面で、自然も人間も「ゆらぎにゆらぐ」場面であり、したがって、表記の上でも、ゆらぎにゆらぐ姿をとっていると考えられます。作者の意図的な表現で、どう考えても「うっかり」ということはあり得ないところです（なお、文章体のゆらぎは、賢治の、他の童話、『マリヴロンと少女』や、『フランドン農学校の豚』などの例があります）。

○場面⑭

ところが、そのときはもう、そらがいっぱいの黒い雲で、楊も変に白っぽくなり、山の草はしんしんとくらくなりそこらは何とも云はれない、恐ろしい景色にかはってゐました。

そのうちに、いきなり上の野原のあたりで、ごろごろごろと雷が鳴り出しました。と思ふと、まるで山つなみのやうな音がして、一ぺんに夕立がやって来ました。風までひゅうひゅう吹きだしました。淵の水には、大きなぶちぶちがたくさんできて、水だか石だかわからなくなってしまひました。みんなは河原から着物をかかへて、ねむの木の下へ遁げこみました。すると又三郎も何だかはじめて怖くなったと見えてさいかちの木の下からどぼんと水へはいってみんなの方へ泳ぎだしました。すると誰ともなく

「雨はざっこざっこ雨三郎

風はどっこどっこ又三郎」と叫んだものが〔あ〕りました。みんなもすぐ声をそろへて叫びました。

〔「〕雨はざっこざっこ〔雨三郎〕

風〔はどっこどっこ又三郎〕〕

すると又三郎はまるであわてて、何かに足をひっぱられるように淵からとびあ〔が〕って一目散にみんなのところに走ってきてがたがたふるえながら

「いま叫んだのはおまへらだちかい。」とききました。

「そでない、そでない。」みんなは一しょに叫びました。ぺ吉がまた一人出て来て、「そでない。」と云ひました。又三郎は、気味悪さうに川のはうを見ましたが色のあせた唇をいつものやうにきっと嚙んで「何だい。」と云ひましたが、からだはやはりがくがくふるってゐました。

そしてみんなは雨のはれ間を待ってめいめいのうちへ帰ったのです。

おそろしい景色

「いきなり」の天変。「何とも云はれない、恐ろしい景色」になります。この自然の思いもかけぬ急変は、子どもたちの世界にも予期せぬ異変が突発しそうな予感を与えます。果たせるかな……。

いきなりの豪雨

ここでの、いきなりの豪雨は、おそらく、この季節日本付近に停滞している「秋雨前線」に起因するものと考えられます。六月七月には「梅雨前線」が、九月十月には「秋雨前線」が日本付近に停滞していることが多いのですが、このようなときに台風が近づいてくると、停滞している前線帯に南のしめった暖かい空気が送り込まれ、前線の活動が活発になり局地的に集中豪雨になることがあるのです。おそらく、この場面での時ならぬ豪雨は、このような状況でのものと考えられます。いずれにせよ、気象学的には必然的な現象ではあっても、子どもたちにとっては、また読者にとっても、思いがけない不意の豪雨と言えましょう。世の中のすべての出来事（現象）は起きるべくして起きた必然的なものであるのです。しかし、その必然性がつかめぬ私たちにとっては「思いがけない」偶然としか思えないだけです。

「さいかちの樹・さいかちの木」

「樹」と「木」は「き」の二相ゆらぎの表現です。

この木のまわりで子どもたちの遊び戯れる現実的な姿と、奇妙な非現実的な事象があらわれます。

つまり、子どもたちはこの相反する二つの事象を、さいかちの木のもとで体験することになります。

子どもたちから異界の人と思われている三郎自身が、さいかちの木の周りを不思議な怪しい、奇妙な異界と感じているのです。だからこそ読者には、さらなる奇異なる思いを抱かざるを得ないものとなるのです。

・又三郎は、ひとりさいかちの樹の下に立ちました。（場面⑬の最後）
・すると又三郎も何だかはじめて怖くなったと見えてさいかちの木の下からどぼんと水へはいってみんなの方へ泳ぎだしました。

「現幻二相の世界」を象徴するものとして、このさいかちの樹（木）があるのだと言えましょう。そのことの賢治的表現の一つが、この特異な表現法と言えましょう。

誰も叫んだものは、いない

又三郎がさいかちの木の下からどぼんと水に入りみんなの方へ泳ぎます。〈すると誰ともなく／「雨はざっこざっこ雨三郎／風はどっこどっこ又三郎」と叫んだものが〔あ〕りました。みんなもすぐ声をそろへて〉叫びます。

又三郎が、ふるえながら〈いま叫んだのはおまへらだちかい〉と聞きます。

〈そでない、そでない〉とみんな一緒に叫びます。

この場面は、何とも面妖な、鬼気迫る不可思議な場面です。子どもたちから異界の人物と見られている又三郎、その人物が、ふるえている場面ですから、どう考えても、三郎が、この「怪現象」を作り出している当の本人とは考えられません。にもかかわらず、多くの読者が「身の毛のよだつ思いがする」と言います。私自身、何度読み直しても、この場面にさしかかると面妖な思いに駆られるのです。

たしかに、ことの成り行きから案ずれば、誰かが叫んだに違いない、と考えられます。しかし、にもかかわらず、この語られている状況は、逆に、子どもたちの中の誰かではなく、得体の知れぬ何者かが、叫んだのでは……と考えたくなるのです。

まさに現実でありながら、逆に非現実ととれる「現幻二相」の、極めつきの場面と言えましょう。

さていよいよ物語最終の場面に至りましたが、「九月十二日」の解説に入る前に、主人公の呼称のことについて若干触れておきたいことがあります。

話者の地の文における主人公の呼称の変化

話者の主人公に対する呼称の変化について、第一日の「九月一日」の章から、「九月十二日」の章までを通して考察してみましょう。
日によって、場面によって、呼称がランダムに、きままに変わるように見えます。しかし、実は、ある原理に基づいて、このような場面だからこそ、主人公の呼称が「三郎」であり、また「又三郎」であるかが、推理・判断できるのです。すでに「九月四日」の章で、この章でのばあいについては、一応の解説はしましたが、ここで作品全体を視野に入れて、すべての章について、章ごとに考察してみようと思います。
第一日（九月一日）先生が「高田三郎」と紹介した後、嘉助たちは、「又三郎」と呼称しますが、話者は一貫して「三郎」と呼称します。しかし第二日目になると、
第二日（九月二日）すべて子どもたち同様「又三郎」と語っています。

第三日（九月四日）話者による呼称は、はじめ、「三郎」、「又三郎」と、入り交じっていますが、逃げた馬を追っての場面になると、そこはすべて「三郎」となります。まさに、馬を逃がしたことの責任を痛く感じて行動している主人公の姿は、現実の三郎そのものです。しかし、嘉助が空想する場面で嘉助によって想起される主人公の姿は、当然のことながら「又三郎」以外にはあり得ません。まさしく、話者の語りもそのようになっています。しかし、ふたたび現実の場面にもどると「三郎」となり、最後まで、「三郎」と語ります。

第四日（九月六日）先に説明したとおり、ここは、子どもたち自身がはじめて「三郎」と呼ぶ場面であり、話者も、それに「ひきずられ」て「三郎」と呼称します。しかし、この場面の後半、話者はふたたび、子どもたち同様、「又三郎」と呼称します。

第五日（九月七日）一ヵ所「三郎」とあるだけで、あとはすべて「又三郎」です。

第六日（九月八日）もっとも幻想的な場面であり、したがって話者も終始「又三郎」と呼称します。

第七日（九月十二日）話者の語りには語りはじめに一度だけ「又三郎」と出てくるだけです。あとはすべて、一郎と嘉助の科白に、これまでどおり「又三郎」とあるのみです。

以上総括すると、話者の語りの中での主人公の呼称の変化は、一見ランダムに見えますが、実は、それぞれ、その場面にふさわしいものとなっていることがわかります。話者の呼称の「みだれ」も、実は、作者の明らかな「意図」のあらわれ「ゆらぎ」であることが納得できましょう。

9 「九月十二日、第十二日、」（物語最後の場面）

○場面⑮

「どっどど　どどうど　どどうど　どどう

青いくるみも、吹きとばせ

すっぱいくゎりんも吹きとばせ

どっどど　どどうど　どどうど　どどう

どっどど　どどうど　どどうど　どどう」

先頃又三郎から聞いたばかりのあの歌を一郎は夢の中で又きいたのです。

びっくりして跳ね起きて見ると外ではほんとうにひどく風が吹いて林はまるで咆えるやう、あけがた近くの青ぐろい、うすあかりが障子や棚の上の提灯箱や家中一っぱいでした。一郎はすばやく帯をしてそして下駄をはいて土間を下り馬屋の前を通って潜りをあけましたら風がつめたい雨の粒と一諸にどうっと入って来ました。

馬屋のうしろの方で何か戸がばたっと倒れ馬はぶるるっと鼻を鳴らしました。一郎は風が胸の底まで滲み込んだやうに思ってはあと息を強く吐きました。そして外へかけだしました。外はもうよほど明るく土はぬれて居りました。家の前の栗の木の列は変に青く白く見えてそれがまるで風と雨とで今洗濯をするとでも云ふ様に烈しくもまれてゐました。青い葉も幾枚も吹き飛ばされちぎられた青い栗のいがは黒い地面にたくさん落ちてゐました。空では雲がけわしい灰色に光りどんどんどんどん北の方へ吹きとばされてゐました。遠くの方の林はまるで海が荒れてゐるやうにごとんごとんと鳴ったりざっと聞えたりするのでした。一郎は顔いっぱいに冷たい雨の粒を投げつけられ風に着物をもって行かれさうになりながらだまってその音をきゝすましぢっと空を見上げました。

すると胸がさらさらと波をたてるやうに思ひました。けれども又ぢっとその鳴って吠えてうなってかけて行く風をみてゐますと今度は胸がどかどかなってくるのでした。昨日まで丘や野原の空の底に澄みきってしんとしてゐた風が今朝夜あけ方俄かに一斉に斯う動き出してどんどんどんどんタスカロラ海床の北のはじをめがけて行くことを考へますともう一郎は顔がほてり息もはあ、はあ、なって自分までが一諸に空を翔けて行くやう〔〕な気持ちになって胸を一ぱいはって息をふっと吹きました。

「あゝひで風だ。今日はたばこも粟もすっかりやらへる。」と一郎のおぢいさんが潜りのところに立ってぢっと空を見てゐます。一郎は急いで井戸からバケツに水を一ぱい汲んで台所をぐんぐん拭きました。それから金だらひを出して顔をぶるぶる洗ふと戸棚から冷たいごはんと味噌をだしてまるで夢中でざくざく喰べました。

「一郎、いまお汁できるから少し待ってだらよ。何して今朝そったに早く学校へ行がないやないがべ。」

お母さんは馬にやる〔一字空白〕を煮るかまどに木を入れながらききました。

「うん。又三郎は飛んでったがも知れないもや。」

「又三郎って何だてや。鳥こだてが。」

「うん又三郎って云ふやづよ。」一郎は急いでごはんをしまふと椀をこちこち洗って、それから台所の釘にかけてある油合羽を着て下駄はもってはだしで嘉助をさそひに行きました。嘉助はまだ起きたばかりで「いまごはんだべて行ぐがら。」と云ひましたので一郎はしばらくうまやの前で待ってゐました。

まもなく嘉助は小さい簑を着て出てきました。

烈しい風と雨にぐしょぬれになりながら二人はやっと学校へ来ました。昇〔降〕口からはいって行きますと教室はまだしいんとしてゐましたがところどころの窓のすきまから雨が板にはいって板はまるでざぶざぶしてゐました。一郎はしばらく教室を見まはしてから「嘉助、二人して水掃ぐべな。」と云ってしゅろ箒をもって来て水を窓の下の孔へはき寄せてゐました。

するともう誰か来たのかといふやうに奥から先生が出てきましたがふしぎなことは先生があたり前の単衣をきて赤いうちわをもってゐるのです。「たいへん早いですね。あなた方二人で教室の掃除をしてゐるのですか。」先生がきゝました。

「先生お早うございます。」一郎が云ひました。

「先生お早うございます。」嘉助も云ひましたが、〔すぐ〕

「先生、又三郎今日来るのすか。」ときゝました。先生はちょっと考へて

「又三郎って高田さんですか。えゝ、高田さんは昨日お父さんといっしょにもう外へ行きました。日曜なのでみなさんにご挨拶するひまがなかったのです。」「先生飛んで行ったのすか。」嘉助がききました。「いゝえ、お父さんが会社から電報で呼ばれたのです。お父さんはもいちどちょっとこっちへ戻られるさうですが高田さんはやっぱり向ふの学校に入るのださうです。向ふにはお母さんも居られるのですから。」

「何して会社で呼ばったべす。」一郎がきゝました。

「こゝのモリブデンの鉱脈は当〔分〕手をつけないことになった為なさうです。」

「さうだなぃな。やっぱりあいづは風の又三郎だったな。」

　嘉助が高く叫びました。宿直室の方で何かごとごと鳴る音がしました。先生は赤いうちわをもって急いでそっちへ行きました。

二人はしばらくだまったまゝ相手がほんたうにどう思ってゐるか探るやうに顔を見合せたまゝ立ちました。

　風はまだやまず、窓がらすは雨つぶのためにくもりながらまだがたがた鳴りました。

雨の歌（冒頭の歌と比べてゆらいでいる）

ここまで来れば、読者は、冒頭に提起した主題歌のゆらぎ、句読点のゆらぎなどが、何らかの作者の意図によるものであることについて、筆者の解説なしでも、納得されるであろうと思います。

まずは、とりあえず、この場面の、表記の二相（ゆらぎ）から考察を進めてみましょう。


「聞いた・きいた」「来る・くる」

- 先頃又三郎から聞いたばかりのあの歌を一郎は夢の中で又きいたのです。
- 遠くの方の林は……ざっと聞えたりするのでした。
- 一郎は……その音をきゝすましぢっと空を見上げました。
- お母さんは……ききました。

・先生がきゝました。
・嘉助も云ひましたが、……ときゝました。
・嘉助がききました。
・一郎がきゝました。

と、あります。

「聞く」と「ききました」、「きゝました」と、表記の二相ゆらぎが見てとれます。ところで、「キク」にも、二種あります。聞こえてくる、というばあいと、こちらから問うというばあいとあります。問うばあいにも、自分では、わかっていても、あえて聞くということもありましょう。なお、この最後の場面には、小説冒頭から見られた「来る」と「くる」もあります。

・二人は……やっと学校へ来ました。
・誰か来たのかと……先生が出てきましたが

「底」の意味

この作品だけでなく、他の童話でも「底」という語が頻出します。

先にも述べましたが、「底」とは、賢治の作品では、修羅の世界を意味するというのが筆者の考えです。修羅は主体の修羅と状況の修羅とあります。まさに、自然も大嵐の状況です、また一郎も嘉助もその心中(心底)は、まさに「嵐」のごとく矛盾葛藤する世界です。自然も人間も「修羅」の様相を呈しています。

先生が、三郎は父親の仕事の関係で北海道へ帰ったと説明しても、二人には何とも割り切れぬ思いで、最後まで「葛藤」します。その胸の「底」はまさに「嵐」と言えましょう。

・一郎は風が胸の底まで
・丘や野原の空の底

また、この場面の〈風が今朝夜あけ方俄かに一斉に〉の「俄かに」という語も、仏教で言うところの「無常迅速」の、この世界の有り様を表わすものという筆者の考えは、前（72頁）にも説明したとおりです。以上、仏教哲学的に、肝心の語彙が「二相ゆらぎ」となっていることがわかります。

最後の、一郎と嘉助の態度

一郎と嘉助の、最後に描かれた姿は、極めて象徴的です。先生が、「高田三郎は父親の仕事の都合で北海道に帰った」と説明しても、一郎にも嘉助にも、すんなりとは納得できないのです。それはそのまま大方の読者の「とまどい」の姿ともかさなりましょう。

まさしく三郎は、現実の転校生高田三郎であるとともに、二百十日の台風「風の三郎」とともにやってきた「風の又三郎」でもあるのです。今日の世界をこれまで「支配」してきた二元論的世界観によれば、「二者択一」的にどちらかが正解のはずです。しかし、現代の相補的世界観、また、二千年の歴史をもつ仏教の相依的世界観によれば、いずれもが「正解」なのです。仏教では「依正不二」（主観と客観は「二」にして「二」にあらず）と言います。それは賢治が信奉する法華経の神髄というべき「諸法実相」の世界観でもあるのです。

　したがって、この作品は、世間で言うように「童話」であるとともに、作者賢治がはしなくも記しているように正真正銘のリアリズムの作品「少年小説」でもあるのです。

　大乗仏教で言うところの「二而不二」（ににふに・二にして二にあらず）の世界と言えましょう。

教師の「奇妙な人物像」

　早朝、この悪天候の中、一郎と嘉助が登校してきます。「先生」にしてみれば、「何?」という怪訝な気持ちで顔を出したのでしょう。そのところを話者は次のように語ります。

　……ふしぎなことは先生があたり前の単衣をきて赤いうちわをもってゐるのです。


　常識的に言えば〈単衣をきて赤いうちわをもってゐる〉すがたは、まったくありふれたすがたでしかありません。しかし、わざわざ〈あたり前の単衣をきて〉と表現されると、かえって「異様な」〈ふしぎ〉な姿に見えてくるではありませんか。それを語り手はあえて〈ふしぎなことは〉と表現しているのです。正常なことが異常に見える、当たり前のことが、不思議に見える……この世界は、そんな世界なのです。〈赤いうちわ〉という〈赤い〉色が何か曰くありげに感じられるではありませんか。

　まさしく、この世界は、現実的であることが逆に非現実的に見える世界なのです。

　リアリズムの世界であることによって、逆にファンタジーの世界となる、まさしく玄妙不可思議の世界と言えましょう。筆者は、そのことを『現幻二相ゆらぎの世界』と呼んでいます。

賢治の言う「二重の風景」ということです。

「童話・ファンタジー」でもあり、「少年小説」でもある

この作品は、これまで多くの読者・研究者が呼び習わしてきたように「童話」あるいは「ファンタジー」と言うべきではありません。いや、童話でもあり、ファンタジーでもあります、が、作者自身が「少年小説」と銘うっているとおり、れっきとしたリアリズムの「小説」でもあるのです。いや、ただしく表現すれば、「童話・ファンタジー」でもあり、かつリアルな「小説」でもある、と言うべきでしょう。現実を幻想的に認識しがちな十四歳未満の少年少女の視点を通して見られた現実世界を、話者は、ありのままに語り、作者もそれをリアルに「少年小説」として書いているのです。

だからこそ、この作品を、語り手とともに、子どもたちの視角（目と心）によりそい読み進めていく読者には、きわめて現実的なこの世界が、その故にこそ、逆に、幻想的な世界（メルヘン、ファンタジー）としてしか受け取れないことになるのです。このパラドックスを見誤ってはなりませぬ。

まさに「言葉の魔術師・宮沢賢治」の本領が、あますところなく発揮された世界と言えましょう。

物語の劇的展開――尻上がりのストーリー展開

この物語は、典型的な序破急の展開を見せる劇的世界です。自然の世界も、また、その中に生きる人間（子どもたち）の世界も、表裏一体に、矛盾をはらんでドラマチックに展開していきます。

物語の幕は閉じても、この後さらに、残された子どもたちの中に新たな劇的展開が予想されるものとしてあります。教師の言葉で、かえって深い疑惑にとらわれた一郎と嘉助の最後の姿は、そのまま、残され

た子どもたちのこの後の姿を予想させます。それは、同時に、読み終わった読者の胸に残された「ドラマ」の種子でもありましょう。

多世界・パラレルワールド――十界互具の世界観

この世界は、実は、他のいくつかの賢治童話の主人公を「共有」する世界です。「一郎」や「嘉助」は、他の童話にも共通の性格をもった人物として登場します。賢治の童話世界は、いわば華厳経で言うところの多重世界（十界互具の世界・一念三千の世界）と言えましょう。

現代科学が「パラレルワールド」と称している宇宙を、すでに一世紀も前に、はしなくも賢治は具体的に文芸作品として創出していたのです。

まとめ

作品名『風野又三郎』について

作品冒頭「九月一日」に肩書きとして「風野又三郎」とありました。作中、どこにも「風野又三郎」という人名は、まったくあらわれません。この肩書きのみです。したがって、『新校本　宮澤賢治全集』の編者は、亀甲カギに入れて、〔の〕とされたのでしょう。編者のご意見は、なるほどと了承できます。しかし筆者（西郷）はあえて、作者賢治が「こだわったように」、この作品を少年小説『風野又三郎』として受けとりたいと思います。

　この作品の題名が『風野又三郎』であることは、賢治研究の第一人者であり、筑摩書房の『新校本　宮澤賢治全集』の編集委員である天沢退二郎氏がその著書『謎解き・風の又三郎』（丸善）において証拠をあげて具体的に論証されています。天沢氏は、この物語のいく通りもの賢治の創作メモを精査し、それら創作メモには、すべて「風野又三郎」と書かれていることを指摘し、〈くどいくらい証拠を並べました。もう充分でしょう。村の小学校に九月一日にやってきた転校生が九月十二日（初めの案では十日）にまた転校して去る物語を、**作者宮沢賢治はつねに「風野又三郎」と呼んでいた**（太字は、天沢氏―筆者）〉と結論づけておられるのです。

筆者（西郷）は、15頁に述べたように、作者が、この作品を「少年小説」としていることの文芸学的意味について、以下論証するつもりです。

この作品は、これまで縷々解明してきたとおり、自然と人間の世界をきわめてリアルに写実的に描写・説明してきた世界です。子どもたちの心理と行動を飽くまでもリアルに描写しているからこそ、結果として、読者には幻想的な世界（ファンタジー）として見えるのです。リアリズムに徹したからこそ幻想的に見える世界なのです。現実的であることで幻想的な世界なのです。

このような「現幻二相」の世界を、作者賢治は、「風野又三郎」というネーミングで象徴したのです。つまり、この作品は飽くまでもリアルな少年小説であると主張するために、あえて「風野又三郎」という人名をタイトルに選んだのです。この人名は写実的（リアリズム）小説であると主張しているのです。

しかし、音読すると「カゼノマタサブロウ」、つまり「風の又三郎」とも読めるのです。いや、そのように呼んで欲しいのではないのでしょうか。このように二様に読めることを（いや、読むことを）意図したネーミングであると考えられます。

つまりこの作品は、『風野又三郎』という題名のリアリズムの小説であるが、いや、リアルであることで、同時に『風の又三郎』というファンタジーとして読まれるということです。

作者はあえてこの奇妙な、題名を肩書に据えることで、読者にとことんこだわって欲しかったのではないでしょうか。風野又三郎という現実的な人名を題名に据えることで、この作品がリアルな「小説」であることを意味すると同時に、「カゼノマタサブロウ」と音読することで、この作品が「風の又三郎」を主人公とするファンタジーでもあることに気づかせたかったのであろうと思います。

飛び飛びの日付（記述）

この作品は、時間の経過にしたがって展開していますが、ところどころ日付が飛んでいます。

まず冒頭は、「九月一日」の日付がありません。「九月二日」の章の書き出しに「次の日」とあるので前日が「九月一日」であることがわかります。『新校本　宮澤賢治全集』では編者が〔九月一日〕と〔　〕に入れて章見出しを補っています。次の一覧の〔　〕内の日付も同様です。（　）内は日付が飛んでおり、本文もないところです。

章見出しそのものが、すでに「二相ゆらぎ」である、と言えましょう。

・〔九月一日〕
・九月二日、
〈次の日……〉
〈「昨日のやつまだ来てないな。」〉
・（九月三日）
・九月四日、日曜、
〈次の朝空はよく晴れて……〉
〈「……又三郎偽こがないもな。」〉
・（九月五日）
・〔九月六日〕

〈次の日は朝のうちは雨……〉
・九月七日
〈次の朝は霧……〉
・九月八日
〈次の朝授業の前……〉
〈その日も……やっぱり昨日のやうに暑くなりました。〉
・（九月九日）
・（九月十日）
・（九月十一日）
・九月十二日、第十二日、
〈「どっどど　どどうど　どどうど　どどう〉

実は、この「省略」があるために、読者は、そこで想像を巡らし、その「飛躍」を「勝手に」埋めてゆくことになります。

終始、リアルな自然と人事の記述であるにもかかわらず、いや、だからこそ、結果として、読者は、この「飛躍」を「空想」によって埋めていくことになり、読者の中に、ファンタジーの世界が色濃く醸成されることとなるのです。まことに巧妙な「だましの手口」と言わざるを得ません。賢治が「言葉の魔術師」と称される所以です。

ところで、このような筆者（西郷）の研究態度、また解釈とは、あくまでテキストにこだわり、どこまでも理詰めで説得的に分析を進めるべきであるという考え方によるものです。作者のうっかりミス』などではないか、というたぐいの「逃げ口上」で分析解釈を中途で放棄することなく、あくまでも、あらゆる角度から、あらゆる方法を駆使して、分析・解釈を突き詰めていくべきではないか、と考えます。

これまで、賢治の作品（童話・詩）におびただしく見られる表記の「みだれ」を、「うっかりミス」などとして不問に付してきた研究の歴史を、改めて深く反省すべきであると考えます。筆者は四十年ほど前、『やまなし』を小学校国語教科書教材に採用するに当たり「やまなし」「山なし」という「表記のみだれ」に気づきましたが、以来、今日まで、過去四十年、この奇妙な謎ときをつづけてきて、ようやく自分なりには、納得のいく分析・解釈にこぎ着けたのです。一見、「うっかりミス」と思えるものでも、安易にそこへ逃げ込まず、あくまでも徹底的に分析・解釈を推し進めるべきではないか、と考えます。

補説　賢治と法華経・諸法実相

法華経の信奉者・宮沢賢治

まず、筆者の結論を先に述べておきます。

賢治が、そのほとんどの詩、童話、小説において、具体的に形象化してきたものは、法華経の神髄とされる「諸法実相」の世界観・人間観である、というのが筆者の結論です。

では、なぜ、大方の筆者の見解と相容れぬ、そのような結論に至ったかを、以下、具体的に説明させていただきます。

まず、作者の賢治が「諸法実相」を、極めて重視したことをうかがわせる事実がいくつかあります。

その一つは、親友保阪嘉内に宛てた手紙の中の一文です。

> 保阪さん。諸共に深心に至心に立ち上がり、敬心をもって歓喜を以てかの赤い経巻を手に取り静かにその方便品、寿量品を読み奉らうではありませんか。(親友の保阪嘉内に宛てた賢治の封書、一九一八年六月二十七日)

「赤い経巻」とは、島地大等編『漢和対照妙法蓮華経』のことです。「方便品」とは、「方便品第二」のことで、賢治が「寿量品」とともに重視していました(「品」とは、現代風に言えば「章」のことです。つまり、「第二章　方便」ということです。第一章に当たるところは、いわば序論的なところですから、「第二章　方便」は本論の第一章に相当し、きわめて重要な章と言えます)。

賢治は親友保阪に宛てた他の封書(一九一八年三月十四日前後)においても、法華経から特に次の三つの「品」（章）をあげています。

方便品第二
如来寿量品第十六
観世音菩薩普門品第二十四

保阪宛の二通の封書において、「方便品第二」が特記されています。賢治がいかに「方便品第二」を重視していたかをうかがわせるエピソードがあります。佐藤隆房『宮沢賢治―素顔のわが友』（新版）より引いてみましょう。

桜に来た当時（西郷注・羅須地人協会時代）は元気もよく、毎夜、夜が更けますと、賢治さんの家の戸が、ダーンと開き、水の音がザアザア聞こえ出します。間もなくダーンと今度は戸の閉まる音がして、しばらくすると賢治さんの読経の声が聞こえて来るのでした。

……止みなん舎利弗、復説くべからず。所以は何ん。仏の成就したまへる所は第一希有難解の法なり。唯仏と仏とのみ乃し能く諸法実相を究尽したまへり。所謂諸法の如是相　如是性　如是体　如是力　如是作　如是因　如是縁　如是果　如是報　如是本来究竟等なり……

多く読経は一人で、本当に真面目の人でもなければ、人の前で読むことがなかったのです。

以上のことだけでも、賢治が法華経「方便品第二」に記載された「諸法実相」の教義をいかに重視していたかをうかがい知ることができましょう(ここに引用した教義は後に具体的に詳しく解説するはずです。「希有なる難解の法」（きわめて難解な法）とあるとおり、具体的に詳説する必要があります)。

研究者のほとんどの方は、法華経の中の常不軽菩薩を重視しています。賢治が「デクノボウ」と称して、自身、かくありたいと、願っていたことは、研究者の等しく言及するところで、筆者自身も、そのように認識しております。

また、二、三の童話の主人公として「デクノボウ」を形象化していることも否めません。しかし、多くの作品を貫いている世界観・人間観は、むしろ、法華経の中心的な世界観・人間観である「諸法実相」と「十界互具」であると確信するものです。

まず、そこで、法華経の神髄とされる「諸法実相」について、簡潔に説明しておきたいと考えます。

諸法実相（法華経の世界観・人間観）

法華経（妙法蓮華経の略）は、膨大な数の仏教教典の中で、わずか一部八巻（または七巻）に過ぎませんが、大乗仏教の根本教典であり、西欧諸国における『聖書』にも匹敵すべき地位をもった教典です。

沙門と本門の二部に分かれていますが、前半の沙門は仏陀の説いた教えの真実は何かを示し、後半の本門は、仏陀の生命は不滅であることを説いています。壮大な表現時空は幻想的、神話的で、しかも、その中に、現実に生きた釈迦の教えが満ち充ち、仏教史上計り知れない影響を与えてきました。

日本でも早くは聖徳太子による注釈『法華義疏』があり、鎮護国家の三部経の一とされました。平安時代に入ると伝教大師（最澄）が、唐に留学して、天台法華宗を学び、帰国後法華経を根本にすえた天台宗を比叡山に開いたことはよく知られています。この比叡山からやがて法然や親鸞の浄土宗、浄土真宗が生まれ、また法華経を根本聖典と仰ぐ日蓮も日蓮宗を開くことになります。曹洞宗の開祖道元禅師も、法華経の世界観に基づき、あの哲学的な名著『正法眼蔵』を書き残しました。また子どもと鬼ごっこやかくれんぼで遊び戯れたことで有名な良寛和尚も、じつは法華経の学僧で、道元に私淑し『法華讃』という著作もあります

　この後、引き合いにする賢治の童話や詩作品が、主として、法華経に説くところの「諸法実相」という世界観・人間観に基づくものであるということを、具体的に論述することになるはずです。

といっても、賢治の法華経への帰依は、日蓮の説く「色読」、つまり目で読むのではなく、全身で、行動・実践をとおして法華経を生きていく、まさに「身読」というものでした。したがって法華経が作品に直接引用されたりすることはそれほどではなく、詩「一九二九年二月」に〈その本原の法の名を妙法蓮華経と名づくといへり〉とありますが、むしろ書簡に多く見られます。

法華経の精神は影の力となって全作品、ことに童話作品に、遍在していると言えましょう。先に述べましたように、賢治が傾倒していた品名に「方便品第二」があり、「諸法実相」はその中に説かれている中心的な教義です。

ただ、注意して欲しいことは、「諸法実相」という四文字は、この「方便品」の中でただ一度出てくるのみです。

七万語に及ぶ経文の中からよくぞ、賢治は、この一語を目敏く見いだし、しかもその神髄を「身読」し

たことよと、驚嘆の他ありません。しかも、この教義は「仏と仏の間」においてしか理解できない玄妙なものであると、法華経そのものに書かれているほどの、「難解」な教義と言われています。

「すべての物事は現れているまま（現象しているまま）が真実である」という言葉の意味は誰にでもわかる表現ですが、さて、それを信じなさいと言われると、首をかしげてしまいます。

曹洞宗の開祖道元禅師は、その著『正法眼蔵』において、特に「諸法実相」について述べています。しかし、賢治童話が、「諸法実相」のいわば「たとえばなし」であることを論じた研究著作を、筆者は寡聞にして知りません。わずかに、岡本かの子の著作に引用されているのみです。

諸法実相とは

「諸法実相」は、法華経の中の重要な教えです。「方便品第二」のはじめに説かれた「諸法実相」は、「仏陀の法界」においては、あらゆる存在の真実のすがたが認識されるという趣旨です。その部分のみを引用しておきます。

> 仏の成就せる所は、第一の希有なる難解の法にして、唯、仏と仏とのみ、乃ち能く諸法の実相を究め尽くせばなり。（坂本幸男・岩本裕訳注『法華経』岩波文庫）

「諸法」について説明を求める仏弟子に対して、釈迦は「第一の希有なる難解の法」と言います。つまり「唯、仏と仏とのみ」が究め尽くし得るほどの極めて甚深な、難解な教義であると言うのです。

参考までに岩波書店の『仏教辞典』から「諸法実相」の項を引用しておきます。

すべての事物（諸法）のありのまま（自然）の姿、真実のありようをいう。言語・思弁を超えた真実の世界は、仏の方便によってのみ我々に知られるとして、その意義は多様に説かれるが、『大智度論』が、般若波羅蜜をもって観ずる世界、すなわち畢竟空（究極絶対の空）をいうことからも判るように大乗仏教を一貫する根本的思想である。法華経方便品に「唯仏と仏とのみ乃し能く諸法の実相を究尽したまえり。所謂諸法の如是相・如是性・如是体・如是力・如是作・如是因・如是縁・如是果・如是報・如是本末究竟等なり」（羅什訳）と説かれている。如是相などは十如是と呼ばれ、事物の生起やあり方を10の型に分類したものである。（以下略）

その「実相」の内容というのが「十如是」のことです。

「諸法」とは「諸の法」のことで、すべての存在・現象のことです。十界の正報（主体）と依報（客体・環境）、つまりすべての衆生とその環境世界のことです。森羅万象、あらゆる物ごとや現象のことです。

「実相」とは「実なる相」の意で、「真実ありのままの姿」のことです。具体的には、諸法の相・性・体・力・作・因・縁・果・報・本末究竟などの「十如是」であると言います。

十如是とは（以下、筆者（西郷）の説明）、
如是相＝外に現れた姿・感覚で認識できる現象・外面的特徴
如是性＝内なる性質・内面的性質
如是体＝相・性をあわせた全体・本体

如是力＝潜在的な能力
如是作＝力が外に向かって働きかける作用・顕在的な活動
如是因＝物事の起こる直接的原因
如是縁＝因を助ける間接的原因や条件
如是果＝因と縁によって生じた結果
如是報＝結果が事実となって外に現れ出ること・報い
如是本末究竟等＝第一の相から第九の報までが関係し合って一貫していること・本と末とが究極的に等しいこと

このうち相・性・体の三如是は「諸法の本体」と言われます。力・作・因・縁・果・報の六如是は、諸法の働きを表わします。そして、この相から報までの九如是の一貫していることを本末究竟等というのです。

それぞれに「如是」（是くのごとき・このような）という語がついているように、本来は言葉で言い表しがたい仏の知見を、「敢えて言い表わすとこのように表現できる」という意味です。

一般の読者には、難解な文章と言えましょうが、砕いて説明しましょう。

法華経のいわば序曲に当たる『無量義経』に「無量義者、従一法生」（無量の義は一法より生ずる）とありますが、「一法」とは「諸法実相」の教えを指します。つまり「諸法実相」の教えが無量の義（深い意味）を生ずると言うのです。

「諸法」（ありとあらゆるものごと・森羅万象、つまりすべての衆生とその環境）は、いずれもすべて「実相」（真実ありのままのすがた）である、という教えです。

たとえば、賢治童話『気のいい火山弾』の「柏」という主人公について考えてみましょう。

広い葉を一杯に茂らせている姿は、「諸法」である「柏」の「如是相」です。

外には直接には見えませんが、「柏」の心のうちをのぞけば「うぬぼれ」という性格・性分、つまり「如是性」があります。

この如是相と如是性からなり立っている柏の全体が「如是体」です。

そして、柏の生命はさまざまな力を持っていて、それが外に向かってさまざまな働き（如是作）を起こします。

柏の存在が原因（如是因）となり、内外の如是縁（太陽の光や雨風など）により、ベゴ石に適当な日差しと湿りを与え、苔の成長を助けるという「如是果」「如是報」があらわれます。

しかも、この九つのものが一貫して欠けることなく、柏という生命と周りのベゴ石や苔などの環境を織りなしている（「如是本末究竟等」）のです。

これが柏の「十如是相」です。

人間も自然もすべてこの「十如是」というあり方で存在しているのです。

路傍に咲く一輪の花にも、美しき相があり、性があり、その体があります。また、力・作・因・縁・果・報の、どれ一つ欠けることはありません。そして全体として花という生命を織りなして一貫しているのです。

太陽も月も星も、海も山も、目の前の石ころも、町も村も、ビルも車も……人も犬も猫も、ありとあらゆるもの・存在が「十如是」という様式で存在しているのです。

古来どれだけの人が、目の前に落ちる林檎を見てきたでしょうか。しかし偉大な科学者ニュートンは木から落ちる林檎を見て万有引力の法則を発見したと言われています。落果する林檎（諸法）を見て、宇宙のすべての物に引力が働いているという真理（実相）を見いだしたのです。まさに万有引力は文字通り万有（ありとあらゆるすべてのもの）に通底する法則（真実）なのです。

以上、かいつまんで説明してきましたが、「諸法実相」という教義は、農芸化学を専攻した賢治にとって、科学的にも、根底から納得できた教義であろうと思います。筆者自身若いとき応用物理学を専攻した人間の一人として、「さもありなん」と納得できるのです。

それにしても、語数七万を超えるという法華経の経文の中から、ほかならぬ「諸法実相」という一語に着目した賢治の慧眼はさすがと思います。しかもそれを、「相反する二相」においてとらえたところに、対象をとらえ劇的に描く作家としての見事な戦略を見ないわけにいきません。

ちなみに、夏目漱石は『吾輩は猫である』の主人公が垣根をくぐる場面で、次のように言わせています。

空気の切売りが出来ず、空の縄張が不当なら地面の私有も不合理ではないか。如是観により如是法を信じている吾輩はそれだからどこへでも這いって行く。

「吾輩」は、法華経を信じている人物（漱石でもあり、猫でもある複合形象）として、その語るところを理解してください。

漱石は若いとき建築技師になろうと考えていました。弟子である寺田寅彦に科学について、いろいろサジェッションを受けていたことは、よく知られたところです。漱石も、賢治同様、「諸法実相」に傾倒していたであろうことが、うかがえます。

おわりに

積年の懸案であった宮沢賢治の作品に見られるおびただしい表現のみだれが、作者賢治の思想の根幹にかかわるものであることが、明確になりました。自信をもって本書を上梓するしだいです。

ただ残念ながら、この間入退院をくり返し、今も病床にあるため原稿執筆が意に任せず、結局は、黎明書房社長の武馬久仁裕氏に随分お手数をおかけしましたことに、お詫びとお礼を申し上げます。

なお、病身の私の療養と保健のための種々の手当てをしてくださった中国整体師の鎌田浩海先生に感謝のことばを述べさせていただきます。また、手術と、術後の保養にふかく意を尽くしてくださった「りようま医院」院長先生にも深甚の謝意をささげたいと思います。

最後に、病床にある私のために献身的に看病してくれた家内に紙面を借りて感謝のことばを述べさせてもらいます。

著　者

著者紹介
西郷竹彦（文芸学者）
1920年，鹿児島生
文芸学・文芸教育専攻
元鹿児島短期大学教授
文芸教育研究協議会会長
総合人間学会理事，名誉博士（米国）
著書　『西郷竹彦文芸・教育著作集』全36巻（恒文社）
『西郷竹彦文芸教育著作集』全23巻（明治図書）
『実践講座　絵本の指導』全5巻責任編集（黎明書房）
『名詩の世界』全7巻（光村図書）
季刊『文芸教育』誌主宰（新読書社）
『法則化批判』『続・法則化批判』『続々・法則化批判』（黎明書房）
『増補・合本　名句の美学』（黎明書房）
『増補　名詩の美学』（黎明書房）
『啄木名歌の美学』（黎明書房）
『増補　宮沢賢治「やまなし」の世界』（黎明書房）
『宮沢賢治「二相ゆらぎ」の世界』（黎明書房）
他多数
演劇・文芸，教育関係の賞十数種受賞

宮沢賢治「風の又三郎」現幻二相ゆらぎの世界

2016年2月10日　初版発行
著　者　西　郷　竹　彦
発行者　武　馬　久　仁　裕
印　刷　株式会社 チューエツ
製　本　株式会社 渋谷文泉閣

発行所　株式会社 黎明書房
〒460-0002　名古屋市中区丸の内3-6-27　EBSビル
☎ 052-962-3045　FAX 052-951-9065　振替・00880-1-59001
〒101-0047　東京連絡所・千代田区内神田1-4-9　松苗ビル4階
☎ 03-3268-3470

落丁本・乱丁本はお取替します。
ISBN978-4-654-07643-7

●日本語の美の構造を明らかにする名著3冊

増補・合本　名句の美学

西郷竹彦著　四六判・上製　514頁　5800円

子規の「鶏頭の十四五本もありぬべし」はなぜ名句か？「美とは主体的なものであり、読者こそが名句を生む」と主張する著者の俳句論及び名解釈を収録。芭蕉、蕪村、虚子、蛇笏、誓子、山頭火、波郷など、古典から現代までの名句の美の構造を文芸学的に解明。「補説『美の弁証法的構造』仮説の基盤」を増補。

啄木名歌の美学——歌として詠み、詩として読む三行書き形式の文芸学的考察

西郷竹彦著　四六判・上製　342頁　6500円

啄木の三行書き短歌は、「歌」でもあり「詩」でもある。没後1世紀を経ても結論がでなかったこの問いに決着をつけ、啄木短歌の読み方を一変させた画期的な書。「歌として詠み、詩として読む」ことによって、今まで決して味わうことのできなかった啄木短歌のゆたかな深い世界が、読者の前に現れてくるのである。

増補　名詩の美学

西郷竹彦著　四六判・上製　387頁　4000円

詩における美とは、虚構された美である。萩原朔太郎、宮沢賢治、中原中也、三好達治、原民喜、谷川俊太郎など、四十数名の近・現代の名詩を分析し、詩の文芸としての美の本質・構造、詩の持つ多様な美について論じる。宮沢賢治「烏百態」「永訣の朝」に関する詩論、「西郷文芸学の基礎的な原理」などを増補。

＊表示価格は本体価格です。別途消費税がかかります。